Jenny Völker
Goldröschen

Jenny Völker

# GOLD RÖSCHEN

Ein spannender Märchenroman

Herstellung und Verlag: BoD – Books on Demand, Nordersted

Lektorat & Korrektorat: Christoph Stefan

Cover: Juliane Buser – Grafikdesign

ISBN: 978-3753-405681

Bibliografische Information der Deutschen Nationalbibliothek:

Die Deutsche Nationalbibliothek verzeichnet diese Publikation in der Deutschen Nationalbibliografie; detaillierte bibliografische Daten sind im Internet über dnb.dnb.de abrufbar.

*Für alle, die mit mir gemeinsam träumen*

## *Es war einmal vor vielen Jahren*

»Mama, Mama, erzählst du mir eine Geschichte?«

»Aber es ist schon so spät, mein Schatz. Morgen müssen wir früh aufstehen.«

Die braunen Augen weit aufgerissen schmachtete Noah seine Mutter an. »Bitte, nur eine kurze!«

Sie lachte. »Du weißt doch ganz genau, dass ich nur lange Geschichten kenne.«

Noah strahlte sie an. »Bitte, wenigstens den Anfang. Du kannst doch morgen Abend weitererzählen!«

»Also schön, mein Schatz.« Sie setzte sich zu ihrem kleinen Jungen aufs Bett und strich ihm über das dunkle Haar. »Ich denke, es ist an der Zeit, dass du das Märchen von Goldröschen kennenlernst.«

Noah kuschelte sich an seine Mutter und richtete gespannt seine braunen Kinderaugen auf sie, und endlich begann sie zu erzählen.

Es waren einmal vor langer, langer Zeit in einem weit entfernten Land ein König und eine Königin, die wünschten sich so sehr ein Kind. Es dauerte Jahre, und jeden Abend und jeden Morgen hockte die fromme Königin an ihren Rosenbüschen und betete. Endlich war sie guter Hoffnung und neun Monate später verkündeten dreizehn Kanonenschüsse, dass sie ein Mädchen geboren hatte. Sie tauften das Kind auf den Namen Rosalind.

Die Prinzessin übertraf ihre Mutter an Anmut bereits im zarten Kindesalter und ein jeder bewunderte sie für ihren Liebreiz und ihre Schönheit. Ihre Haut war so weiß wie frisch gefallener Schnee, ihre Lippen so rot wie eine anmutige Rose und ihr Haar so golden wie die Strahlen der Sonne. Schon von klein auf wurde das Mädchen Goldröschen genannt.

Das Mädchen verlebte eine wunderschöne Kindheit am Hofe seiner Eltern, die kein weiteres Kind zu bekommen vermochten. Deshalb herzten und verwöhnten sie es und dennoch wurde Rosalind weder hochnäsig noch gemein. Ihr Sanftmut und ihr ansteckendes Lachen bezauberten das ganze Volk. Schon früh eiferte sie ihrem Vater nach, der ein gerechter und beliebter König war, und die Bewohner des Königreiches freuten sich darauf, wenn einst sie den Thron besteigen und ihr Land regieren würde.

Seit ihrer Geburt waren ihre Eltern so glücklich, dass sie jeden Monat ein großes Fest am Königshof veranstalteten, zu dem ein jeder herzlich eingeladen war. Unzählige Musikanten, darunter auch eine junge Geigenspielerin namens Barbara, strömten jeden Ersten des Monats zu dem Schlosse hin, um bei den Festlichkeiten ihre Virtuosität unter Beweis zu stellen und eine Festanstellung bei Hofe zu ergattern. Die Königsfamilie liebte die Musik, und jede Mahlzeit, die sie zu sich nahmen, wurde von Melodien begleitet, weshalb sie regelmäßig neue Musikanten einstellten.

Auch Goldröschen liebte das Musikspiel, weshalb für sie eine eigene Musikantenschar eingestellt wurde, die sie tagsüber erfreute. Barbara, die junge Geigenspielerin, die im Zuge eines solchen Festes ein Solo am Abend hatte spielen dürfen, schaffte es, Teil dieses Orchesters zu werden. Mehrere Stunden täglich spielte sie von nun an für Goldröschen, die begeistert zu den Melodien tanzte. Nur am Abend war es die Königin selbst, die sich an Goldröschens Bette setzte, um ihre Tochter in den Schlaf zu singen.

Es vergingen wundervolle Jahre, bis eines morgens so dichte Wolken den Himmel verdeckten, dass das Sonnenlicht nicht mehr auf die Erde zu dringen vermochte. Von diesem Tag an ward alles anders …

Noah sah seine Mutter gespannt an. »Und dann?«

»Wie es weitergeht, erzähle ich dir morgen.«

»Aber wie soll ich denn jetzt einschlafen? Ich will unbedingt wissen, was passiert ist. Wieso wurde der Himmel so dunkel? Kam die Sonne wieder raus?«

Sie strich ihrem Jungen über den Kopf. »Du selbst hast dir gewünscht, dass ich dir den Anfang einer Geschichte erzähle. Nun musst du dich damit abfinden, das Ende erst im Laufe der nächsten Tage zu erfahren. Und jetzt mach deine Äuglein zu und schlaf, mein Schatz. Mami passt auf dich auf.«

Wie an jedem Abend sang sie ihm ein Schlaflied, das ihn binnen Sekunden ins Land der Träume schickte, auch wenn ihn der Gedanke an Goldröschen nicht einmal dort losließ …

2

Wie jeden Sonntagmorgen spazierte Noah die Uferpromenade entlang auf dem Weg zum Antikflohmarkt. Sein Kreuz schmerzte. Dringend musste er mal wieder trainieren gehen, aber die Woche hatte er es nicht ein einziges Mal geschafft. Ein Auftrag, der spontan reingekommen war, hatte ihn täglich bis spät in die Nacht hinein arbeiten lassen. Obwohl er sich nur selten aus der Ruhe bringen ließ, hatte es eine Kundin geschafft, ihn auf einen fixen Termin festzunageln – und zu dem musste er nun auch fertig werden.

Er drückte den Rücken durch und zog die Schultern auseinander. Egal wie sehr die Dame drängte, heute nahm er sich frei – unter anderem, um seinem wöchentlichen Ritual nachzugehen.

Die Luft war klar und frisch, etwas zu kühl für die Jahreszeit. Skeptisch schaute er hinauf. Ein paar dicke Wolken waren im Anmarsch. Hoffentlich zogen sie über die Stadt hinweg, ohne einen Tropfen abzuwerfen. Er hörte bereits die Marktbesucher feilschen und schwätzen, und sah die zwei gedrechselten Säulen mit der ornamentalen Bekrönung, die den Eingang symbolisierten, obgleich sie sich inmitten einer breiten Straße befanden. Aber ein jeder, der den Flohmarkt besuchte, spazierte durch dieses symbolische Tor.

Es war viel los, der Geheimtipp war längst keiner mehr, und so drängten sich die Leute an den Verkäufern vorbei, obwohl die meisten lediglich Kommentare austeilten und nur die wenigsten ihr Geld.

Noah gehörte nicht zu dieser Masse. Er erwarb beinahe jeden Sonntag mindestens ein altes, besonderes Stück, um ihm zu neuem Glanz zu verhelfen und es in seiner Schreinerei weiterzuverkaufen. Streng genommen war es keine Schreinerei, die er besaß, und er selbst war auch kein Schreiner. Da er aber seinen erlernten Beruf nicht mehr ausübte, jedoch mit Holz zu arbeiten gelernt hatte, war ihm die Idee gekommen, abgewetzte Möbelstücke wieder herzurichten. Er schmirgelte abplatzenden Lack ab, ölte, leimte, schnitzte Verzierungen und verhalf den Einzelstücken auf diese Weise zu einem zweiten Leben. Sein Können hatte sich derart herumgesprochen, dass viele ihre abgenutzten, aber geliebten Kommoden, Schränke, Tische und Stühle zu ihm in die Werkstatt brachten, damit er sie restaurierte. Und er tat es gern. Ein altes Stück war immer einem Neukauf vorzuziehen.

Bei dieser Gelegenheit warfen die Kunden stets einen Blick auf seine eigenen Kreationen und kaum einer verließ die Werkstatt, ohne einen Kauf zu tätigen. Sein Ruf eilte ihm voraus, doch glücklicherweise war die Stadt, in der er lebte, recht klein, sodass er seine Aufträge in der Regel gut abarbeiten konnte.

Aus diesem Grund ging er seit Jahren auf diesen Antikmarkt, jeden Sonntag, und wählte aus, welche Stücke sich für
eine Restauration eigneten. Sein Pickup parkte nicht weit
entfernt und die Ladefläche war komplett freigeräumt, sodass er jeden Kauf direkt mitnehmen konnte.

Er passierte einen Stand mit Uhren, manche in hübschen
Uhrenkästen, die sich immer zur Instandsetzung eigneten.
Bei dem geschäftstüchtigen Herrn hatte er schon öfter zuge-
schlagen, doch heute reizte ihn das Angebot weniger. Er
näherte sich seinem Lieblingsstand, an dem er beinahe jeden
Sonntag fündig wurde, doch eine große Menschentraube
bedrängte den Verkäufer und beäugte seine Waren, weshalb
er einen großen Bogen darum machte. Er war weiß Gott kein
Eigenbrötler, aber er mochte kein Gedränge und hatte gerne
seinen Platz für sich. Wenn er Interesse an einem Stück hatte
und sich kurz darauf jemand anderes für dasselbe Exemplar
begeisterte, ging er kommentarlos seiner Wege. Er mochte
keinen Streit, keine Diskussionen, kein Gefeilsche, weshalb er
sich über kurz oder lang einen anderen Antikmarkt würde
suchen müssen. Mittlerweile wurde es hier definitiv zu voll.

Dennoch entschied er sich für eine ausführliche Runde.
Zu viele schöne Einzelstücke gab es auf diesem Trödelmarkt
zu entdecken, und diese Exemplare galt es aufzufinden. Er
stöberte an einem Spielwarenstand, an dem ein älterer Herr
mit der Verkäuferin über einen Puppenwagen stritt, der der
Meinung des Kunden zufolge absolut überteuert war. Noah
warf einen kurzen Blick darauf und musste der Verkäuferin
im Stillen recht geben. Die Bemalung war zwar kaum noch
zu erkennen, aber die Schnitzereien am Griff und die
Verarbeitung waren von guter Qualität. Immer diese Leute,
die ahnungslos waren, aber dem Verkäufer einzureden

versuchten, ihr Produkt sei nichts wert und sie sollten froh sein, überhaupt einen Abnehmer dafür zu finden!

Zum Glück war seine Kundschaft anders. Wer zu ihm kam, wusste sowohl um den Preis des Stückes als auch den Wert seiner Arbeit. Einen anders handelnden Kunden würde er nicht annehmen. Noah hatte gerne seine Ruhe, arbeitete alleine und vermied sämtliche Verhandlungsgespräche. Der Kunde kam, Noah nannte seinen Preis, fertig. Wer sich darauf nicht einließ, wurde höflich, aber unmissverständlich zur Tür gebeten.

Langsam spazierte er an einem Stand mit Statuetten vorbei. Einzelne waren aus Holz und ein wenig juckte es ihm in den Fingern, sein Können an einem solchen Stück zu erproben. Derartige Feinarbeiten hatte er immer gemocht, sonst hätte er seine ursprüngliche Berufsausbildung gar nicht angefangen. Aber heute lockte ihn keine der kleinen Statuen.

Nichts, was er bislang an diesem Morgen gesehen hatte, entsprach seinen Vorstellungen, nichts konnte ihn begeistern, dennoch gab er nicht auf. In den letzten Wochen hatte er nur Aufträge abgearbeitet. Er wollte mal wieder an einem eigenen Stück werkeln, das ihn reizte, das er selbst auswählte und das er anschließend in seinem Laden zum Verkauf anbieten würde. In der Regel blieb kein restauriertes Exemplar länger als eine Woche stehen, da er – wie formulierten es seine Kunden? – er vermochte es, aus dem Einfachen etwas Besonderes zu machen.

Manchmal brauchte es etwas Zeit, ein geeignetes Teil zu finden, aber die Suche war es immer wert. Als er an einem Stand vorbeilief, an dem unzählige Kommoden, Truhen und Tische aufeinandergestapelt waren, als handele es sich um einen Räumungsverkauf, durchfuhr ihn ein Gefühl, als riefe etwas nach ihm. Noah räusperte sich und sah sich unschlüssig um. Mit Esoterik hatte er nichts am Hut, dennoch trat er näher an den Marktstand und beäugte die angebotene Ware. Die Kommode dort mit den drei Schubladen sah ganz passabel aus und der Schaukelstuhl daneben mit den geschwungenen Armlehnen hatte etwas, aber überzeugen konnten ihn die Stücke nicht. Er ließ seinen Blick über das Chaos gleiten, hinter dem eine alte Frau auf einem Hocker saß. Sie sah dünn aus, müde und uralt. Ihr Haar war weiß, tiefe Falten zeichneten all die Emotionen, die sie gefühlt hatte, auf ihrem Gesicht ab und ihre Augen lagen tief in den Höhlen. Ihre Hände zitterten, obwohl sie in ihrem Schoß auf dem abgetragenen Stoff ihres Rockes ruhten. Die alte Dame besaß nicht viel, das erkannte er auf einen Blick. Hatte sie ihr Haus leergeräumt, um sich etwas zu ihrer Rente dazuzuverdienen?

Als sie bemerkte, dass er an ihrem Stand verharrte, erhob sie sich schwerfällig und kam in gebückter Haltung auf ihn zu. Ihre kurzen schneeweißen Locken umrahmten ihr herzförmiges Gesicht – gewiss war sie einst eine Schönheit gewesen.

»Guten Morgen junger Mann.«

Junger Mann? Er schmunzelte.»Guten Morgen.«

»Suchen Sie etwas Bestimmtes?«

»Ich habe mich lediglich etwas umgesehen.«

Er sah die Enttäuschung in ihren dunklen Augen aufflackern. Besaß sie überhaupt genug zu essen?

Kurzerhand überflog er ihr Angebot mit den Augen.»Ich hätte gerne …« Er wollte auf den Schaukelstuhl deuten, als ein anderes Stück seine Aufmerksamkeit auf sich zog, das so weit abseits stand, als gehöre es nicht mit zum Angebot. Es war ein Tisch mit Schubfächern und einem ovalen Spiegel, der in einem verschnörkelten Rahmen eingefasst war. Es musste ein alter Schminktisch sein. Der Rahmen war aus Metall, das mochte Noah normalerweise nicht, dennoch konnte er den Blick nicht davon abwenden. Die Oberfläche des Spiegels schimmerte, sie zeigte nicht die Spiegelung der Straße oder Noah selbst, sondern lediglich ein Gemisch aus Hellblau und Grau.

»Ich hätte gerne dieses Stück.«

Die Frau sah ihn ungläubig an. »Den alten Schminktisch?«

»Wie viel möchten Sie dafür haben?«

»Ach, der ist nichts Besonderes. Der Spiegel ist kaputt.«

»Ich will ihn trotzdem erwerben.«

Neugierig musterte sie ihn und ein Funkeln trat in ihre dunklen Augen. »Ich überlasse ihn Ihnen für vierzig Euro.«

Vierzig Euro? Damit konnte sie heutzutage nicht einmal einen Wocheneinkauf tätigen. »Ich gebe Ihnen achtzig, das ist er auf jeden Fall wert.« Er drückte ihr die Geldscheine in die Hand, die sie stirnrunzelnd betrachtete.

»Junger Mann, ich brauche keine Almosen.«

»Das sind keine Almosen, sondern die adäquate Bezahlung für dieses alte, aber recht gut erhaltene Stück. Ich nehme es nicht für vierzig.«

Ihre dünnen Lippen verzogen sich zu einem Schmunzeln. »Dann ist die Lieferung inbegriffen. Mein Neffe kann das machen – er hat mir auch geholfen, all die Möbel herzubringen.«

»Das ist nicht notwendig. Ich nehme es sofort mit.«

Zielstrebig lief er an der alten Frau vorbei, als eine andere Besucherin auf den Schminktisch aufmerksam wurde.

»Oh, wie hübsch! Den muss ich einfach haben. Was verlangen Sie dafür?«

»Entschuldigen Sie«, entgegnete die alte Frau und deutete mit ihren langen ausgemergelten Fingern auf Noah, »aber ich habe ihn soeben verkauft.«

»Verkauft? Nein, das kann nicht sein. An Sie?« Ungläubig betrachtete die Besucherin Noah in seinem karierten Hemd und der blauen Jeans. Unangenehm langsam ließ sie ihren Blick von seinem dunklen Haar, über sein ovales Gesicht mit dem Dreitagebart und seine breiten Schultern bis zu seinen bequemen Lederschuhen schweifen. Er mochte es gar nicht, von Frauen derart gemustert zu werden. Normalerweise war dies der Augenblick für einen Rückzug.

»Aber der junge Mann hat bereits bezahlt«, betonte die alte Frau, als spüre sie sein Zögern. Dabei stützte sie sich auf ihren einfachen Stock, der bis eben noch an ihrem Hocker gelehnt hatte.

Die Kundin fuhr sich durch ihr langes dunkles Haar und warf es sich über die Schulter. »Ich bitte Sie, was wollen Sie denn mit einem Schminktisch? Ihren Bart scheren? Der Tisch sieht genauso aus, wie ich ihn mir immer für mich vorgestellt habe. Sie müssen ihn mir einfach überlassen! Was haben Sie bezahlt? Ich könnte Ihnen einen Zwanziger mehr dafür geben, dann haben Sie sogar ein Geschäft gemacht.«

Noah seufzte, doch als er einen Blick auf den Schmink-tisch warf, überkam ihn ein Sehnen, ein Gefühl, als müsste er ihn unter allen Umständen an sich nehmen. Dabei entging ihm das feine Lächeln, das auf den Lippen der alten Ver-käuferin ruhte. »Es tut mir leid, aber wie die Dame bereits gesagt hat, habe ich ihn schon bezahlt. Ich fürchte, Sie müssen weitersuchen.«

Mit den Worten hob er den Tisch an und trug ihn trotz der Proteste an der Interessierten vorbei.

Was tat er eigentlich? Wieso überließ er ihn ihr nicht einfach? Er wusste es nicht, aber etwas drängte ihn, diesen Tisch mit nach Hause zu nehmen. Auch wenn er es sich nicht erklären konnte – auf diesen Schminktisch wollte er bestehen! Mit einem befremdlichen Gefühl im Magen trug er ihn an der missmutig dreinblickenden Kundin vorbei, über den Flohmarkt durch das symbolische Tor bis hin zu seinem Wagen. Dort bettete er ihn auf die Ladefläche, schlug Decken um ihn, als müsste er ihn vor den Blicken der anderen beschützen, und zurrte ihn mit Schnüren fest, um ihn unbeschadet heimzubringen.

Zuhause lud er ihn in aller Vorsicht ab und hievte ihn in seine Werkstatt, die zugleich der Laden war. Vorne im Eingangsbereich standen einzelne fertige Möbelstücke, die zum Verkauf bestimmt waren, und im hinteren Bereich arbeitete er.

Eigentlich musste er zuerst den alten Schuhschrank von Frau Meier fertigstellen. Es fehlten nur noch die letzten Schnitzereien an den Füßen. Aber schließlich war heute Sonntag und streng genommen sein arbeitsfreier Tag. Er konnte also guten Gewissens an dem neuen Stück werkeln und die Auftragsarbeit wie verabredet morgen abschließen.

Er stellte ihn in der Mitte des großen Raumes ab. Wie bei jedem Stück ging er zunächst ein paar Mal um ihn herum, damit er ihn von allen Seiten betrachten konnte. Ein Seufzen entfuhr ihm, das so untypisch für ihn war, weshalb er sogleich die Arme vor der Brust verschränkte und sich laut räusperte. Er hob die Linke und stützte das Kinn in die Kuhle zwischen Daumen und Zeigefinger. Ein Bild erschien vor seinem inneren Auge wie bei jedem Stück, das er vom Trödelmarkt mitnahm. Wenn er die Tischbeine etwas dünner gestaltete und die Füße in einer Schnecke zu den Seiten schwingen ließe, würde es das Möbelstück enorm aufwerten. Dazu wollte er die einfachen Knaufe der kleinen Schubfächer abschmirgeln und zu kleinen Schneckenhäusern schnitzen. Und zu guter Letzt würde er sich das Glas des Spiegels näher ansehen. Der schönste Schminktisch verfehlte seine Wirkung, wenn der Spiegel nicht intakt war. Aber was war mit dessen Oberfläche los? Dieses Gemisch aus Hellblau und Grau, das mochte sich draußen noch erklärt haben. Dort hatte er vermutlich die Farbe des Himmels wiedergegeben. Aber hier in der Werkstatt gab es nur Brauntöne, selbst die Wände und die Decke waren mit Holz verkleidet.

Noah sah sich in seinen eigenen vier Wänden um, ließ seinen Blick über den chaotischen Schreibtisch in der Ecke und das ordentlich sortierte und an der Wand aufgehängte Werkzeug schweifen, doch nirgends ergab sich ein Bild, das diese Spiegelung erklärt hätte. Woher also kamen das Grau und das Blau? Die Oberfläche musste kaputt sein. Vielleicht war es gar keine Spiegelfläche. Er fuhr mit dem Finger darüber. Lag womöglich eine Staubschicht darauf? Doch sein Zeigefinger blieb sauber. Wahrscheinlich hatte die alte Dame ihre Stücke vor dem Antikmarkt poliert, ebenso dieses Exemplar.

Er wandte sich ab, als in seinem Augenwinkel etwas Rotes aufblitzte. Während er sich umdrehte, sah er Umrisse in dem Spiegel, die zuvor nicht dagewesen waren. Er sah Schemen von einem Gesicht – seinem Gesicht? Nein, die Lippen waren knallrot und umrahmt wurde das verschwommene Gesicht von langen, blonden Strähnen. Ungläubig fuhr sich Noah durch sein dunkelbraunes kurzes Haar und trat näher, doch im selben Moment verschwanden das Rot und das Blond und zurück blieb das Gemisch aus Grau und Hellblau.

Noah schüttelte den Kopf. Bestimmt war es seine Spiegelung gewesen und das Rot und das Blond waren durch die Belichtung entstanden. Womöglich funktionierte der Spiegel nur aus einem bestimmten Blickwinkel. Er drehte sich erneut, versuchte die richtige Position zu finden, doch die Oberfläche des Spiegels blieb gleich.

Schulterzuckend wandte er sich ab und sein Blick fiel auf die kleine Uhr neben der Tür. Mist, es war gleich halb elf. War er so lange auf dem Trödelmarkt gewesen? Seine beste Freundin Susi – oder sollte er sagen seine einzige Freundin? – hatte ihn gebeten, ihr und ihrem Mann beim Umzug zu helfen. Er schnappte sich die Schlüssel von seinem Pickup und schlug die Tür hinter sich zu, ohne zu sehen, dass das Gemisch auf dem Spiegel sich zu drehen begann und in seiner Mitte erneut ein leuchtend rotes Paar Lippen erschien von einer Frau, die nicht in der Lage war, um Hilfe zu schreien.

3

Pünktlich auf die Minute parkte Noah seinen Pickup vor Susis Haus. Er sah keine anderen Leute, die mit anpacken würden, aber das machte ihm nichts aus. So gab es weniger Smalltalk, dem er aus dem Weg gehen musste. Er verschloss den Wagen und lief zum überdachten Eingangsbereich, wo ihm Joachim sofort die Tür öffnete.

»Noah, schön, dass du da bist.«

Hinter ihm stürmten die Zwillinge durch das Haus, dicht gefolgt von der Oma, die die Rasselbande schon mal zum neuen Heim bringen und mit ihnen vor Ort die Kartons auspacken wollte. Noah grüßte die alte Frau, als auch schon Susi hinter den Unmengen gepackter Kisten im Flur auftauchte. Sie kämpfte noch immer mit den Pfunden der Schwangerschaft, wie sie immer wieder betonte, dabei stand es ihr sehr gut, wie Noah fand. Sie sah aus wie das blühende Leben. Aber wer war er, ihr zu sagen, wie sie auszusehen hatte?

Als sie ihn entdeckte, strahlte sie bis über beide Ohren.

»Noah, wie geht's dir? Muss ich immer erst umziehen, damit

ich dich zu Gesicht bekomme?« Stürmisch drückte sie ihn an sich. Sie war die einzige, mit der er solche Vertraulichkeiten pflegte.

»Mir geht's gut. Wieso zieht ihr schon wieder um?«

Susi verdrehte die Augen. »Der Vermieter hat die Miete erhöht, zum dritten Mal in diesem Jahr.«

»Das ist doch gesetzlich gar nicht zulässig.«

»Sag ihm das mal!«

Joachim legte seiner Frau besänftigend eine Hand auf den Oberarm. »Wir wollen uns wegen dem doch nicht mehr aufregen, Schatz.« Tief atmete sie daraufhin durch und lächelte ihren Mann an.

Noah konnte sehen, wie glücklich die beiden miteinander waren. Seine Freundin hatte das Glück mehr als verdient. Wie oft hatte sie in der Schule Pech mit den Typen gehabt und sich dennoch immer wieder mit ausgebreiteten Armen in das nächste Abenteuer der Liebe gestürzt.

»Warte erst mal ab«, hatte Noah ihr jedes Mal geraten, doch Susi hatte inbrünstig erwidert: »Wer Liebe haben will, der muss auch nach ihr suchen.«

Mit Joachim hatte sie während des Studiums endlich einen Mann gefunden, der zu ihr passte und der ihre stürmische Art durch seine Ruhe und Gelassenheit ausbalancierte.

»Und jetzt habt ihr euch ein Haus gekauft?«

Susi strahlte. »Ja, es wurde allerhöchste Zeit. Es ist doch ein Unterschied, ob man in den eigenen vier Wänden wohnt oder in denen eines anderen. Gerade mit Kindern – du hast keine Ahnung, wie viel die zerdeppern.«

Noah nickte, obwohl er wirklich keine Ahnung hatte. Woher auch. Er war seit Jahren Single und gedachte nicht, diesen Zustand zu ändern. Sogleich half er Joachim, die gepackten Kartons in den Transporter zu laden, den die beiden gebucht hatten, bevor irgendjemand auf die Idee kam, nach seinem Privatleben zu fragen.

»Wir wollten uns ja ein Umzugsunternehmen gönnen«, schnaufte Susi nach zwei Stunden, als sie ihn zu einer Kaffeepause und Zimtschnecken in der ausgeräumten Küche nötigte, »aber unser Budget hat es leider nicht zugelassen. Ich hoffe, du bist nicht böse, dass ich dich um Hilfe gebeten habe.«

Noah senkte die Kaffeetasse. »Ich bitte dich – wie lange kennen wir uns? Natürlich helfe ich dir beim Umzug.«

Susi nahm seine Hand und drückte sie dankbar. »Und was machst du so? Wir haben uns seit Monaten nicht mehr gesehen.«

Sogleich verkrampfte er und betont ruhig stellte er die Tasse ab. »Ich restauriere viel.«

»Immer noch? Und wann hast du mal wieder vor eine …«

»Erst einmal gar nicht mehr.«

»Wieso nicht?«

Seine Miene verfinsterte sich und sie hob beschwichtigend die Hände.

»Ich weiß, was damals passiert ist, Noah, ich habe es nicht vergessen. Aber du kannst davon nicht dein restliches Leben bestimmen lassen. Du hast deinen Beruf geliebt und viele deiner Kunden haben geweint, als du aufgehört hast.«

»Na, jetzt übertreib mal nicht.«

»Was war mit Katie?«

»Sie war damals neun Jahre alt.«

»Aber sie hat gesagt, niemand hätte ihr eine so tolle Geige gebaut wie du.«

»Die Zeit ist vorbei und ich will nicht mehr darüber reden!«, entgegnete er heftiger, als beabsichtigt. Susi senkte sofort den Blick. Er hatte sie nicht anfahren wollen, aber bei dem Thema verlor er immer noch die Nerven. »Danke für den Kaffee, ich mach dann mal weiter.« Fluchtartig verließ er die Küche und stürzte sich auf die letzten Behältnisse, die wenig später im Laderaum des Transportwagens verstaut waren. Es hatte alles hineingepasst, weshalb Noahs Pickup gar nicht gebraucht wurde.

»Sobald wir uns eingerichtet haben, laden wir dich zum Essen ein«, versprach Susi, ohne erneut auf die abgebrochene Unterhaltung einzugehen.

»Soll ich wirklich nicht mitfahren und euch beim Auspacken helfen?«

»Danke«, entgegnete Joachim und schüttelte ihm zum Abschied die Hand, »aber das ist nicht nötig. Meine Brüder helfen uns und du hast dir einen erholsamen Sonntag verdient. Hast du heute noch etwas vor?«

»Ach«, Noah winkte ab, »ich werde ein bisschen trainieren und vielleicht noch etwas arbeiten.«

Susi drückte ihn zum Abschied. »Arbeite nicht zu viel. Und wenn wir dich einladen, dann kommst du auch und erfindest keine Ausrede, versprochen?«

Noah nickte und verzog sich schnell in sein Auto, damit die beiden nicht noch mehr Fragen stellten. Zielstrebig fuhr er zum Studio. Das war jetzt genau das richtige, um seine aufwühlenden Gedanken zurückzudrängen. Er war zwar schon k.o. vom Umzug, aber gezieltes Training für Brust und Rücken war mehr als überfällig und er würde sich dabei vergessen können. Normalerweise trainierte er dreimal die Woche. Es gab ihm ein gutes Gefühl und er lotete jedes Mal seine Grenzen aus, als hätte er ein Turnier vor sich. Das Training war ein Ventil, das ihm seit Jahren half, seine Gedanken und Emotionen im Griff zu behalten. Als er auf den Parkplatz des Fitnesscenters fuhr, stöhnte er innerlich auf. Kaum eine freie Parklücke war in Sicht. Normalerweise ging er niemals am Sonntag. Das Studio erschien ihm am Wochenende und abends zu eng, und er mochte es nicht, ewig darauf zu warten, die Geräte benutzen zu können. Deshalb trainierte er in der Regel unter der Woche vormittags. Er begann jeden Morgen gegen sechs Uhr mit der Arbeit und um elf ging er zum Training. Da war das Studio meist leer. Aber er wollte nicht bis morgen warten. Er würde sich unwohl fühlen und noch schlechtere Laune bekommen. Er musste seinen angestauten Frust herausschwitzen. Kurzerhand parkte er auf einem der letzten freien Plätze, stieg aus und betrat das Fitnessstudio.

∞

Als er zwei Stunden später ausgepowert und frisch geduscht in seine Werkstatt zurückkehrte, lag erneut der graublaue Farbton auf dem Spiegel. Er schenkte ihm keinerlei Beachtung, öffnete die beiden hinteren Fenster, damit frische Luft in die Werkstatt kam, und schnappte sich das Schleifpapier. Zuerst wollte er die Überreste des weißen Lacks von den Oberflächen entfernen. Anschließend griff er nach dem Hobel, um nachzuarbeiten. Als die ersten Späne zu Boden rieselten und der Duft nach frisch angeschnittenem Holz den Raum durchdrang, erfüllte das sein Herz mit Freude, auch wenn es nicht die Arbeit war, die er am meisten liebte. Wenigstens konnte er weiterhin Feinarbeiten mit Holz verrichten.

Seine Gedanken schweiften zu Katie, der damals, vor über zehn Jahren, wirklich Tränen in die Augen gestiegen waren, als er seinen Beruf an den Nagel gehängt hatte. Wie oft war die Kleine mit ihrer Mutter zu ihm in die Werkstatt gefahren mit ihrer Geige im Schlepptau ... Aber er war hart geblieben. Er konnte nicht mehr mit diesem Instrument arbeiten, würde es nie wieder tun und wollte es auch nicht.

Er erinnerte sich, wie Katie plötzlich zu spielen begonnen hatte und die geliebten Melodien in ihn eingedrungen waren wie Magie. Doch sogleich hatte alles in ihm geschrien und er hatte so erbost reagiert, dass Katie noch mehr geweint hatte. Daraufhin hatten sie und ihre Mutter seine Werkstatt verlassen und waren nie wieder gekommen. Natürlich tat es ihm leid, was damals geschehen war, aber er hatte seine Gründe und das mussten die Leute verstehen – auch dieses kleine Mädchen.

Nie wieder würde er ein Instrument schnitzen oder seinen Tönen lauschen, nicht einmal eines anfassen wollte er. Diese Zeiten waren vorbei und so würde es für immer bleiben.

Er verdrängte die Gedanken und Erinnerungen, die seinen Puls wie damals zum Rasen brachten, und widmete sich dem Schminktisch. Er hatte einige Kundinnen, die begeistert sein würden von dem, was er hieraus zu fertigen gedachte. Mal sehen, wer ihn zuerst entdeckte. Hoffentlich gab es keinen Streit.

Auch diese negativen Gedanken verdrängte er und konzentrierte sich auf die Arbeit am Holz. Das stete Geräusch des Hobels machte ihn ebenso glücklich wie das Gefühl, mit diesem besonderen Material zu arbeiten. Nichts war so wunderbar wie Holz. Sein Gehör war derart fein ausgebildet, dass er die Baumarten, die er bearbeitete, vom Klang her unterscheiden konnte, während er mit dem Hobel darüberfuhr. Das hier war eindeutig Kiefer. Selbst ohne das Holz anzusehen, hätte er das erkannt. Er schloss die Lider und lauschte dem vertrauten Geräusch.

Als er die Augen wieder öffnete, durchfuhr ihn ein Schlag und er ließ den Hobel fallen. Mit einem Donnern prallte das Werkzeug auf die Holzdielen, während Noah zwei Schritte zurücktrat und fassungslos in den Spiegel blickte.

Das graublaue Farbgemisch war verschwunden, nein, nicht verschwunden, es hatte sich geklärt. Im Spiegel war jemand zu sehen und obwohl es nicht sein konnte, drehte sich Noah um. Hinter ihm stand niemand. Als er wieder in den Spiegel sah, blinzelte er ungläubig und betrachtete das Bild. Er sah eine schlafende Frau, die Lippen leuchtend rot, das blonde Haar wie einen Schleier um sich gebettet und die Hände umklammerten ein vergoldetes Schwert, dessen Griff mit Rubinen besetzt war.

Bei ihrem Anblick schossen ihm Erinnerungen an ein Märchen, das ihm seine Mutter erzählt hatte, in den Sinn, die er sogleich wieder beiseiteschob.

Wie konnte das sein? Wie war das möglich? War das ein Trick? Er ging um den Spiegel herum und befühlte die Rückseite. Vielleicht verbarg sich dort etwas wie bei den Werbeanzeigen in der Innenstadt, die ihre Bilder wechselten. Bestimmt war es ein integrierter Bildschirm oder etwas dergleichen. Doch er konnte nichts erkennen.

Kopfschüttelnd lief er wieder vor den Schminktisch und betrachtete die schlafende Frau. Sie sah ausgesprochen hübsch aus, auch wenn das egal war. Und obgleich sie schlief, waren ihre Gesichtszüge nicht entspannt. Irgendetwas an ihr beunruhigte ihn und unvermittelt schoss ihm ein Gedanke in den Kopf: Ihr Schlaf wirkte erzwungen, wie mit Gewalt herbeigeführt.

Langsam streckte er die Hand aus und ohne zu wissen, was er damit bezweckte, strich er ihr über das Gesicht. Sie regte sich nicht, wieso sollte sie auch? Es war irgendein Scherz. Vielleicht hatte ihm deshalb die alte Frau den Schminktisch zunächst nicht verkaufen wollen. Das war ein Scherzartikel für kleine Mädchen.

Dennoch konnte Noah den Blick nicht abwenden. Diese Frau – wer war sie? Wirklich nur irgendein Model? Als er registrierte, dass er ihr noch immer über die Wange strich, zog er die Hand rasch zurück und räusperte sich. Beinahe mit Gewalt musste er den Blick von ihr reißen und er bückte sich nach dem Hobel. Es war egal, wer sie war. Es war egal, wie sie auf die Oberfläche dieses Spiegels kam, der offensichtlich gar keiner war. Es war völlig egal. Und als hätten seine Gedanken irgendetwas ausgerichtet, verschwammen die Konturen und das Abbild der Frau verschwand.

Noah blinzelte mehrmals, dann schüttelte er entschieden den Kopf. Er hockte sich vor die plumpen Beine und begann sie abzuhobeln, um sie filigraner zu gestalten. Mit aller Gewalt versuchte er nicht mehr an die Schlafende zu denken, doch er ertappte sich immer wieder dabei, wie sein Blick hochwanderte. Aber die Frau war nicht mehr zu sehen, weder ihr Haar noch ihre Lippen. Egal wie oft er in den Spiegel sah, für den restlichen Tag entdeckte er darin nichts als Grau und Blau.

4

»Sind Sie fertig geworden, Herr Schulte?«

Punkt siebzehn Uhr war Frau Meier in seine Werkstatt gestürmt, um einen Blick auf ihr geliebtes Schuhschränkchen zu werfen. Als er ihr das Stück zeigte und sie die Einlegearbeiten und die geschnitzten Füße entdeckte, klatschte sie begeistert in die Hände. »Sie sind ein Meister ihres Fachs!«

Noah legte das kleine Schnitzeisen, mit dem er gerade an dem Schminktisch gearbeitet hatte, zur Seite. »Freut mich, dass es Ihnen gefällt, Frau Meier. Ich kann Ihnen das gute Stück am Mittwochnachmittag liefern.«

»Das klingt wunderbar, Herr Schulte.« Aus dem Augenwinkel entdeckte sie den Schminktisch, an dem er gerade arbeitete und der deshalb in der Mitte seiner Werkstatt stand. Ihre Augen wurden groß. »Herr Schulte, was haben Sie denn hier Feines?«

»Den habe ich gestern auf dem Antikmarkt entdeckt.«

»Auf dem Antikmarkt?« Ihre Augen strahlten. »Also keine Auftragsarbeit?«

»Nein, das –«

»Kann ich es haben?«, unterbrach sie ihn und stürmte zu dem Tisch. Mit den Fingern strich sie über die Ablage, die Noah bereits geglättet hatte, über die Schubfächer und ihre Knaufe, die noch unbearbeitet waren, und bestaunte die Beine, die bereits der Form ähnelten, die Noah vor seinem inneren Auge sah. »Was für ein Meisterstück!«

»Danke, aber es ist noch nicht fertig.«

»Reservieren Sie es mir!«

»Lassen Sie mich die Arbeit zunächst abschließen. Wenn es Ihnen dann gefällt, haben Sie das Erstkaufrecht.«

Frau Meier klatschte erneut in die Hände. »Fantastisch. Wann werden Sie damit fertig sein?«

Noah sah sich in der Werkstatt um, beäugte die Stühle und das Büffet, die ebenfalls Auftragsarbeiten waren, und überschlug in Gedanken seinen Zeitplan. »Voraussichtlich Ende kommender Woche. Wenn Sie Montag in zwei Wochen vorbeischauen, müsste er fertig sein.«

»Hach, zum Glück habe ich Sie entdeckt. Wissen Sie, ich bekomme jedes Mal Komplimente, wenn ich Gäste in meinem Haus habe und Ihr besonderes Mobiliar zeige. Und jeder will wissen, wer es erschaffen hat. Obwohl ich Sie am liebsten für mich behalten würde, mache ich immer eifrig für Sie Werbung, das können Sie mir glauben.«

Noah setzte zu einer dezenten Verbeugung an. »Das ist sehr nett von Ihnen.«

Sie stellte sich vor den Spiegel und als sie nicht sich, sondern nur das Gemisch aus Grau und Hellblau bewundern konnte, sackten ihre Mundwinkel nach unten. »Oh, der Spiegel ist kaputt. Wo kommt nur dieses seltsame hässliche Grau her?« Mit fragendem Blick drehte sie sich um die eigene Achse und als sie nichts Graues entdeckte, sah sie Noah eindringlich an. »Den werden Sie austauschen, richtig?«

Ein Stich durchfuhr ihn bei ihren Worten. Wenn er das tat, was würde mit der Fremden geschehen, die er darin liegen gesehen hatte? Energisch schüttelte er den Gedanken zur Seite. Es gab keine Frau, das war nur ein Trick, ein Spiel, ein Scherzartikel. »Natürlich werde ich den Spiegel austauschen. Nachher fahre ich zum Händler und erfrage, ob sie einen passenden vorrätig haben. Falls er nicht lieferbar ist, wird sich die Fertigstellung verzögern. Aber meist finde ich dort, was ich brauche.«

Bedeutungsschwer legte sich Frau Meier die Hand auf die Brust und seufzte tief, mit den Gedanken längst woanders. »Ich denke, ich werde ihn in die Eingangsdiele stellen. Zwar werde ich mich dort niemals zurechtmachen, aber ein jeder wird ihn bewundern und seine Frisur und sein Makeup überprüfen können.«

Noah nickte lediglich und verabschiedete sich von ihr. Er unterhielt sich nicht gerne und das war schon mehr als genug der Worte gewesen. »Ich bringe Ihnen den Schuhschrank am Mittwoch gegen siebzehn Uhr. Auf Wiedersehen.«

Irritiert von seiner brüsken Art blinzelte Frau Meier mehrmals, bevor sie sich hinauskomplimentieren ließ und Noah wieder an seine Arbeit ging. Als die Tür hinter ihr ins Schloss fiel, atmete er auf. Endlich wieder Ruhe. Er trat an eines der offenen Fenster, die in den Garten hinauszeigten, und verschränkte die Arme vor der Brust. Er beobachtete das Stillleben. Kein Tier war zu sehen, kein Vogel sang sein Lied. Es war einfach nur ruhig. Wenn alles still war, wurde auch sein Kopf ruhig, ebenso wie seine Gedanken und sein

Herzschlag. Sobald Kunden seine Arbeit bewunderten, hörte er jedes Mal die Stimmen von früher, die Loblieder, die Begeisterung, und es schien ihn zu erdrücken. Aber er musste mit Holz arbeiten, konnte nicht anders, und irgendwie musste er sich seinen Lebensunterhalt verdienen. Er hatte keine Wahl und seine kleine Werkstatt war trotz allem sein Refugium. Die Menge der Kundschaft hielt sich in Grenzen, kaum einer kam zum Stöbern, sondern die meisten wegen Auftragsarbeiten. Deshalb hatte er auch niemanden eingestellt, der ihn beim Verkauf unterstützte und ihm den ganzen Tag mit seiner Anwesenheit die Nerven raubte.

Sein Innerstes entspannte sich und er wandte sich vom Fenster ab. Da er den Schuhschrank bereits fertiggestellt hatte, konnte er sich den restlichen Tag dem Schminktisch widmen. Er griff nach dem Schnitzeisen und setzte sich an die Füße. Das Geräusch des Messers, das an dem Holz arbeitete, klang beinahe wie Musik, und er versank völlig in seiner Arbeit.

Er wusste nicht, wie spät es war, als er wieder aufblickte. Zwei der Füße drehten sich bereits schneckenförmig zu den Seiten. Bevor er sich um die anderen beiden kümmerte, brauchte er eine kurze Pause. Während er sich aufrichtete, fiel sein Blick wieder auf den Spiegel. Was musste man tun, um … die Frau noch einmal zu sehen? Er strich an den Oberflächen des Tisches entlang und über die Knaufe, doch das Bild blieb verschwommen. Er öffnete die kleinen Schubfächer – womöglich befand sich der Mechanismus darin. Nichts war zu finden. Schließlich öffnete er das letzte und zog überrascht die dunklen Brauen nach oben. In dem winzig kleinen Schubfach befand sich ein zusammengefalteter Zettel. Hatte den die alte Dame vom Antikmarkt vergessen? Zögerlich holte er ihn hervor und faltete ihn auf. Als er die geschwungene Handschrift erkannte, durchfuhr ihn ein Schlag und er ließ sich auf einen Stuhl gleiten.

*Mein geliebter Noah*

Es war die Handschrift seiner Mutter. Unter tausenden würde er sie erkennen. Der Kringel unter dem g und der hohe Schwung über dem N – so hatte sie geschrieben. Aber wie kam ein Brief von ihr an ihn in diese Schublade?

Er blinzelte mehrmals, zwinkerte Tränen weg, bevor sie sich bildeten, und spannte das Papier zwischen seinen Händen beinahe zum Zerreißen, bevor er begann zu lesen.

*Mein geliebter Noah,*

*ich weiß nicht, wie alt du bist, wenn du diese Zeilen liest. Leider bin ich nicht bei dir, sonst wäre dieser Brief unnötig. Ich hoffe, es geht dir gut und du hast ein wunderschönes Leben – auch wenn ich wohl nicht so lange an deiner Seite sein konnte, wie eine Mutter das sollte.*

*Erinnere dich an die Geschichten, die ich dir als Kind erzählt habe, an das Märchen von Goldröschen. Es steckt so viel mehr Wahrheit in dieser Erzählung, als du es dir vorstellen kannst. Bitte, du musst Rosalind helfen. Gehe in die Amadeusstraße 18. Dort erwarten sie dich. Bitte, Noah, es hängt so viel von dir ab!*

*Ich liebe dich, mein Schatz, auf ewig,*

*Deine Mama*

Wann hatte sie diesen Brief geschrieben? Sie war vor über fünfundzwanzig Jahren gestorben. Woher hatte sie damals gewusst, dass es heute, so viele Jahre später, ein Problem geben würde, bei dem jemand seine Hilfe brauchte? Und wie war der Brief in ein Möbelstück gekommen, dass er erst gestern erworben hatte? Woher hätte sie wissen sollen, dass es je in seinen Besitz gelangte?

Stirnrunzelnd betrachtete er den Schminktisch. War der früher in ihrer Wohnung gewesen? Nein, daran würde er sich erinnern. Seine Mutter hatte keinen besessen und sich stets im Bad zurechtgemacht.

Ungläubig überflog er erneut die Zeilen. Amadeusstraße 18? Er runzelte die Stirn. Ein paar Ecken weiter gab es eine Amadeusstraße. Wieso sollte er dort hingehen? Wohnte da die alte Dame, der er den Schminktisch abgekauft hatte? Und was hatte sie mit all dem zu tun? Hatte sie den Brief in das Schubfach gesteckt? Oder war jemand in seine Werkstatt gekommen, während er unterwegs gewesen war? Aber die Tür hatte er abgeschlossen – das tat er immer. Und Frau Meier hatte kein Schubfach geöffnet, das hätte er mitbekommen. War jemand durchs Fenster hereingeklettert? Oder eingebrochen?

In dem Moment wackelte das Farbengemisch auf dem Spiegel hin und her, Konturen wurden sichtbar, die schlafende Frau erschien, doch nur nebulös. Alles blieb unscharf. Leuchtend rot jedoch prangten ihre Lippen, ebenso wie die Nägel ihrer Finger, die den Griff des Schwertes umklammerten. Noah konnte den Blick nicht von ihr abwenden, sein Puls beschleunigte sich und erneut streckte er den Finger aus und fuhr über die glatte Oberfläche, hinter der sich ihr Gesicht verbarg. Wer war diese Frau? Weshalb sah sie derart verkrampft aus, obwohl sie schlief? Und wieso erschien sie nur dann, wenn er alleine war?

Als erneut das Farbengemisch zu wackeln begann, presste Noah die Hände auf den Spiegel, als könnte er damit ihr Bild festhalten. Doch es nützte nichts. Das Antlitz der Fremden verschwand und zurück blieb ein Gefühl, das ihn zutiefst beunruhigte. Sie sah so traurig aus, so verzweifelt. Wer hatte ihr das angetan? Wieso lag sie in diesem Spiegel? War sie darin gefangen? Und was hatte der Brief seiner Mutter mit ihr zu tun? Und das Märchen von Goldröschen?

Moment. Was für einen Unfug dachte er überhaupt? Eine Frau, gefangen in einem Spiegel? Ein altes Märchen? Dieser Schminktisch brachte ihn völlig durcheinander. Er hätte ihn nicht kaufen sollen. Vermutlich war es das Beste, er brachte ihn wieder zurück. Die Adresse in dem Brief – wohnte dort die Verkäuferin? Hatte sie den Zettel hineingelegt, weil sie den Tisch in ihrem tiefsten Inneren behalten wollte? War der Brief seiner Mutter eine Fälschung?

Nachdenklich senkte er den Blick, doch in seiner Hand war nichts. Wo war der Brief hin? Er hatte ihn doch eben noch in seiner Hand gehabt. Dann war die Frau in dem Spiegel erschienen und nun war er fort. Aber auf dem Schminktisch lag er auch nicht. Wenn er ihn irgendwo anders abgelegt hätte, könnte er sich doch daran erinnern!

Noah ging in die Hocke, suchte die Dielen ab und beugte sich sogar unter seinen Schreibtisch, der über zwei Meter entfernt stand, aber er konnte den Brief nirgends finden. Das gab es doch nicht. Wo war er hin? Halb unter dem Fuß des Schminktisches entdeckte er einen Zettel. Rasch bückte er sich, doch es war nur ein abgerissenes Stück Papier, auf dem mit krakeliger Schrift geschrieben stand: *Amadeusstraße 18.*

Verursachte der Spiegel irgendwelche Sinnestäuschungen? War Noah durcheinander und hatte sich den Brief nur ausgedacht? Wie sonst konnte er ihn erklären? Die Nachricht seiner Mutter musste ein Produkt seiner Fantasie gewesen sein. Vielleicht sollte er wirklich mal raus, etwas anderes tun, mal wieder angeln gehen. Susi hatte recht. Er schüttelte den Kopf und überflog erneut seine Werkstatt mit den Augen, doch der Brief tauchte nirgends auf. Bis auf diese Adresse war nichts von den Zeilen zu finden, die er eben zu lesen geglaubt hatte.

Seltsam. Sehr, sehr seltsam.

Heute noch würde er die Füße und die Oberflächen des Möbelstückes fertigstellen und morgen, sobald die Uhr acht geschlagen hatte, es in diese Amadeusstraße bringen. Der Zettel war ein Hinweis. Die alte Frau wollte den Schminktisch nicht hergeben, hatte ihn nur schweren Herzens verkauft und für den Fall, dass er Noah doch nicht gefiel, hatte sie die Notiz hinterlegt, damit der Tisch zu ihr zurückgebracht wurde. Wieso auch immer Noahs Einbildungskraft daraus einen Brief seiner verstorbenen Mutter projiziert hatte, war der Adresshinweis eindeutig. Und was auch immer das Erscheinen der fremden Frau in dem Spiegel zu bedeuten hatte, die alte Frau würde schon wissen, wie sie damit umzugehen hatte.

Seine Pause völlig vergessend machte sich Noah wieder an die Arbeit und noch bis spät in die Nacht konnte man das leise, aber unermüdliche Geschleife und Gehobele aus seiner Werkstatt vernehmen, die Geräusche, die ihn seit Jahren beruhigten.

5

## Es war einmal vor vielen Jahren

»Mama, wo bleibst du denn?«

Lachend kam seine Mutter ins Kinderzimmer. »Seit wann gehst du denn so früh ins Bett? Du kannst gerne noch ein paar Minuten spielen, Noah.«

»Aber ich will doch das Märchen von Goldröschen hören. Hast du es etwa vergessen?«

»Nein, mein Schatz. Also gut. Wo haben wir aufgehört?«

»Goldröschen hat eine eigene Geigenspielerin bekommen und eines Morgens war der Himmel grau und nichts war mehr wie zuvor.«

»Das hast du dir gut gemerkt. Also …«

Gemeinsam setzten sie sich auf Noahs Bett, und umringt von seinen Kuscheltieren fuhr seine Mutter in der Erzählung fort.

An jenem Morgen, als sich der Himmel verdunkelte, war Goldröschen nicht einmal neun Jahre alt. Der Morgen blieb düster und selbst zum Mittag drang kein einziger Sonnenstrahl durch die dicke Wolkenschicht. Ihre Eltern beruhigten sie, dies sei nichts Ungewöhnliches, ein starkes Gewitter, ein Unwetter – doch Goldröschen glaubte ihnen nicht.

»Seit ich auf der Welt bin, hat jeden Tag die Sonne geschienen. Selbst auf einen Regenschauer folgte sogleich das Licht und jeden Morgen wurde ich von den Strahlen der Sonne geweckt. Ich spüre es, Mama, irgendetwas stimmt nicht.«

Das Königspaar versuchte sie zu beruhigen – wer entdeckt schon gerne Sorgenfalten auf der Stirn seines Kindes? –, doch als der Tag vergangen war und selbst am nächsten Morgen kein Sonnenstrahl zu ihnen drang, wurden sie von Goldröschens Unruhe angesteckt. Sie versuchten es vor ihrer Tochter zu verbergen, doch König Leopold ließ die Soldaten aufmarschieren und Königin Eleonore veranlasste, dass ihre Tochter nicht nur von den Musikanten, sondern auch von zwei Rittern auf Schritt und Tritt verfolgt wurde. Niemand durfte sie aus den Augen verlieren, nichts durfte ihrem einzigen Schatz geschehen.

Barbara, die junge Geigenspielerin, tat ihr Bestes, Goldröschen von ihren Sorgen abzulenken. Wenn sie ihr geliebtes Instrument auspackte und an den Hals setzte, begannen Goldröschens Augen zu leuchten und sie ließ sich nieder und entspannte, während Barbara die Melodien durch den Hof auf die Reisen schickte. Schon bald wurde sie die zauberhafte Barbara genannt, denn mit ihrer Musik vermochte sie jeden zu verzaubern.

Die Wochen vergingen und noch immer verzogen sich die dichten Wolken nicht. Goldröschen wollte all dem auf den Grund gehen. »Ich bin die zukünftige Königin des Landes.

Ich muss herausfinden, was uns bedroht!« Doch ihre Eltern verboten ihr, das Schlossgelände zu verlassen. Eine starke Mauer wurde um das Schloss gebaut und die Tore nur noch auf Befehl des Königs geöffnet.

Viele Bauern und Handwerker drängten zu dem Schlosse, um innerhalb der Mauern Schutz zu suchen. Solange ausreichend Platz war, wurde ein jeder aufgenommen, doch schon bald wurde es so eng, dass den Menschen kein Einlass gewährt werden konnte.

Sie kampierten vor der Schlossmauer, worauf der König einen zweiten Mauerring errichten ließ, der die Leute schützte. Großherzog Ferdinand, der Bruder des Königs, überwachte sämtliche Bauarbeiten, damit sich König Leopold um Rosalind kümmern konnte.

Die allgemeine Sorge wuchs, doch um Goldröschen nicht unnötig zu ängstigen, sollte das kommende Fest am Ersten des Monats trotzdem stattfinden. Die Musikanten stimmten ihre Instrumente, Köche und Bäcker bereiteten ein Festessen und Floristen arrangierten Blumenkörbe und -girlanden. Der Schlossplatz wurde geschmückt und pünktlich um zwölf Uhr sollte die zauberhafte Barbara, Goldröschens Geigenspielerin, mit einem Solo das Fest eröffnen.

Doch was dann geschah, ließ alle erschaudern.

»Nein, Mama, du darfst nicht stoppen. Wir haben noch genug Zeit.«

»Mein Schatz, schau doch auf die Uhr. Morgen erzählen wir weiter.«

Noah seufzte. »Ich wüsste wirklich gerne noch heute, was alle erschaudern ließ. Kam ein Troll? Ein Riese? Ein Berglöwe?«

Mit einem traurigen Ausdruck auf dem Gesicht strich ihm seine Mutter über den Kopf. »Das wirst du morgen erfahren. Schließ deine Augen und schlaf schön, mein Engel.«

»Ich hoffe, für Goldröschen wird alles gut ausgehen.«

»Das wird sich zeigen, mein Schatz, das wird sich zeigen.«

6

Den Schminktisch auf seinen Pickup geladen, bog Noah am nächsten Morgen Punkt acht Uhr in die Amadeusstraße ein. Der Himmel war strahlend blau und die Morgensonne schien durch die verschlafene Wohngegend. Noah suchte die Gebäude nach den Hausnummern ab, bis er auf der rechten Seite die Achtzehn auf einem kleinen Briefkasten entdeckte. Er parkte direkt davor halb auf dem Bürgersteig, wie es hier üblich war, und stieg aus.

Als er sich genauer umsah, stockte er. Vor ihm stand eine alte Stadtvilla. Was für ein herrschaftlicher Bau! Der große Garten, der sich um das altehrwürdige Anwesen erstreckte, hatte seit langem weder Rasenmäher noch Gartenschere zu Gesicht bekommen. Eine kleine Treppe führte auf die Veranda, die jedoch ebenso wie das komplette Haus gewiss schon bessere Zeiten erlebt hatte. Die Farbe blätterte von den Balken – ebenso wie von den verschmutzten Fensterläden. Sein Herz für Holz schrie regelrecht bei dem Anblick und am liebsten hätte er sich direkt an die Arbeit gemacht.

Der alten Frau schien es finanziell noch schlechter zu gehen, als er angenommen hatte. Gab es niemanden, der ihr unter die Arme greifen konnte? Sie hatte doch von einem Neffen erzählt, der Noah den Tisch liefern sollte – half der nicht ab und zu mal aus?

Noah lud den Schminktisch vom Pickup und trug ihn die Veranda hinauf. Vorsichtig stellte er ihn neben der Haustür ab und klopfte an. Dabei öffnete sich die Tür einen Spalt breit.

»Hallo? Ist hier jemand?«

Niemand antwortete.

»Entschuldigen Sie die Störung, ich habe vorgestern den Schminktisch auf dem Antikmarkt bei Ihnen gekauft.«

Keine Reaktion.

»Hallo?«

Wieso war die Haustür unverschlossen, aber niemand daheim? War die alte Frau womöglich gestürzt?

Kurzerhand drückte er die Tür auf und blickte in das Haus. Es war düster und sogleich tastete er nach dem Lichtschalter. Kurz flackerte die Deckenlampe auf, bevor die Birne durchbrannte und der Eingangsbereich wieder im Halbdunkel lag. Dennoch erkannte Noah eine dicke Staubschicht auf den Treppenstufen, die in den oberen Stock führten. Offenbar fehlte der Frau die Kraft hinaufzugehen und sie hielt sich nur noch im Erdgeschoss auf.

Auf einer Kommode, die dringend einen neuen Anstrich benötigte, stand in einer bauchigen Vase ein vertrockneter Blumenstrauß. Wahrscheinlich schmerzten der alten Dame sämtliche Knochen und die Kraft fürs Putzen fehlte ihr ebenso wie das Geld, jemanden dafür zu engagieren. Es war schlimm, dass manche Menschen ihren Lebensabend derart hilflos und verlassen verbrachten. Wieso halfen nicht wenigstens die Nachbarn etwas mit?

Er hievte den Schminktisch in die Eingangsdiele und stellte ihn an die Seite, dann trat er weiter in das Haus hinein. Flüchtig lugte er durch eine der Türen, die von der Diele abgingen, und fand sich in der Küche wieder. Die dicken Vorhänge waren zugezogen, weshalb der Raum im Halbdunkel lag. Dennoch erkannte Noah, dass sich niemand darin befand.

»Hallo?«

Keiner antwortete.

Er öffnete die nächste Tür, die in ein geräumiges Wohnzimmer führte. Als er eintrat, wirbelte Staub auf und kitzelte in seiner Nase. Laut musste er niesen, doch auch auf das Geräusch reagierte niemand.

Im hinteren Bereich des Wohnzimmers befand sich ein großer Wintergarten mit Buntglasfenstern, an denen Windspiele hingen. Doch nicht einmal die begrüßten ihn mit irgendeinem leisen Ton.

»Hallo? Brauchen Sie Hilfe?«

Das gab es doch nicht. Wo befand sich die alte Frau? Oder hatte er sich geirrt? Wohnte sie überhaupt nicht in diesem Haus und lag auch nirgends bewusstlos auf dem Boden? Nur weshalb hatte sich dann der Zettel mit dieser Anschrift in dem Schminktisch befunden? Ganz zu schweigen von dem Brief seiner Mutter! Gut, wahrscheinlich war der ein Produkt seiner Fantasie gewesen, aber der Zettel mit der Adresse befand sich noch immer in seiner Brusttasche!

Zur Sicherheit wollte er noch den Garten nach der alten Frau absuchen, aber dann würde er umkehren. Womöglich lag ein Irrtum vor.

Der Wintergarten besaß eine verglaste Tür, die nach draußen führte. Noch während er auf sie zuschritt, ließ er den Blick über das unüberschaubar große Grundstück schweifen. Zwei Pappeln und ein Kirschbaum wuchsen im Garten, dazwischen blühten Rosen in Rot- und Orangetönen. Dahinter irgendwo musste der Gartenzaun sein, doch es lag so etwas wie Nebel hinter den Sträuchern, der die weitere Sicht versperrte.

Noah entriegelte die Glastür und wollte sie öffnen, doch sie klemmte. Mehrmals drückte er gegen den Knauf und den Rahmen, bis sie mit einem kräftigen Ruck aufschwang. Auf der Schwelle verharrte er einen Moment. Der Duft der Rosen stieg ihm in die Nase und ein feines Klingeln drang an seine Ohren – wahrscheinlich bewegte sich durch den Luftzug eines der Windspiele. Ein Druck drängte ihm entgegen, als verhindere jemand durch einen kräftigen Gegenwind, dass er hinausging. Doch Noah ließ sich davon nicht beirren. Er trat hinaus und setzte beide Füße in dem taufrischen Gras ab. Er stemmte die Hände in die Seiten und reckte den Kopf.

»Hallo?«

Selbst hier draußen reagierte keine Menschenseele – nicht einmal ein Nachbar. Noah blickte zu den Seiten, doch von den angrenzenden Grundstücken fehlte jede Spur. Wahrscheinlich wuchsen die Sträucher so hoch, dass sie die Zäune verdeckten und es wie ein einziger großer Garten wirkte. Auch nach hinten waren weder ein anderes Grundstück noch ein anderes Haus zu sehen. Dabei befand sich die Amadeusstraße mitten in der Kleinstadt – von Feldrandlage konnte keine Rede sein. Seltsam. Er musste sich auf einem dieser riesigen alten Grundstücke befinden, die es vereinzelt in der Siedlung gab.

Vor seinen Füßen schlängelte sich ein Kiesweg entlang, der sich zwischen den Rosensträuchern verlor und dem er ohne zu zögern folgte. Die Steine knirschten unter seinen Schuhen – das einzige Geräusch, das zu hören war. Ein plötzlicher Wind kam auf, der an Noahs kurzen dunklen Strähnen zerrte. Der eben noch so strahlend blaue Morgenhimmel verdüsterte sich durch dicke graue Wolken, die so rasch herbeizogen wie sonst nur im Hochgebirge. Komisch. Für heute war kein Unwetter vorhergesagt. Aber die Meteorologen lagen selten richtig mit ihren Vorhersagen.

»Hallo?«

Auch auf seinen letzten Versuch antwortete niemand. Die alte Frau war nicht hier. Wieso sich die Adresse dieser alten Villa in dem Schubfach befunden hatte, war die Frage, die Noah nicht losließ. Vielleicht hatte er einst in dem Haus gestanden. Aber gut, da sich kein ehemaliger Besitzer ausfindig machen ließ, würde er eben doch den Spiegel austauschen und den Schminktisch Frau Meier verkaufen. Er hatte ihn ihr ohnehin bereits versprochen. Hauptsache, er war das alte Ding bald los und konnte sich, ohne viel nachzudenken, seiner Arbeit widmen.

Der Gedanke an seine Mutter schlich sich in seinen Kopf und erneut hielt er inne, um sich umzusehen. Welchen Grund konnte sein Unterbewusstsein haben, ihn mithilfe eines Briefes seiner Mutter herzuführen – und dann auch noch dieses alte Märchen mit einzubauen? Er dachte oft an sie – wie sollte er auch nicht? Sie war ein wundervoller Mensch gewesen, einfühlsam, liebevoll und mit einer unerklärlichen Engelsgeduld. Was hatten sie nicht alles miteinander geteilt – insbesondere die Liebe zur Musik. Seine Mutter war es gewesen, die ihm schon in jüngsten Jahren die ersten Melodien auf der Geige beigebracht hatte. Sie hatte in ihm die Musik erweckt, das Bedürfnis, mit Tönen Gefühle und Gedanken auszudrücken.

Die Liebe zur Musik, die wie Magie wirkte, hatte ihre Mutter-Sohn-Beziehung verstärkt, bis ihr Tod und die folgenden Vorkommnisse die Musik begonnen hatten, aus seinem Leben zu verdrängen. Doch die Sehnsucht nach seiner Mutter hatte in ihm gebrannt, weshalb er sich nach dem Schulabschluss für den Beruf des Geigenbauers entschieden hatte, um sich ihr wieder näher zu fühlen – bis erneut ein Ereignis das Band zur Musik zerstört hatte, doch diesmal für alle Zeit …

Noah schüttelte entschieden den Kopf. Wieso hatte dieses Möbelstück die Erinnerungen an seine Mutter derart belebt, dass er sich eingebildet hatte, einen Brief von ihr in den Händen zu halten? Lag es an der Frau, die er auf der Spiegelung gesehen hatte? Die ihn an das Märchen erinnerte, das sie ihm als Kind erzählt hatte? Wieso auch immer – er musste die Geister der Vergangenheit vertreiben. Entschlossen drehte er sich um und lief zurück. Er hatte wahrlich lange genug nach der alten Dame gesucht! Der Zettel mit der Anschrift musste ein Missverständnis sein und er hatte mit der ehemaligen Besitzerin nichts zu tun.

Seltsam. Er musste weiter gelaufen sein, als er es bemerkt hatte, denn von der Villa fehlte jede Spur – und auch von dem Wintergarten, durch den er nach draußen getreten war. Wie konnte das sein?

Sein Herz klopfte unruhig, doch er ignorierte es. Stirnrunzelnd lief er auf dem Kiesweg zurück. Das Knirschen der Kiesel bezeugte, dass er immer schneller lief, doch das alte Haus tauchte nicht wieder auf. Sein hastiges Gehen wurde zu einem Dauerlauf und kurz darauf sprintete Noah über den Weg der weiß schimmernden Steine. Aber egal wie lange er rannte, die Villa war nirgends zu sehen.

Noah blieb stehen. Schweiß brach ihm auf der Stirn aus. Etwas stimmte ganz und gar nicht. Er war nicht so weit in den Garten gelaufen, höchstens zweihundert Meter – wenn überhaupt. Wohin also war das Haus verschwunden?

Erneut ließ er den Blick über die Sträucher schweifen und sah nichts als Natur. Die Zweige der großen Pappeln wiegten sich hin und her, von dem Kirschbaum fehlte jede Spur.

»Was geht hier vor sich?«

Leise Stimmen drangen durch den Garten und Noah verharrte still, bis er nicht nur das Flüstern hörte, sondern auch die gesprochenen Worte verstand.

»Das ist er?«

»Wirklich?«

»Seid ihr euch absolut sicher?«

»Er trägt keine Rüstung.«

Rasch drehte sich Noah zu den Seiten, doch er konnte niemanden sehen. »Wer ist da?«

»Ich weiß nicht, ob das wirklich derjenige ist, auf den wir gewartet haben«, piepte eine hohe Stimme. War das eine Frau? Oder ein Mädchen?

»Hallo? Wo sind Sie? Mein Name ist Noah Schulte. Ich wollte den Schminktisch zurückbringen und weiß nicht, wie ich zurück ins Haus gelange.« Er lachte auf. »Offenbar habe ich mich in dem Garten verlaufen.«

»Im Garten verlaufen? In welchem Garten?«

Die hohe Stimme kam von unten.

Sogleich ging Noah in die Hocke, stützte sich mit den Händen auf dem kühlen Gras ab und blickte unter die

Rosensträucher. Es mussten Kinder sein, die Verstecken spielten.

»Ihr braucht keine Angst vor mir zu haben. Bitte, könnt ihr mir sagen, wie ich zum Haus komme? Ich muss zurück zur Arbeit.«

Etwas blendete ihn, ein heller Schein drang unter einem der rot blühenden Rosensträucher hervor. Spielten die mit einem Spiegel? Er sah ein paar kleine Farbtupfer unter dem Gewächs, die sich bewegten. Waren das Murmeln, mit denen sich die Kinder die Zeit vertrieben? Langsam trat Noah näher, darauf bedacht, die Kinder nicht zu erschrecken. Er streckte die Hand nach der größten Murmel aus, wollte sie zu ihnen zurückrollen, doch als er sie zwischen den Fingern zu packen bekam, ertönte ein hoher, verzweifelter Schrei, etwas biss ihm in den Zeigefinger und sofort ließ er die bunt schillernde Kugel wieder fallen.

»Autsch!«, quiekte eine hohe Stimme, während Noah stirnrunzelnd seinen Finger betrachtete. Es war kein Kratzer zu sehen, höchstens eine winzige Rötung, die bereits wieder verschwand. Seltsam, die Murmel hatte sich weder hart noch gläsern angefühlt. Und wie hatte sie ihm den kurzen Schmerz verursacht?

»Wo seid ihr?« Noah duckte sich, um noch tiefer unter die Sträucher zu linsen. »Habt ihr euch eine Höhle gebaut?« Doch nirgends entdeckte er eines der Kinder. Dafür kullerte die dicke Murmel wieder zurück und seltsamerweise bewegte sich etwas Beiges, Kleines an ihr, als wäre etwas an der Glaskugel befestigt.

Als sie näher und näher rollte, wurden ihre Umrisse klarer und Noah weitete ungläubig die Augen. Das war gar keine Murmel, sondern eine winzig kleine Frau, höchstens so groß wie Noahs Zeigefinger. Sie trug ein sehr eng sitzendes gelbes Kleid, das ihre fülligen Proportionen betonte. Die winzige Faust erhoben trat sie erbost auf ihn zu und funkelte ihn angriffslustig an.

»Was fällt dir ein, du Grobian, mich einfach anzufassen und wieder fallen zu lassen? Ich hab mir das Knie aufgeschrammt!« Mit dem klitzekleinen Zeigefinger deutete sie auf ihr Bein, an dem vermutlich nur mit der Lupe eine Aufschürfung zu entdecken war.

Unwillkürlich zuckte Noah zurück. »Wer … Was … Wo … Was geht hier vor sich?« Er rieb sich über die Augen, gründlich, und noch einmal. Wenn er sie wieder öffnete, würde dieses Ding verschwunden sein und dafür tauchte das Haus wieder auf. Zur Sicherheit rieb er sich über die mit Stoppeln übersäten Wangen und schüttelte den Kopf kräftig, bevor er es wagte, langsam die Augen zu öffnen – und erschrak. Das kleine Ding war seine Jeans hinaufgeklettert, stand auf seinem Knie, die Hände in die molligen Hüften gestemmt, und blickte ihn erbost an. Sie sah aus wie eine erwachsene Frau. Ihre feuerroten Locken wallten um ihr fülliges Gesicht.

»Ich verbiete es ausdrücklich, angetatscht und begrapscht zu werden, haben wir uns verstanden? Sonst wird das mit uns nichts.«

Noah blinzelte mehrmals. »Sonst wird das mit uns nichts?«

»Ganz genau.«

»Wer bist du? Was bist du? Wo bin ich hier gelandet?«

»Mein Name ist Mailin und was ich bin, wirst du doch wohl wissen. Denk daran, wir sind das stille Volk und wer uns beleidigt, der wird es sein Lebtag bereuen!«

»Das stille Volk?«

Langsam kullerten auch die anderen Murmeln unter dem Rosenstrauch hervor, doch wie Mailin waren es keine Glaskugeln, sondern winzig kleine Frauen und Männer in dünnen, leichten Gewändern, keiner größer als der andere. Sie waren fein und zart, und standen nah beieinander. Nur eine junge Frau saß an einem der tiefhängenden Rosenblätter auf einem Tautropfen, der unter ihrem federleichten Gewicht nicht zu Boden tropfte. Halb neugierig, halb ängstlich blickten sie Noah entgegen und sprachen keinen Ton.

»Endlich bist du da!«, polterte Mailin wieder los. »Du glaubst nicht, wie lange wir auf dich gewartet haben.«

Noah verharrte stocksteif neben dem Kiesweg, die Arme im Gras an der Seite aufgestützt, und betrachtete fassungslos die kleinen Wesen. Das musste ein Traum sein. Ein Spiel. Ein Streich. Aber wer würde mit ihm so etwas anstellen? Er hatte doch kaum noch soziale Kontakte und seine Kundschaft ließ ihn in Frieden.

Mailin beobachtete ihn ungeduldig und ihre Worte kamen ihm wieder in den Sinn. Das stille Volk. Die Bezeichnung sagte ihm etwas, erinnerte ihn an ein Märchen, und erneut kam ihm der Brief seiner Mutter in den Sinn. Sie erwarten dich, hatte sie geschrieben. Nervös fuhr er sich mit der Hand in den Nacken.

»Seid ihr … Elfen?«

»Das hatten wir doch längst. Und jetzt steh endlich auf und los geht's! Wir haben schon viel zu viel Zeit verloren!« Auffordernd klatschte sie mehrmals mit ihren winzigen Händen. Das Geräusch war leise und fein.

»Zu viel Zeit verloren? Was geht hier vor sich? Ist das ein Theaterstück? Seid ihr Marionetten?«

»Marionetten?« Wütend funkelte sie ihn an.

»Wieso ist das Haus verschwunden?«

»Das war doch dein Portal!« Ungeduldig verdrehte sie die Augen gen Himmel, an dem sich unzählige graue Wolken auftürmten. Als sie es sah, zuckte sie zusammen.

»Geschwind, versteck dich!« Schneller, als er es ihr zugetraut hätte, rutschte sie sein Bein hinunter. Da er sich noch immer nicht rührte, packte sie seine Schnürsenkel – das einzige, das sie von der Größe her umfassen konnte – und zog daran wie eine Wilde. »Schnell, komm unter den Strauch. Sonst entdeckt er dich!«

»Wer? Was meinst du?« Doch angesichts der angsterfüllten Gesichter der anderen Elfen krabbelte er hinter ihr unter den Rosenbusch.

Ein Donnern krachte durch die Luft, ein Knistern folgte und kurz darauf rauschten Schwärme von Vögeln vom Himmel, um sich im Geäst der Pappeln zu verstecken. Rasch kroch Noah etwas tiefer unter den Strauch und als der nächste Donner ertönte, schreckten die Elfen zusammen. Ihre Gesichter wurden bleich, die Augen rissen sie weit auf und ihre Körper schlotterten. Etwas zog in Noah, ein Gefühl der Fürsorge, und er streckte die Hand nach ihnen aus, obwohl sie unmöglich real sein konnten. »Habt keine Angst.«

Dankbar sahen sie ihn an, traten langsam näher und schmiegten sich an seine Seite. Mailin unterdessen blieb breitbeinig vor ihnen stehen und sah zornerfüllt gen Himmel.

»Weiß er, dass er da ist?«, piepste eine der Elfen und während Mailin die Schultern zuckte, fragte sich Noah, von wem die Rede war.

»Wo bin ich gelandet? Erklärt mir, was hier vor sich geht.«

Die Elfen schauten ihn stumm an, ihre Blicke bargen tiefe Sorge, bis Mailin vortrat und Noah fest in die Augen sah. »Du bist hier, um unsere Königin zu befreien.«

7

»Ich bin hier, um eure Königin zu befreien? Was willst du mir damit sagen?« Hatte Noah sich den Brief seiner Mutter etwa doch nicht eingebildet? Sie hatte geschrieben, er müsse Rosalind helfen, Goldröschen. Sofort schoss ihm das Bild der schlafenden Frau in dem Spiegel in den Sinn. Hatte sie etwas mit all dem zu tun? Die roten Lippen, die helle Haut und das golden glänzende Haar – war sie … Goldröschen?

Eine kleine Elfe nickte hastig. »Seit vielen Monden schon liegt die Königin dieses Landes in einem zwanghaften Schlaf. Sie wurde verzaubert, ebenso wie unser schönes Königreich, und seither suchen wir nach dem holden Prinzen, der sie zu erretten vermag.«

»Nach dem holden Prinzen?« Noah lachte auf, auch wenn ihn bei ihren Worten ein bedrückendes Gefühl packte. Ein zwanghafter Schlaf. Es musste die schöne Frau von dem Spiegel sein – aber streng genommen war das unmöglich! »Ich bin weder hold noch ein Prinz. Mein Name ist Noah und ich bin rein zufällig hier.«

»Aber du hast das Haus gesehen, konntest die Tür öffnen und die magische Schwelle überschreiten. Du bist derjenige, auf den wir gewartet haben!«

*Sie warten auf dich …*

»Welche magische Schwelle? Und was soll das bedeuten, ihr hättet auf mich gewartet? Hier liegt eine Verwechslung vor. All das muss ein seltsamer Traum sein. Oder bin ich im Fernsehen? Seid ihr überhaupt …«, bevor er das Wort echt aussprechen konnte, verschluckte er es angesichts der herzerweichenden Blicke der Elfen.

»Wir brauchen deine Hilfe. Bitte, sie muss endlich erweckt werden und unser Königreich aus der Dunkelheit führen.«

Ein Donnern krachte über die Gartenlandschaft und Noahs Blick fuhr in den grauen Himmel. Was war das für ein seltsames Wetter?

»Wo befinde ich mich?«

»Du bist im Tal der Hoffnung.«

Tal der Hoffnung? »Lebt ihr hier?«

»Ja, seit die Dunkelheit von dem Königreich Besitz ergriffen hat. Vorher haben wir uns um die Blumen im ganzen Land gekümmert – doch mittlerweile wachsen kaum noch welche, weil das Licht fehlt. Wenigstens hier können wir noch unseren Aufgaben nachgehen und nur auf diese Weise haben wir überlebt.«

»Nur so habt ihr überlebt? Was meinst du damit?«

»Wenn die letzte Blüte verkümmert, so tun auch wir das.«

Angesichts ihrer hilflosen Gesichter seufzte Noah innerlich auf. Dennoch wollte er wissen, wie er wieder nach Hause gelangte.

»Wo befindet sich der Ausgang? Ich meine, wie komme ich wieder zurück?«

Schon setzte ein Elfenmädchen an, ihm zu antworten, als Mailin ihr über den Mund fuhr und sich vor ihm aufbaute. »Das verraten wir dir erst, wenn du unsere Königin befreit hast!«

Noah verschränkte die Arme vor der Brust. Angesichts ihrer Winzigkeit wusste er nicht, ob er lachen oder aufbrausen sollte. »Das ist Erpressung.«

»Da siehst du mal, wie ernst die Lage ist, wenn selbst solche reinen und herzensguten Geschöpfe wie wir Elfen zu solch drastischen und unlauteren Methoden greifen. Aber du lässt uns keine Wahl. Und jetzt hopp, Hintern hoch. Los geht's. Der Himmel klart auf und wir müssen uns beeilen.«

Tatsächlich zogen ein paar dunkle Wolken wieder zur Seite, so schnell, als blase ein mächtiges Wesen sie fort. Der Himmel jedoch blieb wolkenverhangen und die Sonne dahinter verborgen. Ging das noch mit rechten Dingen zu?

Gedankenverloren fuhr er mit der Hand über sein kariertes Hemd und als er über seine Brust strich, hörte er etwas knistern. Stirnrunzelnd zog er aus seiner Brusttasche den Zettel mit der Anschrift. Einer Eingebung folgend entfaltete er ihn langsam. Seine Augen weiteten sich, als er die Handschrift seiner Mutter erkannte. Es war dasselbe Schreiben wie gestern, das, das er sich eigentlich nur eingebildet hatte. Wieso tauchte es plötzlich wieder auf? Er überflog die Zeilen, bis er an dem vorletzten Absatz hängenblieb.

*Erinnere dich an die Geschichten, die ich dir als Kind erzählt habe, an das Märchen von Goldröschen. Es steckt so viel mehr Wahrheit in dieser Erzählung, als du es dir vorstellen kannst. Bitte, du musst Rosalind helfen.*

Er schluckte. Sein Blick fiel auf die fingergroßen Wesen, die sich um ihn drängten, als wäre er ihr Ritter in strahlender Rüstung. Und in diesem Moment fasste er den Entschluss, so irrwitzig er auch sein mochte, der Bitte seiner Mutter und der Elfen nachzugeben.

Die zarten Wesen huschten aus dem Versteck hinaus – sie konnten sich rasend schnell bewegen, obwohl sie so klein waren. Kein Wunder, dass er sie für Murmeln gehalten hatte. Ihre Kleider wirbelten umher, während ihre Gliedmaßen kaum zu erkennen waren. Hinter ihnen kroch er aus dem Gestrüpp. Mailin setzte sich wie ein Feldwebel an die Spitze der Elfenschar und wies auf den Kiesweg. »Dort müssen wir entlang. Los!«

»Moment mal.« Noah lief ein paar Schritte umher. War diese Villa wirklich ein … Portal gewesen? War sie nirgends zu sehen?

Er suchte die Wiese ab, die Rosensträucher und die Pappeln. Wo war der Kirschbaum, den er vom Wohnzimmer aus gesehen hatte? Wenn er ihn fand, hielt er sich nahe der Villa auf. Er konnte doch nicht einfach mit den Elfen mitgehen, ohne sich zuvor zu orientieren!

Suchend lief er los, doch der wuchtige Baum war nirgends zu sehen. Wie war all das möglich? Solche seltsamen Dinge geschahen normalerweise nicht. In was für einer Welt befand er sich? Wohin hatten der Brief seiner Mutter und der Schminktisch ihn geführt? Das Bild der Frau aus dem Spiegel kam ihm in den Sinn. Wie war das Spiegelbild entstanden? War auch das Teil dieser seltsamen Welt? Hatte dieses Bild ihn in diese Welt geführt?

Erneut schweifte sein Blick über die Natur, bis er an den kleinen bunt schillernden Wesen haften blieb, die auf dem

Kiesweg standen. Aus ihren großen Augen blickten sie ihn an und es rührte an sein Herz.

»Ihr sagt also, ich komme nur wieder nach Hause, wenn ich euch helfe?«

Sie nickten und senkten schamhaft die Köpfe – abgesehen von Mailin, die ihn triumphierend ansah.

»So sieht es aus. Je eher du unsere Königin erweckt hast, desto früher bist du wieder daheim.«

Das Märchen von Goldröschen schoss ihm in den Sinn. Die schlafende Königin ...»Und wie soll ich sie erwecken?«

»Das musst du selbst herausfinden.«

Sofort fiel ihm der Kuss aus Dornröschen ein und rasch presste er die Lippen aufeinander. Er würde nie wieder küssen, nie wieder eine Frau derart nah an sich heranlassen. Es musste einen anderen Weg geben.

Tief atmete er durch, bevor er neben den kleinen Wesen herlief. Ein letztes Mal drehte er sich um, und als er die Villa nirgends entdecken konnte, marschierte er neben den Elfen, mit deren Schritt er kaum mithalten konnte, den weiß schimmernden Weg entlang. Sie sahen so echt aus, dass eine kleine Stimme in ihm flüsterte, dass sie es womöglich waren. Aber was hatte das zu bedeuten? Echte Elfen? Tal der Hoffnung? Eine verzauberte Königin? Ein Brief seiner verstorbenen Mutter? Er konnte doch nicht tatsächlich durch ein magisches Portal gegangen sein! Oder befand er sich wirklich in einem Märchenland? Aber wie fand er dann wieder heim? Kannten die Elfen den Weg?

So resolut wie Mailin waren die anderen nicht. Immer wieder hoben sie ihre Blicke und sahen ihn zaghaft lächelnd an. Die Traurigkeit, die über jeder ihrer Bewegungen lag, beunruhigte sein Herz. Er konnte es nicht ertragen, wenn jemand unglücklich war. Er selbst wusste zu genau, wie es sich anfühlte, wenn die eigene Welt zerbrach. Er durfte nicht zulassen, dass es auch anderen so erging, und er wollte sein Möglichstes tun, um zu helfen, dass sich niemand so einsam und traurig fühlen musste wie er damals.

Konnte er überhaupt heimkehren, ohne vorher diese schlafende Frau wenigstens gesehen zu haben? Sie erweckte ein Gefühl in seinem Herzen, das er verloren geglaubt, nein, tief in sich vergraben hatte und das nie wieder an die Oberfläche hatte kommen sollen. Bestimmt hatte es mit der Handschrift seiner Mutter zu tun, mit diesem Brief. Wann hatte sie ihn geschrieben? Woher hatte sie gewusst, dass Goldröschen einmal seine Hilfe brauchte? Wo war er gelandet? War all das womöglich wirklich real? Und was hatte der Spiegel mit all dem zu tun?

Ungläubig schüttelte er den Kopf und betrachtete Mailin.

»Habt ihr mir den Schminktisch zukommen lassen? Und den Zettel mit der Adresse?« Und den Brief? – doch die letzte Frage behielt er für sich.

»Welchen Schminktisch? Und von welchem Zettel sprichst du?«

Noah schüttelte den Kopf. Seltsam. Höchst seltsam.

Nebeneinander eilten sie den Kiesweg entlang, passierten weitere Pappeln und unzählige Rosensträucher. Noahs Atem ging schneller, während die Elfen ungebremst vorwärtsdrängten.

»Wie kommt es, dass ihr so schnell laufen könnt?«

Die Elfen sahen ihn erstaunt an. »Wir sind Zauberwesen – hast du das nicht gewusst?« Sie musterten ihn stirnrunzelnd, als wäre er der Seltsame – aber offenbar war er das auch. Schließlich war außer ihm keine Menschenseele weit und breit zu sehen. Ihre kleinen Gesichter waren so ernst, ihre Schultern hingen tief. Natürlich hatte er als Kind Geschichten von Elfen gehört. Aber er hatte sie sich als fröhliche, unbeschwerte Wesen vorgestellt, die tanzten und mit ihrem Zauber die Natur versorgten. Immer wieder blickten sie mit eingezogenen Köpfen gen Himmel, als drohte ihnen von ihm Gefahr. Sie liefen dicht beieinander wie Pinguine und sprachen nur das Nötigste.

Wenn sie die Frau in dem Spiegel als ihre Königin bezeichneten, war sie dann ebenso klein und zierlich wie die magischen Geschöpfe? Etwas drückte in ihm bei dem Gedanken. Er hatte sie sich als Mensch vorgestellt. Doch es war einerlei, was sie war, wie groß sie war und zu welcher Art sie gehörte. Er half den Elfen, sie zu befreien, was nicht sehr schwer sein konnte, und anschließend konnte er wieder heim.

»Wo ist diese Königin, die wir erwecken müssen?«

»Das wissen wir nicht.«

Ungläubig sah er sie an. »Wie bitte? Wo laufen wir denn dann hin?«

Entschieden hob Mailin die Hand und alle Elfen blieben stehen. »So, wir sind da.«

»Da? Was meinst du?« Die Landschaft hatte sich kaum verändert. Noch immer säumten Pappeln den Kiesweg und dazwischen wuchsen prächtige Rosensträucher.

»Hier ist die Grenze.«

»Welche Grenze?«

Mailin seufzte schwer. »Siehst du es nicht? Du musst richtig hinschauen, sonst wird das nichts, dass du unsere Königin befreist.« Sie deutete auf den Kiesweg und Noah bückte sich, kniff die Augen zusammen und gerade, als er sich wieder aufrichten wollte, entdeckte er eine feine glitzernde Linie.

Ungläubig sah er sie an. »Du meinst das?«

»Ganz genau!«

»Und wo liegt nun eure Königin?«

»Das musst du herausfinden.«

»Ich? Also wenn all das hier wirklich kein Traum ist, dann ist der Spaß jetzt vorbei. Ich habe jede Menge Arbeit zu tun und Termine. Sagt mir, wo eure Königin ist, ich helfe euch und dann zeigt ihr mir den Weg zurück.«

»Vor allem hast du eine ehrenhafte, wichtige Aufgabe zu erfüllen. Errette unsere Königin und damit unser wunderschönes Land. Lauf den Kiesweg weiter entlang und lausche deinen Sinnen und deinem Herzen. Und sobald ein Unwetter aufzieht, musst du dich verstecken. Er darf nicht wissen, dass du da bist.«

»Ich soll was?« Noah holte tief Luft, um endlich aufzubrausen. Er war ein geduldiger Mensch, aber jetzt war der Zenit überschritten. Doch bevor er mit der Faust auf den imaginären Tisch schlagen konnte, schnipste Mailin mit dem Finger, worauf sie und die übrigen Elfen von jetzt auf gleich verschwanden.

Noah rieb sich über die Augen, einmal, zweimal, doch die Wesen waren fort und tauchten nicht wieder auf.

»Mailin? Elfen? Wo seid ihr?«

Niemand antwortete ihm. Das war doch nicht möglich. Jetzt war er in diesem seltsamen Land und dann ließen die ihn auch noch alleine. Kurzerhand drehte er um. Er wollte wieder zurück. Irgendwo musste diese Villa schließlich sein. Von wegen magisches Portal. Wer auch immer ihm einen Streich spielte, jetzt war es vorbei!

Eine Krähe krächzte laut und lauschend stand er still. Er suchte die Pappeln ab und entdeckte das Tier hoch oben in den Wipfeln sitzen. Es blickte zu ihm herunter, legte den Kopf schief und dann breitete es die Flügel aus und flog fort in die Richtung, die Mailin Noah gewiesen hatte. Das Krächzen war wie ein Rufen, als wollte der schwarze Vogel verhindern, dass Noah ging. Und so seltsam das klang, der Ruf der Krähe ergriff sein Herz. Wieder musste er an die Frau im Spiegel denken, aber wieso? Lag es an dem Märchen, das ihm seine Mutter erzählt hatte? An dem Brief?

Ach, es war doch einerlei. Ob er nun zurücklief, um ewig nach diesem Portal zu suchen, oder den Weg weitermarschierte, um die Königin zu erwecken – das eine konnte nicht schwerer sein als das andere. Ohne es zu spüren, schlich sich ein Lächeln auf seine Lippen, während er den Kiesweg in die Richtung marschierte, die ihm die Elfen gewiesen hatten und in die die Krähe davongeflattert war. Ein feines Lächeln, wie es seit ewiger Zeit nicht mehr auf seinem Gesicht erschienen war.

8

Gespannt setzte Noah einen Fuß über die schmale glitzernde Linie, die über die Kiesel verlief und auf die Mailin hingewiesen hatte, und als er sie überschritten hatte, verschwanden sämtliche Rosensträucher aus seinem Blickfeld. Nur noch die hohen, scheinbar bis in die tief hängende Wolkendecke hineinragenden Pappeln säumten den Kiesweg. Sie bildeten eine Allee, die so weit führte, dass Noah kein Ende erblicken konnte.

Es war frisch, weitaus kühler als heute morgen. Er zog die Ärmel seines Hemdes über die Handgelenke, bevor er losmarschierte. Die kleinen Steine unter seinen Schuhen knirschten. Immer wieder drehte er sich zu den Seiten und ließ seinen Blick die schlanken Bäume hinaufwandern, doch er machte nichts Auffälliges oder Sonderbares ausfindig. Auch die Krähe tauchte nicht wieder auf.

Wie lange musste er laufen, bis er die Königin fand? Wohin führte ihn dieser endlos erscheinende Weg? Egal wie weit er in die Ferne blickte, es kam kein Ende in Sicht. Alles lag in einem undurchsichtigen Grau, ebenso wie der Himmel. Schon glaubte er, die Hoffnung aufgeben und umkehren zu müssen, als er in der Ferne eine kleine Hütte entdeckte. Sie stand zwischen zwei großen Pappeln mitten auf der Wiese. Je näher er ihr kam, desto baufälliger wirkte sie. Höchstens ein Zimmer befand sich in dem Bretterverschlag und das Dach war größtenteils abgedeckt. Die Ziegel lagen lose, viele davon zerbrochen im Gras. Womöglich hatte kürzlich ein Sturm gewütet und das Dach zerstört.

Vor der Kate auf einem Baumstumpf saß ein alter Mann. Seine Kleidung war zerschlissen, seine Hände rau und verschrammt. Zu seinen Füßen stand eine Werkzeugkiste, aus der ein Hammer hervorragte, und daneben lag eine Leiter.

Also gab es doch Menschen in dieser skurrilen Welt.

Während Noah nähertrat, sah der alte Mann auf. Tränensäcke hingen unter seinen müden Augen, die rot geädert waren.

Die Arme vor der Brust verschränkend blieb Noah vor ihm stehen. »Guten Tag.«

»Guten Tag, junger Mann. Wo kommen Sie denn her?«

Noah zeigte den Kiesweg zurück. »Ich komme aus dem Tal der Hoffnung.«

»Dem Tal der Hoffnung? Von dort ist schon lange niemand mehr gekommen.« Während der Alte ihn neugierig musterte, betrachtete Noah die aufgeplatzten Fingerkuppen des Mannes. Hatte er sich die Finger blutig geschlagen bei dem Versuch, das Dach zu reparieren? »Ihr Haus ist kaputt.«

Der alte Mann nickte müde. »Das Wetter …« Mehr sagte er nicht, als müsste Noah wissen, was er damit meinte. Hatte es etwas mit dem urplötzlichen Gewitter vorhin zu tun? Gab es die womöglich häufiger?

Fragend wies Noah auf die Ziegel. »Viele sind kaputt. Haben Sie noch Ersatz?«

Der Alte nickte erneut. »Im Haus sind genug, aber ich bin von der Leiter gefallen und meine Kraft reicht nicht, sie wieder aufzustellen.«

Noah winkte ab. »Kein Problem.« Er griff nach der Leiter und lehnte sie an die Hauswand. Kurzerhand stieg er hinauf und betrachtete den Schaden. Die Holzbalken sahen unversehrt aus, nur die Ziegel mussten wieder ordentlich befestigt werden, sonst würde es über kurz oder lang in die Hütte hineinregnen.

»Ich helfe Ihnen schnell.«

»Sie helfen mir? Haben Sie überhaupt genug Zeit?«

Unschlüssig blickte Noah den Kiesweg entlang. Er wusste nicht, wieviel Zeit ihm blieb. Theoretisch keine, denn er sollte gar nicht hier, sondern in seiner Werkstatt sein und an den Stühlen arbeiten. Doch er kannte weder den Weg nach Hause noch hatte er herausgefunden, was es mit dem Brief seiner Mutter auf sich hatte. Er strich über die Brusttasche, in der ihr Schreiben steckte. Mailin hatte gesagt, er müsste sich beeilen, aber Noah konnte diesen Mann nicht sich selbst überlassen.

»Ich nehme mir die Zeit. Zeigen Sie mir einfach, wo die Ziegel sind, und ich kümmere mich darum.«

Ungläubig sah der Alte ihn an, bis ein Funken Hoffnung auf seinem fahlen Gesicht erschien. Schwerfällig erhob er sich und schlurfte in seine Hütte. Noah stieg von der Leiter und folgte ihm ins Innere. Es war eng, aber sauber. In der Ecke stand ein Bett, auf der anderen Seite befand sich eine Kochstelle. Daneben stapelten genügend Tonziegel, um das Dach zu reparieren.

Sogleich machte sich Noah an die Arbeit. Er trug die Ziegel nach draußen, schnappte sich den Werkzeugkasten des Alten und kletterte die Leiter hinauf. Er trug keine Uhr bei sich, aber gefühlt vergingen Stunden, bis er den letzten Ziegel befestigt hatte.

»So, jetzt dürfte das Dach ein paar Stürme und Gewitter aushalten.«

Der alte Mann lächelte. Unzählige Runzeln durchfurchten sein Gesicht, doch nicht alle davon rührten von Kummer. Noah entdeckte ein paar Falten, die wie Strahlen seitlich seiner Augen lagen, als hätte er eine Zeit lang viel gelacht.

»Danke, junger Mann. Sie haben mir sehr geholfen. Münzen besitze ich leider keine. Wie kann ich Ihnen den Dienst entlohnen? «

»Ach«, Noah winkte ab, »ich habe es gern getan. Aber können Sie mir vielleicht sagen, wo ich die schlafende Königin finde?«

»Die schlafende Königin?« Der Alte blickte nachdenklich in die Ferne. »Noch nie von ihr gehört.«

Wie bitte? Sollte nicht jeder in diesem Land wissen, wo sich die Königin aufhielt? »Mir wurde gesagt, nur wenn ich ihr helfe, kann ich wieder zurück.«

Entschuldigend zuckte der Fremde mit den Schultern. »Da kann ich Ihnen leider nicht weiterhelfen.«

»Kein Problem. Schönen Tag noch.« Und ohne ein weiteres Wort verließ Noah den alten Mann und marschierte den Kiesweg weiter.

Nach einer Weile spürte er seine Zunge am Gaumen kleben. Obwohl die Sonne nicht schien und die Luft noch immer kühl war, quälte ihn ein heftiger Durst. Er hätte den Alten um einen Schluck Wasser bitten sollen, aber zum

Umkehren war er bereits zu weit gelaufen. Vielleicht sollte er die Wiesen, die sich neben den Pappeln in unendlicher Weite erstreckten, nach einem Bach absuchen. Aber bevor er den Entschluss fassen konnte, entdeckte er in der Ferne eine Apfelbaumplantage. Ein Stück Obst würde seinen Durst ebenfalls löschen. Er beschleunigte seine Schritte und gelangte wenig später zu der Streuobstwiese.

Ein kleiner Junge saß an einem der Stämme, die Ellenbogen auf den zerschrammten Knien und den Kopf in die Hände gestützt. Neben ihm parkte ein großer Bollerwagen, den er unmöglich alleine ziehen konnte und in dem sich mehrere Körbe stapelten.

»Hallo, mein Name ist Noah. Wie heißt du?«

Der Junge sah auf und Noah entdeckte Tränenspuren auf seinen verdreckten Wangen. »Ich bin der Peter.«

»Freut mich.« Noah hockte sich zu ihm. Er würde es nicht übers Herz bringen, einfach an dem Kleinen vorbeizulaufen. »Warum sitzt du hier alleine?«

»Ich soll die Äpfel pflücken, hat Papa gesagt, aber ich komm nicht dran.«

»Gibt es keine Leiter, mit der du hochsteigen kannst?«

»Doch, aber die kleinen Männer haben sie geklaut.«

»Welche kleinen Männer?«

Der Junge sah sich ängstlich zu den Seiten um, bevor er die Hand an die Lippen hob, um seine Stimme zu dämpfen, und ihm zuflüsterte: »Na, seine Männer.«

»Seine Männer?« Als der Junge eifrig nickte, runzelte Noah die Stirn. »Von wem sprichst du?«

»Vom Kaiser.«

»Wie bitte? Werdet ihr von einem Kaiser regiert?«

»Das musst du doch wissen.«

Aber was war das dann für eine Königin, die er erwecken sollte? Gehörte sie zu einem anderen Königreich?

Der Junge schluchzte auf. »Jede Nacht werden mehr von unseren Äpfeln geklaut. Es sind kaum noch welche übrig. Alle, die ich heute nicht zu pflücken schaffe, sind für unsere Ernte verloren.«

Noah stellte sich auf. »Mach dir keine Sorgen. Ich helfe dir. Ich hebe dich in das Geäst und dann pflücken wir gemeinsam. In Ordnung?«

Der Junge presste die Lippen aufeinander und verschluckte den letzten Schluchzer. »Das würdest du tun?«

»Natürlich. Und jetzt steh auf – genug Trübsal geblasen. Wir zwei haben jede Menge Arbeit vor uns.«

Sofort sprang der Kleine auf die Füße. Zusammen mit einem Weidenkorb hob Noah ihn hoch in das Geäst und der Junge fing begeistert an zu pflücken. Sobald der Korb voll war, rief er nach Noah, der den Behälter in den Bollerwagen stellte und Peter einen neuen reichte. Unterdessen begann auch Noah eifrig zu ernten. Nach einer Weile wischte er sich mit dem Handrücken den Schweiß von der Stirn und blickte in den Himmel. Die Sonne war nirgends zu sehen, weshalb er ihren Stand nicht für die Schätzung der Uhrzeit nutzen konnte. Vom Gefühl her war er weit über eine Stunde am Pflücken. Zusammen mit dem Marsch und der Arbeit an der Hütte bei dem alten Mann dürfte es allmählich Nachmittag sein. Die Uhr tickte, doch er würde den Teufel tun und den Jungen mit der ganzen Arbeit alleine lassen.

Der Kleine war fröhlich, fischte fleißig einen Apfel nach dem anderen vom Baum und ließ sie in den Korb gleiten. »Schon wieder voll!«, rief er begeistert und beim Lachen wurde eine Zahnlücke sichtbar.

Noah ging zu ihm. »Mensch, du bist ja schneller als ich. Du –«

Ein lauter Donner krachte durch den Himmel, der sich von jetzt auf gleich verdüsterte. Dunkle, beinahe schwarze Wolken zogen über sie hinweg. Es wurde finster und Peter zog den Kopf ein.

»Schnell, wir müssen uns verstecken.«

Noah wollte fragen wovor, doch ein seltsames Gefühl beschlich ihn. Mailin und die Elfen hatten sich auch vor dem Donnergrollen versteckt. Und sie hatten ihn gewarnt, es ebenso zu tun. Rasch sah er sich um. »Aber wo?«

Peter hielt ihm die Hand hin. »Komm zu mir hoch. Die Blätter sind so dicht gewachsen, dass sie uns nicht sehen werden.«

Auf dem Baum verstecken? Hoffentlich wusste der Junge Bescheid. Noah packte einen tief hängenden Ast und stemmte sich nach oben. Er kletterte in die Baumkrone und ließ sich neben Peter auf einem dicken Ast nieder.

»Wer ist derjenige, vor dem wir uns verstecken müssen?«

»Pst!« Peter wurde kreidebleich und deutete auf die Wiese. Unzählige graue Wesen überzogen das Gras von jetzt auf gleich. Sie bewegten sich so schnell, dass Noah kaum einem einzelnen mit den Augen zu folgen vermochte. So ähnlich hatten die Elfen auf den ersten Blick auch auf ihn gewirkt – nur dass sie wesentlich kleiner und nicht grau waren, sondern in allen Farben schillerten. Was waren das für Gestalten? Und wieso hatte der Junge solche Angst vor ihnen?

Tiefe, raue Stimmen tönten über die Streuobstwiese.

»Wer hat all die Äpfel gepflückt?«

»Unser Obst!«

»Wo sind die Diebe?«

Noah sah Peter streng an, doch der schüttelte vehement den Kopf und deutete auf seine schmächtige Brust. Die Bäume gehörten seiner Familie. Noah wandte den Blick wieder dem Boden zu und jetzt erkannte er, was dort über den Boden wuselte. Es waren kleine Gestalten, die graue Mützen, graue Hemden und graue Hosen trugen. Selbst ihre Stiefel waren grau. Ihre Gesichter waren verborgen hinter dichten, langen Bärten, ebenfalls grau, hinter denen nur die kleinen Augen und die knubbeligen Nasen hervorblickten.

Wenn es nicht so viele wären, würde Noah hinuntergehen – die kleinen Männer reichten ihm nicht einmal bis zum Hosenbund. Aber ihre Gesichter waren wutverzerrt, grimmig, angsteinflößend. An ihren Gürteln entdeckte er Äxte und Messer, deren Klingen im Licht der Blitze, die über den Himmel fegten, glänzten.

Beschützend legte Noah den Arm um Peter und zog ihn näher an sich. Der Junge zitterte, doch er gab keinen Mucks von sich.

»Die Äpfel nehmen wir alle mit. Und wehe, wir erwischen denjenigen, der sie uns stehlen wollte. Den vierteilen wir! Den ersaufen wir! Den erhängen wir!«

Ein weiterer lauter Donner knallte durch die Luft. Einen Augenblick später klarte der Himmel ein wenig auf und die kleinen grauen Männer waren nicht mehr zu sehen – ebenso wenig wie der Bollerwagen und sämtliche Äpfel, die Noah und Peter gepflückt hatten.

Ungläubig blinzelte Noah. »Wohin sind sie verschwunden?«

»Der Donner hat sie verschluckt.«

»Was meinst du damit?«

»Sie kommen mit dem Donner und gehen auch wieder mit ihm. So ist es immer. Das musst du doch wissen.«

Was war das für eine Erklärung? Das war nicht möglich – ganz abgesehen davon, dass es solche kleinen grauen Männer eigentlich gar nicht geben dürfte. Aber in diesem Land schienen mehrere Wesen zu existieren, die er aus seiner Welt nicht kannte.

»Was waren das für Gestalten?«

»Na, graue Männer … so ähnlich wie Zwerge.«

»Zwerge?« Noah schüttelte fassungslos den Kopf. Wenn er sie nicht selbst gesehen hätte, könnte er es nicht glauben.

»Wieso haben sie behauptet, du wärst der Apfeldieb?«

Peter stemmte die kleinen Fäuste in die Seiten. »Das sind unsere Bäume, sie haben gelogen.«

»Dann müssen sich deine Eltern wehren. Ihr dürft euch nicht bestehlen lassen.«

Peter grummelte etwas Unverständliches und hangelte sich an dem Ast hinunter. Noah nahm seinen Korb und schwang sich neben ihm auf die Füße. »Hier, ein paar Äpfel hast du wenigstens noch.«

Peter nahm den Weidenkorb entgegen und sah Noah unschlüssig an. »Danke, dass du mir geholfen hast.«

»Nicht der Rede wert. Aber lass dich nicht mehr alleine herschicken, solange diese Zwerge vorbeikommen könnten. Erklär deinen Eltern, was geschehen ist. Sie werden eine Lösung finden.«

»Hoffentlich.«

»Bevor du nach Hause läufst, habe ich eine Frage. Kannst du mir sagen, wo ich die schlafende Königin finde?«

Peter zuckte mit den schmalen Schultern. »Noch nie von ihr gehört.«

Obwohl er mit der Antwort gerechnet hatte, seufzte Noah auf. »Okay, dann sieh zu, dass du heimkommst!« Er nickte ihm zu und schnell rannte der Junge zwischen den Apfelbäumen davon.

Seltsam. Was waren das für Zwerge? Und wieso tauchten sie mit dem Donner auf und verschwanden auch wieder mit ihm? Hatte er Peter richtig verstanden, dass sie zum Kaiser gehörten? Unterdrückte der etwa sein Volk? Aber wie kam es, dass der das Wetter beherrschen konnte?

Grübelnd setzte Noah seinen Weg fort. Ein seltsames Land war das, in dem er sich befand ... Aber weshalb wusste niemand etwas von der schlafenden Königin? Als sähe er ihr Bild direkt vor sich, rief sich Noah die Erscheinung im Spiegel wieder vor Augen. Diese schöne Frau ... sie musste die besagte Königin sein. Wieso sonst hätte ihn der Schminktisch herführen sollen? Und der Brief seiner Mutter?

Wer hatte ihr das angetan? Wo konnte er sie finden? Wie würde er sie aus ihrem Schlaf erwecken? Und warum war ausgerechnet er in diesem Land gelandet und er derjenige, der sie erretten sollte? Was war an ihm schon besonders, das ihn zu der Erlösung befähigte?

Hatte seine Mutter ihn einst auserkoren, diese Aufgabe zu übernehmen? Hatte sie ihm deshalb das Märchen von Goldröschen erzählt? Aber würde das nicht bedeuten, seine Mutter wäre auch bereits in diesem Land gewesen?

Während er seinen Weg fortsetzte, überlegte er fieberhaft, wie das Märchen weitergegangen war. Vielleicht würde er so einen Hinweis auf die schlafende Königin finden. Er richtete seine Gedanken nach innen und sah sich mit seiner Mutter im Bett sitzen, während sie ihm die Geschichte von Goldröschen weitererzählte.

## Es war einmal vor vielen Jahren

»Erzählst du mir jetzt endlich, was bei dem Fest geschah?«, drängte Noah seine Mutter, die sich früher als gewöhnlich zu ihrem Sohn ins Bett setzte, um das Märchen von Goldröschen weiterzuerzählen.

»Natürlich, mein Schatz, komm, kuschle dich an mich. Du brauchst dich nicht zu fürchten, aber es ist wichtig, dass du die Wahrheit kennst.«

Aus großen Kinderaugen schaute Noah zu seiner Mutter empor, deren Blick in die Ferne schweifte, während sie die Gute-Nacht-Geschichte fortführte.

Die zauberhafte Barbara eröffnete die Feierlichkeiten mit einer fröhlichen Weise auf ihrer Geige. Trotz der bedrückenden Stimmung und dem düsteren Himmel begannen die Leute zaghaft zu tanzen – so wie es der König befohlen hatte. Dieses Fest sollte seiner Tochter die Sorgen nehmen und allen beweisen, dass es nichts zu befürchten gab. Doch das hätte er gar nicht zu tun brauchen, denn die Musik der zauberhaften Barbara sandte die Hoffnung zurück in die Herzen aller Anwesenden. Ein Lächeln nach dem anderen erschien auf den sorgenbehafteten Gesichtern und die Herzen der Gäste wurden leichter, während sie der Virtuosin lauschten.

Noch am Morgen hatte König Leopold seinen Bruder Ferdinand mit einem Heer gen Norden geschickt. Sie sollten das gesamte Königreich absuchen nach einer Erklärung für dieses Wetter, das nicht mehr mit rechten Dingen zuging. Großherzog Ferdinand sollte die Elfen und die Zwerge befragen und alle anderen Bewohner des Landes, bis er die Antwort kannte.

Mit den Gedanken war König Leopold während des Festes bei seinem Bruder und ließ in seiner Wachsamkeit nach. Sonst hätte er sich womöglich über die vielen grauen kleinen Männer gewundert, die sich an dem prunkvollen Tor drängten. Die Wachen ließen alle ein, denn so verlangte es das Gesetz des Königs. Ein jeder, der teilhaben wollte an den Feierlichkeiten, war willkommen – ob Mensch oder magisches Wesen.

Die grauen Zwerge mischten sich unter die Gäste, doch ihren Gesichtern war anzusehen, wie erbost sie über dieses Fest waren. Ihre Lippen waren zusammengepresst, die Mundwinkel hingen nach unten und die grauen Brauen zogen sie fest zusammen. Das war verwunderlich, waren die Zwerge doch normalerweise musikalische Gesellen, doch diese grauen Männer schienen keine richtigen Zwerge zu sein. Mit ihren kleinen grauen Knopfaugen verfolgten sie das ihnen viel zu muntere Treiben, bis ihre Blicke an Barbara hängen blieben. Geschlossen drängten sie zu ihr.

Rosalind hatte die vielen grauen Wesen bemerkt und ihre grimmigen Gesichter registriert. Sie spürte, etwas stimmte nicht mit ihnen. Während die zu ihrer geliebten Geigenspielerin drängelten, sprang die Prinzessin auf und stürzte sich vor Barbara in dem Moment, als ein vergoldetes Schwert mit einem rubinbesetzten Griff auf sie gestoßen wurde. Anstelle der Musikantin traf die Schneide Goldröschen, die sogleich zusammensackte.

Sofort hörte Barbara auf zu spielen und stürzte zu Rosalind. Bewusstlos lag die Prinzessin auf den hellen Fliesen, die Hände fest um den Knauf des Schwertes gelegt, als wolle sie es unter allen Umständen für ihre Verteidigung behalten.

»Hilfe, die Prinzessin!«, schrie Barbara außer sich vor Sorge.

Erst jetzt bemerkten der König und seine Wachen, dass etwas nicht stimmte. Sie stürzten sich auf die grauen Männer, die sich jedoch mit Magie zu verteidigen wussten. Ein großer Kampf entbrannte, der lange Zeit andauerte.

Dunkelheit machte sich breit, die Sonne ward nicht mehr gesehen. Die Schatten verdrängten das Licht so wie auch die grauen Zwerge die Königsfamilie aus dem Schloss. Die Musikanten wurden von den grauen Wesen erbittert gejagt, weshalb die zauberhafte Barbara fliehen musste. Und Goldröschen ward von diesem Tag an nie mehr gesehen …

Noah sah seine Mutter verzweifelt an. »Aber Mama, das ist doch ein Märchen. Die Geschichte kann nicht so traurig enden – das geht nicht!«

»Davon bin ich ebenso überzeugt wie du. Eines Tages wird ein Prinz in seiner strahlenden Rüstung kommen und

Goldröschen sowie das Königreich erretten. Er wird die Schatten zurückdrängen und das Königreich befrieden, die Gerechtigkeit wird wieder in das Land einziehen und Musik und fröhliches Gelächter werden zurückkehren.«

»Du meinst, der Prinz war noch gar nicht da? Die Geschichte ist noch gar nicht zu Ende?«

»So ist es, mein Schatz. So ist es.«

»Aber ist er wenigstens schon auf dem Weg?«

»Er wird sich aufmachen, wenn er gerufen wird. Du verstehst doch, Noah, wenn man gerufen wird, die Prinzessin zu erretten, so muss man diesem Ruf folgen.«

»Das ist doch Ehrensache. Vielleicht kann ich eines Tages Goldröschen retten.«

»Das wäre wunderbar, mein Schatz, das wäre wunderbar. So, jetzt leg dich ins Bett. Morgen erzähle ich dir, was du wissen musst.«

»Was meinst du, Mami?«

»Das erkläre ich dir morgen, mein Schatz.«

Doch dies war der letzte gemeinsame Abend der beiden, und so erfuhr Noah nicht, was seine Mutter ihm noch hatte erzählen wollen.

10

Da der Himmel noch immer grau war, konnte Noah nur erahnen, dass es allmählich Abend wurde. Er hatte Hunger und seine Füße schmerzten. Wenigstens hatte er seinen Durst an einem kleinen Bach löschen können.

Seit der Streuobstwiese war ihm niemand mehr begegnet – weder Mensch noch Tier noch sonst irgendein Wesen. So verrückt das klang, wahrscheinlich musste er auch die Nacht in diesem Land verbringen. Wo sollte er schlafen? Einfach am Fuße einer Pappel? Aber was, wenn in der Nacht diese seltsamen grauen Männer zurückkehrten? Was würden sie mit ihm tun? Mailin und die anderen Elfen hatten ihn gewarnt sich zu verstecken, sobald der Himmel sich verdunkelte. Seit der Begegnung mit Peter wusste er, vor wem er sich in Acht nehmen musste.

Zum Glück war er durchtrainiert und zäh. Zur Not würde er eben die Nacht durchmarschieren.

Müde lief er weiter, als er in naher Ferne zwischen den Pappeln ein Gebäude ausmachte. Je näher er kam, desto klarer konnte er es erkennen. Es sah aus wie ein Gasthaus, besaß drei Stockwerke und Blumenkästen hingen an den Balkongeländern. Auf dem Schornstein saß eine Krähe, die krächzte, als riefe sie ihn herbei. War das dieselbe wie vorhin?

Neben dem Haus flatterten jede Menge weiße Laken auf einer Leine und daneben auf einem umgedrehten Wäschekorb saß ein altes Mütterchen. Sie hatte ein weißes Tuch über den Kopf gespannt und im Nacken zusammengebunden, darunter lugten große weiße Locken hervor. Auf ihrer Nasenspitze saß eine goldene Lesebrille, über die sie hinwegsah, als sie Noah näher kommen hörte. Unverwandt blickte sie ihn aus ihren dunklen Augen an und sie kam ihm merkwürdig vertraut vor. Das konnte natürlich nicht sein. Wer aus seiner normalen Welt sollte sich schon in dieses Fantasiereich verirrt haben?

»Guten Abend junger Mann, wohin des Weges?«

»Ich bin auf der Suche nach jemandem. Ist das ein Gasthaus?«

Die alte Frau nickte. »Ich habe sogar noch ein letztes Zimmer frei.«

»Wie viel kostet es?« Noah zückte seine Brieftasche, doch die Frau winkte ab.

»Sie haben sich eine Nacht in meinem Haus längst verdient. Dennoch würde ich mich freuen, wenn Sie mir ein wenig zur Hand gingen. Ich habe mir den Knöchel umgeknickt und bin seither schlecht zu Fuß.« Sie zeigte auf ihre Fußgelenke, die nur spärlich unter ihrem weiten Rock hervorlugten.

Noah krempelte die Ärmel seines karierten Hemdes hoch. »Womit kann ich behilflich sein?«

»Bitte fangen Sie damit an, die Wäsche für mich auszuschütteln. Aber kräftig – das ist ausgesprochen wichtig. Mein Name ist übrigens Marilla.«

Sie reichten einander die Hände und Noah tat, worum ihn das alte Mütterchen gebeten hatte. Nachdem er die Laken gründlich aufgeschüttelt hatte, reparierte er den tropfenden Wasserhahn und befestigte die schief hängende Regenrinne. Als er nach weiteren Aufgaben fragte, lehnte sie dankend ab.

»Ihre Hilfe war unbezahlbar für mich. Der Rest erledigt sich von selbst.«

Auch wenn Noah nicht wusste, wie das funktionieren sollte, drängte er sich ihr nicht auf. Sie bat ihn ins Esszimmer, wo sie ihm eine stärkende Suppe vorsetzte, und während er zu löffeln begann, verschwand sie in der Küche. Sobald sie zurückkam, würde er sie zu sich bitten und dann sollte sie ihm mehr von diesem Land erzählen. Doch sie tauchte nicht wieder auf. Nachdem er aufgegessen hatte, klopfte er an die Küchentür, aber sie reagierte nicht. Dennoch öffnete er sie vorsichtig und lugte hinein. Der blitzeblank aufgeräumte Raum war verlassen.

Lange suchte er das Gasthaus und den Hof nach ihr ab, doch er entdeckte sie nirgends. Seltsamerweise auch sonst keinen Gast. War er etwa der einzige, der hier übernachtete? Wieso war dann nur noch ein Zimmer frei gewesen?

Seine Beine wurden schwerer und schwerer mit jeder Runde, die er durch das Gasthaus und über den Hof drehte. Wenn er wenigstens wüsste, in welchem Zimmer er schlafen konnte. Resignierend begab er sich in das obere Stockwerk. Alle Türen waren fest verschlossen bis auf eine, die nur leicht angelehnt war. Das sollte vermutlich sein Zimmer sein. Mit dem Fingerknöchel klopfte er an das dunkle Holz und betrat den Raum. Ein schmales Bett stand in der Mitte des Zimmers, es gab eine Kommode, ein Fenster und ein angrenzendes Bad mit Dusche. Das war's. Für Noah reichte es völlig. Sogleich machte er sich frisch und legte sich anschließend ins Bett. Er fühlte sich total gerädert.

Seltsam, dass die alte Frau verschwunden und ihm auch sonst kein Gast über den Weg gelaufen war. Gewiss würde er seine Gastgeberin zum Frühstück noch einmal zu Gesicht bekommen. Auch wenn es keinen Wecker gab, den er stellen konnte, plante er, in den frühen Morgenstunden aufzubrechen. Einen kompletten Tag hatte er bereits in diesem Land verbracht. Hoffentlich fand er im Laufe des morgigen Tages die Königin und konnte wieder in seine Werkstatt zurückkehren. Morgen war bereits Mittwoch und seine Aufträge würden sich definitiv nicht von selbst erledigen. Wie lange er wohl noch in dieser wundersamen Welt feststeckte?

∞

Wie geplant war er in aller Frühe auf den Beinen und wie erhofft erwartete ihn die Alte bereits im Frühstücksraum. Brot, Wurst, Käse, Obst, dazu ein frisch aufgebrühter Kaffee standen auf einem der Tische bereit. Der Duft stieg Noah in die Nase und mit knurrendem Magen setzte er sich zu ihr. Jetzt würde er endlich die Gelegenheit haben, Fragen zu stellen!

»Woher wussten Sie, dass ich so früh aufbreche?«

»Man sieht es Ihnen an. Bitte, stärken Sie sich und erzählen Sie mir, was Sie zu uns geführt hat. Vielleicht kann ich Ihnen weiterhelfen.«

Noah trank einen Schluck Kaffee und belegte sich ein Brot mit Wurst, während er der Alten von dem Spiegeltisch und dem Brief seiner Mutter erzählte. Er wusste nicht, weshalb er plötzlich so redselig war, aber die ruhige Art der Frau löste seine Zunge. »Und deshalb soll ich die schlafende Königin suchen – und ich frage mich, ob sie Goldröschen ist, die Prinzessin, von der mir früher meine Mutter erzählt hat. Sie sagte immer, eines Tages würde ein Prinz kommen, um sie zu retten. Aber dass sie damit mich gemeint hat, kann ich mir nicht vorstellen. Wie kann all das real sein? Es war doch nur eine Gute-Nacht-Geschichte – oder etwa nicht?«

Die Augen der Alten blitzten und plötzlich wusste er, wen er vor sich hatte. Ungläubig starrte er sie an. »Sie haben mir den Spiegel verkauft! Sie waren das auf dem Antikmarkt! Oder etwa nicht?«

Sie zog sich das Tuch von den großen weißen Locken, die ihr herzförmiges Gesicht einrahmten wie ein Gemälde. »Du hast richtig hingesehen, das bin ich gewesen.«

Ohne darauf einzugehen, dass sie ihn plötzlich duzte, weiteten sich seine Augen. Ihr Gesicht war weniger eingefallen und ihre Hände zitterten nicht, dennoch wirkte sie blass, beinahe durchscheinend. Er erkannte sie eindeutig! »Weshalb haben Sie mir den Schminktisch verkauft? Wieso gerade mir?«

»Wie du dich bestimmt erinnern kannst, Noah, warst du derjenige, der auf den Spiegel aufmerksam wurde und der ihn unbedingt kaufen wollte. Selbst als die andere Kundin ihn für sich beansprucht hat, bist du von dem Kauf nicht zurückgetreten.«

Das stimmte. Die Fragen in seinem Kopf überschlugen sich, bis er sich gedankenverloren über die Brusttasche fuhr, in der der Brief seiner Mutter steckte. »Haben Sie das Schreiben meiner Mutter in die Schublade getan? Woher haben Sie es? Lebt … sie etwa noch?« Sein Herz schmerzte bei dem Gedanken.

»Ich war es, richtig, ich habe den Brief in die Schublade … gesteckt.«

Noah öffnete den Mund und schloss ihn wieder. Sprachlos sah er die Alte an.

Der Ausdruck in ihren braunen Augen wurde sanfter. »Du fragst dich, woher ich ihn hatte?«

Noah nickte. »Kannten Sie sie?«

Ein Lächeln huschte über das alte Gesicht. »Ja, ich kannte sie, ein jeder in diesem Land. Sie war eine begnadete Musikerin.«

»Das war sie …« Noah sagte eine Weile gar nichts, bis seine Stimme und der Drang, Fragen zu stellen, zurückkehrten. »Kommt meine Mutter ursprünglich aus diesem Land?«

»Ja, eure Familie wohnt seit vielen, vielen Generationen hier.«

»Meine Vorfahren stammen von hier? Was ist das für ein Land? Wieso gibt es hier Fantasiewesen und wo liegt das Portal zur normalen Welt?«

»Wir befinden uns in einem magischen Königreich, wie es früher unzählige gab. Hier wohnen Menschen, Zwerge und Elfen Seite an Seite und regiert werden wir von einem König. Bevor die Dunkelheit sich ausbreitete, war das ein wunderschönes Reich. Doch seit dem Sturz von König Leopold und dem Verschwinden seiner Tochter geht es den Menschen immer schlechter und die Elfen wurden so weit zurückgedrängt, dass es kaum noch welche von ihnen gibt.«

»Ist das eine Art Parallelwelt?«

»Nein, wir alle gehören zur selben Welt. Doch die Magie hat sich im Laufe der Jahre in gewissen Gegenden geballt.

Und da die Menschen die Existenz der magischen Geschöpfe häufig bedroht haben, wurde die Magie genutzt, um dieses und andere Königreiche zu erschaffen und anschließend abzukapseln. Es gib Portale, durch die man in diese Welten gelangt, aber nicht jeder kann die Pforten durchschreiten.«

»Wieso kann ich es?«

»Zum einen weil deine Wurzeln in diesem Königreich liegen, zum anderen weil du die Musik in dir trägst.«

Noahs Gesicht verschloss sich, ebenso wie sein Herz. »Ich musiziere schon lange nicht mehr!«

»Aber du solltest –«

»Nein, jetzt reicht es. Ich habe mit der Musik abgeschlossen. Sie wird nie wieder ein Teil meines Lebens sein. Jetzt verrate mir, wie ich diese schlafende Königin finde, damit ich schnell wieder von hier abhauen kann.«

Enttäuscht sah ihn die Alte an. »Willst du denn gar nichts über deine Familie erfahren?«

Tief durchatmend blickte Noah zu Boden. Das war alles zu viel. »Wieso bin ich hier?«

»Deine Mutter hat es sich zur Aufgabe gemacht, Goldröschen zu beschützen.«

»Wieso? Wäre das nicht die Aufgabe der Ritter?«

»Streng genommen schon. Sag, hat dir deine Mutter die ganze Geschichte von Goldröschen erzählt?«

»Das hat sie … Also war es nicht nur ein Märchen, richtig?«

»Hinter all dem steckt eine wahre Geschichte, die eng mit deiner Familie verknüpft ist. Deine Mutter, Noah, war die Frau, die man gemeinhin die zauberhafte Barbara nannte.«

»Sie war die begnadete Geigerin, die für Goldröschen gespielt hat? Und diejenige, die das Schwert eigentlich treffen sollte, bevor sich die Prinzessin dazwischengestürzt hat? Aber das bedeutet, eigentlich hätte sie getötet werden sollen!«

»So ist es. Und nur durch Goldröschens schnelles Handeln wurdet ihr beide verschont. Denn du bist damals schon in ihrem Bauch gewesen.«

»Goldröschen hat uns gerettet?« Die Prinzessin hatte ihm und seiner Mutter das Leben gerettet? Wenn ihn noch irgendetwas zurückgehalten hatte, die ihm angetragene Aufgabe zu erfüllen, so war ihm endlich bewusst, was er zu tun hatte. Er musste Goldröschen finden und seine Schuld begleichen. So wie sie einst seine Mutter und ihn vor dem Tode bewahrt hatte, war es nun seine Pflicht, sie aus dem ewigen Schlaf zu erlösen.

»Wo kann ich Goldröschen finden und wie gelingt es mir, sie zu erwecken?«

»Um die schlafende Königin zu finden, musst du den Kiesweg weiterlaufen.«

»Wieso wird sie die schlafende Königin genannt? Sie wurde nicht gekrönt, oder?«

»Das wurde sie nicht, nein. Aber da ihre Eltern tot sind, ist sie, sobald sie aus ihrem Schlaf erwacht, die rechtmäßige Thronerbin.«

Noah nickte, als ihm etwas einfiel. »Wieso wussten der alte Mann und der Junge, die ich gestern getroffen habe, nichts von ihr?«

Die Alte seufzte schwer. »Sie haben sie vergessen.«

Noah runzelte die Stirn. »Vergessen?«

»Das ist Teil des dunklen Zaubers, der auf diesem Königreich liegt. Sie wurde vergessen, ebenso wie die glücklichen Jahre, die wir vor der finsteren Zeit verlebt haben.«

»Aber wie soll ich sie finden, wenn mir niemand sagen kann, wo ich nach ihr suchen soll?«

»Lass dich von deinem Herzen leiten, dann wirst du schon bald bei ihr sein. Du bist derjenige, dem es vorherbestimmt ist, und deshalb wirst du alleine in der Lage sein, sie zu finden.«

Ihm war es vorherbestimmt?

»Versteck dich, sobald es donnert. Der Kaiser darf nicht wissen, dass du hier bist.«

Hatte der Junge nicht auch von einem Kaiser gesprochen?

»Welcher Kaiser?«

»Derjenige, der dieses Land regiert, seit König Leopold gestürzt wurde. Er ist gnadenlos und würde dich sofort töten, wenn er wüsste, wer du bist.«

»Du meinst, weil diese grauen kleinen Männer eigentlich meine Mutter töten wollten?«

»So ist es. Und wir müssen davon ausgehen, wenn der Kaiser erfährt, dass du ihr Sohn bist, so wird er alles daransetzen, dich an ihrer statt auszuschalten.«

»Wieso sollte er das tun? Warum wollte er meine Mutter ermorden?«

»Das ist die große Frage, die es herauszufinden gilt.«

Noah sah Marilla eindringlich an, doch sie schien nichts hinzufügen zu wollen. »Muss ich sonst noch etwas beachten?«

»Komm nicht vom Weg ab – außer dein Herz verleitet dich dazu. Ich würde dich gerne begleiten, aber ich habe in dieser Geschichte eine andere Aufgabe.«

Fragend blickte er sie an, doch sie sagte nichts weiter dazu, schien bereits seltsam fern, als wäre sie mit den Gedanken längst woanders.

»Ich wünsche dir viel Glück. Deine Mutter wäre sehr stolz auf dich.« Die Worte versetzten ihm einen Stich. Seine Mutter wäre stolz auf ihn. Seine Mutter ... die zauberhafte Barbara ... Was war nur an ihr, dass die grauen Zwerge sie einst hatten töten wollen?

Bevor er sich abwandte, musste er noch eine Frage klären. »Weißt du, wer mein Vater ist?«

»Gerne würde ich dir eine Antwort geben, aber ich habe keine Ahnung. Als sie damals geflohen ist, hat man noch nichts von ihrer Schwangerschaft gesehen – folglich hat keiner nach einem Mann gefragt.«

Also war sie nicht verheiratet gewesen.

»Sie ist geflohen?«

»Ja, vor den Männern des Kaisers, den grauen Zwergen. Sie wusste, dass der Todesstoß damals auf dem Feste ihr gegolten hat. Wahrscheinlich ging sie, um dich zu schützen – und deshalb hat sie auch niemandem von dir erzählt.«

»Wie hast du mich dann auf dem Antikmarkt gefunden? Woher wusstest du, dass ich ihr Sohn bin?«

Sie lächelte ihn an und die Wehmut, die in ihrem Blick lag, rührte ein wenig an seinem Herzen. »Es war nicht leicht, in das magielose Land zu reisen. Als es mir endlich geglückt war, die Grenzen zu überschreiten, lag sie bereits seit Jahren auf dem Friedhof. Durch die Inschrift auf dem Grabstein fand ich heraus, dass sie ein Kind hatte. Gleichzeitig wurde mir klar, dass ihr Verschwinden einen schwerwiegenden Grund gehabt haben muss. Sofort habe ich alles mir Mögliche getan, um dich ausfindig zu machen. Doch ich konnte immer nur für kurze Zeit in der fernen Welt verweilen, weshalb es mich Jahre gekostet hat. Als ich dein Gesicht gesehen habe, brauchte ich keine weitere Bestätigung. Deine

Augen, so tiefgründig und braun wie das Holz eines Walnussbaums, hast du von ihr. Genauso die dunklen Haare. Das kräftige Kinn hingegen muss von deinem Vater sein, denn das habe ich an Barbara niemals bemerkt.«

Ein Drang, Marilla in den Arm zu nehmen, bemächtigte sich seiner, doch er hatte sich geschworen, niemanden mehr an sich heranzulassen. Er räusperte sich und erhob sich vom Frühstückstisch, bevor ihn die gefühlsduselige Stimmung zu etwas verleitete, das er später bereute. Bevor er sie verließ, hielt sie ihn kurz am Arm zurück und streckte ihm einen goldenen Kompass entgegen.

»Nimm ihn mit. Er wird dir helfen, den rechten Weg zu finden.«

Noah blickte auf die Nadel, die gen Norden zeigte, und ließ ihn in die Tasche seiner Jeans gleiten. Und als er sich von ihr verabschiedete, vermied er es tunlichst, in ihre warmen Augen zu sehen, in der mehr Sorge ruhte, als er vertragen konnte.

11

Bis zum Mittag begegnete Noah niemandem. Zwischendurch warf er immer wieder einen Blick auf den Kompass. Der Weg führte ihn gen Norden. Er wusste zwar nicht, wozu er einen solchen Wegweiser brauchte, wo es doch weder eine Kreuzung noch sonst eine Möglichkeit gab, vom Weg abzukommen, aber er fühlte sich damit sicherer. So wusste er wenigstens, dass er auf dem Rückweg in Richtung Süden gehen musste, falls er im Laufe dieser Reise von dem Kiesweg abkommen sollte.

Je weiter er marschierte, desto kühler wurde es. Lag das an dem trüben Wetter? Oder gab es in diesem Königreich selbst auf die wenigen Kilometer, die er bereits zurückgelegt hatte, einen derart deutlichen Temperaturunterschied? Vielleicht war der Norden extrem kalt, ähnlich dem Nordpol. Fröstelnd schüttelte er sich.

Marilla hatte ihm einen Rucksack mitgegeben. Als er sich zur Mittagszeit auf der Wiese niederließ und an den Stamm einer Pappel lehnte, fand er darin nicht nur einen Laib Brot, ein großes Stück Käse, Würste und Äpfel, sondern auch einen Umhang, der mit einer bronzenen Fibel auf der Brust zusammengehalten wurde. Am liebsten würde er ihn sofort überziehen, doch es war vernünftiger, ihn für den Abend und die Nacht aufzubewahren.

Er brach ein Stück Brot ab und während er kaute, blickte er in den Himmel. Die grauen Wolken wirkten wie festgenagelt. Keine bewegte sich auch nur ein kleines Stück vorwärts, egal wie lange er sie im Auge behielt. Was war das für ein bedrohlicher Zauber, der auf diesem Königreich lag? Was hatten der Kaiser und seine grauen Männer damit zu tun?

Schlagartig wurde es dunkler, dicke dunkelgraue Wolken verdüsterten den Himmel binnen Sekunden. Eine Krähe schrie laut und sofort sprang Noah auf. Sein Herz klopfte schneller, während er sich umsah. Wo sollte er sich verstecken?

»Wer ist das?«

»Was tut der da?«

Erschrocken drehte er sich um. Hinter ihm tauchten dutzende graue Zwerge auf, die ihre Äxte schwangen. Grimmig blickten sie zu ihm auf. Was sollte er tun? Wegrennen oder versuchen, mit ihnen zu reden? Aber alle hatten ihn vor diesen winzigen Männern gewarnt.

»Wer bist du? Was hast du hier zu suchen?«, blafften sie ihn an. Gleichzeitig zückten sie Seile, die an ihren Gürtel befestigt waren, und schwangen sie wie Lassos.

Erneut schrie die Krähe und Noah fasste einen Entschluss. Er rannte den Kiesweg entlang, die aufgebracht schimpfenden Zwerge dicht hinter sich. Noah musste einen anderen Weg einschlagen, wenn er sie abschütteln wollte. Doch verdammt, sie waren unglaublich schnell. Wie die Elfen mussten sie mithilfe ihrer Magie schneller laufen können, als es mit diesen kurzen, dicken Beinen eigentlich möglich war. Als er die erste Hand an seinem Hemd spürte, stürzte die Krähe auf seine Verfolger hinab. Sie flatterte wild mit ihren Flügeln und hackte auf die Zwerge ein. Noah nutzte die Chance und rannte vom Weg hinunter zwischen den Pappeln durch über eine weite Wiese. Die trockenen Gräser raschelten mit jedem seiner Schritte. Wo konnte er sich verstecken?

Der Himmel verdüsterte sich weiter, beinahe schwarze Wolken verdunkelten die Erde und es wurde zunehmend finsterer. Noah konnte kaum weiter als zehn Meter blicken und seine Verfolger nicht mehr sehen. Aber wenn ihm das so erging, war er hoffentlich ebenso aus dem Blickfeld der Zwerge verschwunden. Er rannte ungebremst, bis er den Luftzug der Krähe spürte, die dicht über ihn hinweg flatterte. Sie drehte bei und flog zur Seite. Wollte sie ihm den Weg weisen? Ohne zu zögern, eilte er hinter ihr her. Ihr schwarzer Körper hob sich kaum von der düsteren Umgebung ab, doch sie flog in einem Tempo, dass Noah ihr zu folgen vermochte.

»Kriegen dich! Packen dich!« Sie waren noch da …

Sein Herz schlug hart in seinem Brustkorb und er rannte noch schneller, als er plötzlich keinen Boden unter den Füßen spürte und fiel. Panisch strampelte er durch die Luft. Wie tief war der Abgrund? War das das Ende? Mit den Füßen zuerst schlug er endlich auf dem Boden auf. Die Wucht brachte ihn zu Fall. Schnell drehte er sich zur Seite, damit er sich mit den Knien nicht die Zähne ausschlug, und hielt die Arme schützend vor den Kopf und die Brust. Er stürzte auf einen Abhang, der mit Gras bewachsen war, und rollte seitlich hinunter. Das Blut rauschte in seinen Ohren. Wohin führte dieser Hang? Er hangelte nach den Grashalmen und versuchte sich daran festzuhalten, doch er riss sie samt der Wurzeln aus. Die Fersen stemmte er in den Boden und endlich wurde er langsamer. Er bremste weiter ab und landete wenig später der Länge nach auf einer ebenen Wiese.

Leise aufstöhnend kam er auf die Füße. Alles war düster. Seine ausgestreckte Hand konnte er nicht sehen. Doch wenigstens waren die Stimmen hinter ihm verstummt.

Orientierungslos lief er los, als ein Krächzen ertönte. Sofort folgte er dem Ruf des Vogels durch das finstere Grau, rannte so schnell er konnte. Wenig später ragten dicke Baumstämme vor Noah empor. Ein dichter Wald, noch düsterer als die Wiese, erstreckte sich direkt vor ihm. Das perfekte Versteck. Noah hastete zwischen den breiten Stämmen hindurch und rannte Zickzacklinien durch das Dickicht.

Von den Zwergen fehlte jede Spur, doch da die dunklen Wolken noch am Himmel waren, konnten sie nicht weit sein. Als Noah eine Buche mit tief hängenden Ästen entdeckte, hangelte er sich kurzerhand daran empor. Mit dem Jungen hatte er sich auch auf einem Apfelbaum vor den grauen Zwergen versteckt. Er kletterte so hoch, wie ihn die Äste tragen konnten. Dann verharrte er still.

Er hörte nichts. Weder die Krähe krächzte noch die Zwerge kamen anmarschiert. Auch ihre wütenden Rufe waren nicht mehr zu hören. Als ein lauter Donner ertönte und kurz darauf die dunklen Wolken fortzogen, atmete Noah auf. Mattes Licht drang in den Forst. Die Zwerge waren wieder fort.

Puh, das war knapp gewesen. Wenn die Krähe nicht aufgetaucht wäre und die Zwerge angegriffen hätte … Noah blickte auf, doch er konnte den schwarzen Vogel nirgends entdecken. Wieso half der ihm?

Das Adrenalin verschwand aus seinem Blut und langsam kletterte Noah von der Buche. Bei der überstürzten Flucht hatte er den Rucksack mit der Verpflegung und dem wärmenden Umhang liegen gelassen. Er musste zurückkehren – sollte er nicht ohnehin dem Kiesweg folgen? Hoffentlich fand er zurück.

Bevor er den Rückweg antreten konnte, wurde etwas in seiner Hosentasche warm. Stirnrunzelnd vergrub er die Hand in der tiefen Seitentasche und stieß auf die Wärmequelle. Er schloss die Finger um das warme Metall und als er es herausholte, hielt er den Kompass in den Händen. Die goldene Nadel, die normalerweise gen Norden zeigen müsste, glühte hell auf und drehte sich schnell im Kreis. Endlich kam sie zum Erliegen und wies in nordwestliche Richtung, tiefer in den Wald hinein.

Unschlüssig blickte Noah zwischen den dicht an dicht stehenden Bäumen hindurch. Doch die vielen jungen Baumstämme, die sich dazwischen ihren Platz erkämpften, versperrten ihm die Sicht. War das der Weg zu Goldröschen? Aber wie sollte er durch das Dickicht kommen?

Das Geschrei der Krähe durchdrang die Stille des Waldes und einen Augenblick später entdeckte Noah sie auf der Spitze einer jungen Tanne sitzen. Sie legte den Kopf schräg und zwinkerte, dann breitete sie die schwarzen Flügel aus und flog dorthin, wohin auch der Kompass zeigte. Sowohl die Krähe als auch der Kompass führten ihn in ein und dieselbe Richtung. Noah sah sich noch einmal um. Wahrscheinlich war es ohnehin zu riskant, auf den Kiesweg zurückzugehen und seine Sachen zu holen. Wenn die Zwerge was im Kopf hatten, würden sie den Ort beobachten – falls sie nicht ohnehin seine Sachen mitgenommen hatten.

Er umfasste den Kompass fester und stapfte los. Die Bäume wuchsen so dicht, dass er eine Hand vors Gesicht hielt. Den Kompass verstaute er wieder in seiner tiefen Seitentasche, um die zweite Hand frei zu haben. Er bog junge Stämme und kleine Baumkronen zur Seite, unzählige Zweige streiften sein Hemd und seinen Kopf. Er verengte die Augen zu Schlitzen, damit ihm nichts ins Auge stechen konnte, und kämpfte sich unablässig weiter.

Nur langsam kam er voran, als er an einen dicken umgefallenen Baumstamm kam, der ihm bis zur Brust reichte. An den Seiten wuchsen dichte Sträucher und es gab kein Vorbeikommen, folglich musste er über den Stamm klettern. Mit Anlauf stemmte er sich hoch und stellte sich darauf. Tief einatmend überblickte er den Wald vor sich, der nicht weniger dicht bewachsen war. Das reinste Dickicht. Und das sollte der richtige Weg sein?

Das Gekrächze der Krähe ertönte.

»Also schön, ich komme. Aber wehe, das ist die falsche Richtung!«

Gefühlt seit Stunden suchte er sich seinen Weg durch den Wald. Immer wieder blieb er stehen und befragte den Kompass, ob er noch in die angegebene Richtung lief. Jedes Mal krächzte die Krähe und führte ihn in dieselbe Richtung wie die leuchtende Kompassnadel. Sein Gesicht brannte von unzähligen Zweigen, die ihm über das Gesicht gekratzt hatten, seine Beine wurden schwer und die Arme ebenso. Doch wenigstens blieb der Himmel, wie er war, und nicht einmal verkündeten ein Donner oder dunkle aufziehende Wolken die Ankunft der grauen Zwerge.

Seine Zunge klebte am Gaumen. Wann hatte er zuletzt getrunken? Der Wald war trocken, nirgends hörte er das

Plätschern einer Quelle oder eines Baches. Wie lange würde er noch ohne Wasser durchhalten?

Müde kletterte er über einen umgefallenen Stamm, als er vor sich einen knorrigen Baum entdeckte, dessen gewaltiger Durchmesser auf ein hohes Alter schließen ließ. Wahrscheinlich hätte er ihn mit fünf Leuten nicht umfassen können. Aber der Baum schien tot zu sein. Seine morschen Äste reichten weit in die umstehenden Tannen und Buchen, und auf einem der abgestorbenen Äste saß die Krähe. Erneut legte sie den Kopf schief, krähte und hüpfte zur Seite, als wollte sie ihm Platz machen.

Ungläubig schüttelte er den Kopf. Was war das für ein seltsamer Vogel? Wieso half er ihm? Er holte den Kompass hervor und warf einen Blick darauf. Die Nadel zeigte direkt auf den Baum. Sollte der das Ziel sein?

Prüfend lief er an dem Baum vorbei und beobachtete, wie die Nadel sich bewegte, sodass sie, egal wo er stand, immer auf den toten Baum wies. Also war das der Zielpunkt. Aber wo sollte Goldröschen versteckt sein? Doch nicht in dem Baum?!

Er klopfte an den Stamm, doch der hörte sich nicht hohl an. Komisch. Die Krähe krächzte erneut und hüpfte aufgeregt von Ast zu Ast. Also gut, dann würde er eben hochklettern.

Die Äste wuchsen so hoch, dass er sie kaum erreichen konnte. Tief ging er in die Hocke, holte mit den Armen Schwung und sprang hoch. Er bekam einen Ast zu packen und umfasste ihn mit beiden Händen. Mit den Beinen, die in der Luft hingen, schaukelte er kräftig und streckte sie hoch, bis er den Ast mit ihnen umklammern konnte. Dann schwang er sich hoch und kam auf dem Ast zum Sitzen.

Die Krähe flog nicht fort, sondern musterte ihn und zwinkerte mit den Augen.

»Zufrieden?«

Sie krähte einmal, worauf Noahs Mundwinkel zuckten. Ruckartig drehte sie den Kopf und wies mit dem schwarzen Schnabel auf den etwas höherliegenden Stamm. Ungläubig riss er die Augen auf. Dort war ein Loch, gerade groß genug, dass er sich hindurchquetschen konnte. War das ein geheimer Zugang?

Die Krähe hüpfte näher, bis sie vor dem Eingang stand, und drehte ihren Kopf, als wollte sie Noah hineinwinken.

Nachdenklich strich er sich über die Stirn, dann kroch er näher, steckte den Kopf durch die Öffnung und blickte hinab. Wahrscheinlich war es in dem Stamm stockdunkel und er würde nichts sehen. Doch dem war nicht so. Ein feiner Lichtschein drang aus dem tiefen Dunkel bis zu ihm hinauf. Irgendetwas war dort unten.

Noah zog den Kopf aus dem Loch und sah die Krähe an. »Und du willst, dass ich da reinklettere?«

Sie krähte leise und … nickte der Vogel mit dem Kopf?

»Kannst du mich verstehen?«

Der schwarze Vogel krähte leise.

»War das ein Ja? Wer bist du?«

Erneut krächzte das Tier.

»Nun, ich kann dich auf jeden Fall nicht verstehen. Also, ich soll da reingehen, meinst du? Na schön. Aber nur, weil du mich gegen die grauen Männer unterstützt hast. Deshalb vertraue ich dir. Wenn du mich jedoch in irgendeine Falle lockst, röste ich dich heute Abend über dem Feuer!«

Das Tier krächzte leise, doch es flog auf die Drohung nicht davon.

»Was mache ich hier überhaupt? Ich folge einem Vogel, rede sogar mit ihm, bin in einem gottverlassenen Wald und suche nach einer Märchenfigur.« Langsam stieg er in die Öffnung. Er presste die Hände von innen gegen das Holz, die Füße ebenso, und hangelte sich mühsam nach unten. »Und das alles nur, weil ich diesen dämlichen Schminktisch gekauft habe. Das nächste Mal bleibe ich meinem Motto treu: Wenn jemand anders es haben will, soll der es haben. Nie wieder mache ich so einen Mist! Und dann gibt es auch noch Elfen und Zwerge. Wo bin ich nur gelandet?«

Der schwache Lichtschein erhellte notdürftig den Hohlraum. Wie lange dauerte es, bis er sich einen Splitter einfing? Doch seltsamerweise war das Holz weich und glatt, als hätte es jemand bearbeitet. Nicht ein einziges Mal bohrte sich ein Stückchen in seine Haut, bis er nur noch einen guten Meter vom Boden entfernt war und hinabsprang. Durch den Schwung ging er bei der Landung in die Knie und drehte sich sogleich dem Lichtschein zu. Noah stockte. Das Licht kam aus einem Tunnel, der sich zu der Seite erstreckte. Er war niedrig, sodass Noah sich bücken musste, was er kurzerhand auch tat. Gebeugt lief er den nur mäßig erleuchteten Gang entlang. Wo führte er ihn hin? Er gelangte an ein paar Kreuzungen, doch der Schein leuchtete ihm den Weg.

Was war das für ein Gang? Er musste sich unter der Erde befinden. Etwas funkelte in der Wand. Als er es sich näher ansah, verschlug es ihm die Sprache. Dort steckte ein roter Edelstein, der im Licht des fahlen Scheins funkelte. Mit dem richtigen Werkzeug hätte er ihn in Nullkommanichts draußen. Aber zum Edelsteine Schürfen war er nicht hier. Sorgsam darauf bedacht, so leise wie möglich zu sein, schlich er weiter.

Der Schein wurde heller, bis Noah in eine kleine Höhle gelangte, die hoch genug war, dass er nur noch ein wenig den Kopf einziehen musste – und staunend hielt er inne. Der Raum war rundherum mit Fackeln beleuchtet, die in Halterungen an der Wand hingen. Das flackernde Licht hatte ihn hergeführt und es beleuchtete einen großen Sarg, der in der Mitte des Raumes thronte. Er war gläsern, und darin lag sie. Die Frau aus dem Spiegel.

Ihre Haut war weiß wie Schnee, ihre Lippen so rot wie blühende Rosen und ihr Haar, das ihr in sanften Wellen bis über die Brust reichte, so golden wie die Sonne. Sie trug ein prächtiges weißes Gewand und weiße Pantoffeln, die mit Goldfäden bestickt waren. Ihre Hände ruhten ineinander gefaltet auf ihrem Bauch, als wartete sie nur darauf, endlich erweckt zu werden.

Goldröschen.

Noah verschlug es die Sprache. Er schluckte, einmal, zweimal, dreimal, bis er langsam näher trat. Sein Herz klopfte schneller und schneller, während er seinen Blick nicht von ihr abwenden konnte. Sie war schön, wunderschön. Eindeutig sah er, dass ihr Schlaf nicht friedvoll war. Sie war gefangen in einer Dämmerwelt und wartete nur darauf, dass jemand kam, um sie daraus zu erlösen.

Und das würde er jetzt tun. Behutsam strich er über den Sarg. Das Glas fühlte sich kalt an. Er fuhr darüber, um nach einer Öffnung zu suchen, nach irgendeinem Mechanismus, doch er fand nichts. Hastiger strich er darüber, über die Seiten, das Fuß- und das Kopfende, als eine laute Stimme hinter ihm brüllte: »Halt! Wer bist du?«

Erschrocken drehte er sich um, als er sich einem wütenden Zwerg gegenübersah, der ihm eine Lanze beinahe bis an die Nasenspitze hielt. O nein, war das ein Zwerg des Kaisers? Aber der kleine Mann war nicht in grau gekleidet, nein. Seine Zipfelmütze war rot, und sein Hemd und seine Hose waren grün. Seine schwarzen Stiefel glänzten wie frisch geputzt und seine Augen blitzten blau über dem weißen Bart hervor.

Schnell riss Noah die Hände hoch. »Moment, ich will euch nichts Böses. Mein Name ist Noah Schulte.«

»Was ist denn hier los? Was brüllst du so herum?« Drei weitere Zwerge, ebenso bunt gekleidet wie der erste, kamen aus einem weiterführenden Tunnel in die Höhle marschiert. Als sie Noah erblickten, erschraken sie und zückten Äxte und Lanzen, die an ihren Gürteln befestigt waren. »Wer ist das?«

»Das hab ich ihn auch gerade gefragt. Lasst mich die Befragung durchführen! Also, Noah, was tust du hier? Hat dich der Kaiser geschickt?«

»Nein, ich –« Noah stockte. »Seid ihr nicht die grauen Männer des Kaisers?«

»Pah!« Einer der Neuankömmlinge holte mit der Axt aus und sein Gesicht wurde hochrot. »Niemals! Wir sind doch nicht grau!«

»Er ist nicht unser Kaiser!«, polterte ein anderer los.

»Du bist der Eindringling, also sind wir diejenigen, die die Fragen stellen! Was tust du hier?«, setzte der erste Zwerg seine Befragung fort.

Wenn diese Zwerge nicht zum Kaiser gehörten und Goldröschen hier bei ihnen lag, hatten sie sie etwa all die Jahre beschützt? Noah verließ sich auf seinen Instinkt, und der riet ihm, diesen kleinen Männern zu vertrauen.

»Ich bin hier, um Goldröschen zu erwecken.«

»Du?« Abschätzig musterten sie ihn, worauf er ebenfalls an sich herabblickte. Der Gang durch das Dickicht und der Sturz den Abhang hinunter waren nicht spurlos an ihm vorübergegangen. Sein Hemd war an den Ärmeln und der Brust stellenweise gerissen, seine Hose wies an den Knien Grasflecken auf und seine Schuhe waren voller Erde. Sogleich wischte er sich über die Kleidung, was kaum etwas nützte.

»Wer hat dir den Weg gezeigt?«, fragte ein anderer Zwerg. Er rückte seine blaue Mütze zurecht, während er ihn weniger skeptisch, sondern mehr neugierig musterte.

Würden ihm die Zwerge glauben, so ungeheuerlich all das klang? Noah entschied sich für die Wahrheit, schließlich befand er sich in einer Art Märchenland.

»Eine Krähe hat mir den Weg gezeigt und …«

Während Noah in seine Hosentasche griff, tuschelten die Männer aufgeregt und umfassten ihre Waffen fester.

»… und dieser Kompass hat mich in dieselbe Richtung gewiesen.«

Die Zwergen rissen ihre kleinen Augen auf. »Der magische Kompass!« Ehrfürchtig traten sie einen Schritt näher und betrachteten das technische Gerät, dessen Nadel noch immer leuchtete und unablässig auf Goldröschen wies. »Wo hast du ihn her?«

»Gefunden – wette ich!«, blaffte der Zwerg, der noch immer die Lanze gefährlich nah an Noahs Gesicht hielt.

»Nein, eine Frau … Marilla hat ihn mir gegeben.«

»Marilla? Marilla Mondschein?« Ungläubig flüsterten die Zwerge den Namen und sahen einander aufgeregt an. Selbst der wütende Zwerg ließ seine Lanze sinken und blickte abwechselnd den Kompass und Noah an.

»Wieso hat sie ihn dir gegeben? Wo hast du sie getroffen? Sie wurde seit Jahrzehnten nicht gesehen!«

Noah runzelte die Stirn. »Ich war in ihrem Gasthaus. An dem Kiesweg.«

»Gasthaus? Welches Gasthaus?« Die buschigen weißen Augenbrauen fest zusammengezogen sahen die Zwerge einander an. »Sie hat doch gar kein Gasthaus!«

Noah runzelte die Stirn. »Dort jedenfalls ist sie mir begegnet. Und zuvor noch in meiner Welt. Sie hat mich hergeführt.«

Die Zwerge betrachteten ihn staunend. »Wieso hat sie dir den Kompass gegeben?«

»Ich soll … Wie gesagt, ich soll Goldröschen retten.«

Wie aufs Stichwort sahen die Zwerge zu der schönen Schlafenden im gläsernen Sarg und ein Lächeln trat auf ihre runzeligen Gesichter. Wie hatte Noah sie nur mit den grauen Männern verwechseln können?

12

Aufgeregt schoben die Zwerge Noah einen abzweigenden Gang entlang zu einer weiteren Höhle – der Küche dieses unterirdischen Komplexes. Der Zwerg mit der blauen Zipfelmütze zog einen der winzigen Stühle zurück, die um einen Holztisch gruppiert waren. »Setz dich, trink erst mal was. Du siehst völlig erschöpft aus. Ich bin übrigens der Frohmut!« Fröhlich strahlte er ihn an und offenbarte dabei zwei Grübchen in den roten Backen.

Vorsichtig setzte sich Noah auf den angebotenen kleinen Stuhl, dessen unerwartet stabile Konstruktion sein Gewicht zu halten schien. Anschließend ließen sich auch die Zwerge am Tisch nieder – bis auf Frohmut, der vergnügt einen Krug Dünnbier vor Noah stellte. In einem Zug leerte der das kühle Gebräu.

»Danke, das hab ich gebraucht.«

Eifrig schenkte Frohmut ihm nach, dann wies er auf seine Kollegen. »Das sind Hartmut, Freimut und Siegmut.« Er lief zu einer Glocke, die an einer Halterung an der Wand befestigt war, und schlug kräftig damit. Das metallene Gebimmel durchdrang die unterirdischen Gänge derart laut – es kam einem Wunder gleich, dass Goldröschen davon nicht erwachte. Kurz darauf strömten drei weitere Zwerge in die Küche und blieben erstaunt vor dem Tisch stehen. Aus ihren Knopfaugen musterten sie Noah, der seinerseits die Neuankömmlinge bestaunte.

»Das sind Kleinmut, unser Jüngster, und Weismut, unser Ältester. Und das ist unsere bildschöne Liebmut«, stellte Frohmut die einzige Zwergin vor, deren weißes Haar zu einem langen Zopf geflochten war. Da sie keinen Bart hatte, beherrschte die knubbelige Nase ihr rundliches Gesicht. Friedlich und liebevoll sah sie ihn aus ihren dunklen, nahezu schwarzen Augen an, sodass Noah sie unwillkürlich anlächelte. Nervös huschte Kleinmut zu ihr und kuschelte sich unter ihren Arm. Dabei rutschte seine rote Zipfelmütze vom Kopf und ein hellblonder, fast weißer Flaum erschien. Obwohl er noch kleiner war als die anderen Zwerge und wesentlich jünger aussah, da sein Gesicht keine einzige Falte aufwies, trug er bereits einen kräftigen weißen Bart.

Sieben Zwerge, die eine Schlafende in einem gläsernen Sarg bewachten …

»Freut mich«, entgegnete Noah.

»Wieso«, polterte Hartmut sofort wieder los, »hat Marilla Mondschein dir den Kompass gegeben? Wer bist du überhaupt?«

»Ich bin … der Sohn der zauberhaften Barbara.«

»Du bist … aber das bedeutete doch … er ist …« Das Getuschel der Zwerge wurde lauter, bis Noah nichts mehr verstand. Endlich schaute Liebmut ihn aus ihren kleinen schwarzen Augen an.

100

»Du bist der Sohn der zauberhaften Barbara? Stimmt das? Bist du es wirklich?«

Noah zuckte mit den Schultern. »So sieht es aus.«

Die Zwerge rissen Augen und Münder auf und ein Strahlen wanderte über ihre rundlichen Gesichter, das Noah unfreiwillig berührte.

»Dann kannst du sie wirklich erwecken! Wie wundervoll! Wie lange haben wir gewartet, gehofft und gebangt. Wir hofften zwar, eines Tages würde Barbara selbst kommen, um ihrer Lebensretterin zu helfen, aber so ist es auch fein.«

Noah fühlte sich unbehaglich und verschränkte die Arme vor der Brust. Er half den Zwergen und insbesondere Goldröschen gerne, aber noch war es ihm nicht gelungen. Bevor die Zwerge es in die Welt hinausposaunten, sollten sie erst mal testen, ob es wirklich funktionierte. Auch wenn das wohl bedeutete, dass er die Schlafende küssen musste. Doch seltsamerweise schreckte ihn die Vorstellung nicht derart ab, wie er angenommen hatte. Ein warmes Gefühl breitete sich in seiner Brust aus, während er an den bevorstehenden Erlösungskuss dachte. Es gab wahrscheinlich Schlimmeres, als diese schöne Frau wach zu küssen. Wurden seine Ohren rot? Rasch räusperte er sich.

»Dann sollte ich sie wohl mal erlösen gehen. Sie hat lange genug geschlafen, oder?«

»Ja, ja, ja!« Kleinmut klatschte begeistert in die Hände. Angesteckt von der Euphorie der anderen verlor der kleine Zwerg seine Scheu und hüpfte aufgeregt auf dem Erdboden herum.

»Also dann.« Noah rieb die Hände aneinander und erhob sich. Die Zwerge klatschten und schwatzten, gleichzeitig schoben sie ihn zurück in den Raum, in dem Goldröschen in dem Glassarg lag. Freimut und Frohmut stellten sich nebeneinander an die Längsseite des Sarges und sprachen eine Formel. Sie nuschelten und sprachen so leise, dass Noah kein Wort verstand, doch auf einmal hörte er ein Klick und der Deckel des Glassarges schwang auf. Noah trat näher an die Schlafende und betrachtete sie. Ein Lächeln stahl sich auf sein Gesicht. Also schön, er würde es tun. Langsam beugte er sich zu ihr hinab und kurz bevor seine Lippen die ihren berührten, schrien die Zwerge auf.

»Was tust du denn da? Nur weil sie sich nicht wehren kann, darfst du sie doch nicht belästigen! Husch!« Freimut und Hartmut zwängten sich zwischen den Sarg und Noah, und stießen ihn zurück.

Perplex wusste Noah im ersten Moment nicht, was er sagen sollte. Er blinzelte mehrmals und blickte die Zwerge der Reihe nach an. »Ich bin doch hier, um sie zu erlösen!«

»Ja, natürlich! Aber einen Kuss musst du dir trotzdem erst mal verdienen. Geht einfach her und will sie küssen … Keine Manieren!« Hartmut sah ihn zornig an, anschließend warf er einen schmachtenden Blick auf Goldröschen, die sich nicht rührte.

Noah hob die Schultern. »Aber ein Kuss ist es doch, was sie erlösen würde!«

Hartmut stemmte die Fäuste in die Seiten. »Wie kommst du denn auf so einen Blödsinn?!«

»Na, in jedem Märchen wird die Schlafende doch mit dem Kuss der wahren L… mit einem Kuss erlöst!«

Kleinmut kicherte, während Liebmut an Noah herantrat und seine Hand nahm. »Aber ihr zwei kennt euch doch noch gar nicht. Wie sollte euer Kuss dann der der wahren Liebe sein?«

Noah konnte es nicht verhindern, er wurde rot. Tief atmete er durch, bis er die Hitze nicht länger in seinen Wangen spürte. »Okay, mein Fehler. Also, wie soll ich sie erlösen?«

Liebmut lächelte ihn an, dabei begann ihr Gesicht zu strahlen. »Durch Musik.«

Unbewusst hielt Noah die Luft an und Liebmut fuhr fort. »Du bist doch Barbaras Sohn. Folglich hast auch du die Gabe der Musik in dir, oder etwa nicht?«

Ein schriller Ton tönte in Noahs Ohren und er schloss die Augen. »Nein.«

»Nein? Aber das ist nicht möglich. Als ihr Sohn musst du es können. Hat sie es dir nicht beigebracht? Versuch es wenigstens, denn wir hab–«

»Nein!« Noah richtete sich auf und sah auf die Zwerge hinab. Demonstrativ trat er einen Schritt vom Sarg zurück. »Ich werde nicht spielen!«

Entsetzen trat auf die kleinen Gesichter und in Kleinmuts Augen stiegen Tränen. »Aber du bist doch gekommen, um Goldröschen zu erwecken.«

»Niemand hat mir gesagt, dass ich dazu musizieren muss. Das tue ich nicht. Die Zeiten sind vorbei. Die Musik … ist nicht mehr Teil meines Lebens!«

»Anders wird sie aber nie wieder erwachen.«

»Dann ist das so!«

Hartmut schnappte sich die Lanze und hielt sie Noah unter die Nase. »Spiel, sofort! Sonst spieß ich dich auf und brate dich wie einen Ochsen über dem offenen Feuer!«

Noah blickte gelassen auf den wütenden Zwerg hinab. »Das ist mir egal. Ich werde nicht musizieren!«

Hartmut fuchtelte wild mit der Lanze herum, doch Noah reagierte nicht. Stocksteif blieb er stehen, die Lippen fest aufeinandergepresst. Frohmut ging Hartmut aufgebracht an und drückte die Lanze am Stiel zur Seite. »So wird das nichts, du wildgewordener Hornochse!« Mit einem fröhlichen Lächeln wandte er sich Noah zu. »Es wäre wirklich nur ein Lied. Danach musst du nie wieder …«

»Nein, das ist mein letztes Wort!« Wie um seine Entscheidung zu bekräftigen, verschränkte er die Arme vor der Brust, die sich so bedrückend anfühlte, dass ihm jeder Atemzug schwerfiel.

»So etwas! … Unverschämt! … Wieso ist er überhaupt gekommen?« Erneut diskutierten die Zwerge energisch und warfen Noah immer wieder bitterböse Blicke zu. »Wie kann er nur? … Schließlich geht es um Goldröschen! … Um unser aller Zukunft!«

Liebmut trat dazwischen und hob beschwichtigend die Hand. »Nun mal langsam, Männer, so wird das nichts.« Mütterlich nahm sie Noah an der Hand und zog ihn mit sich. »Komm, wir trinken und essen erst mal was. Du musst am Rande deiner Kräfte sein.« Sie ließ seine Hand nicht los, bis sie in der Küche angelangten. Dort zog sie ihm erneut einen Stuhl zurück und wartete, bis er sich hingesetzt hatte.

Noch immer aufgebracht kamen die anderen Zwerge hinterher, doch Liebmut verscheuchte sie energisch. »Raus mit euch. Wir wollen unter uns sein! Und wehe dem, der lauscht!« Mahnend hob sie die Bratpfanne, worauf die anderen wie geprügelte Knaben durch einen weiteren Gang verschwanden.

Liebmut nahm einen Krug aus einem Büffet. Die Möbel waren so dunkel, dass sie vor den braunen Erdwänden erst auffielen, wenn die Zwergin an sie herantrat und die Türen öffnete. Aus einem anderen Schrank holte sie einen Becher, den sie vor Noah stellte. Schwungvoll goss sie ihm eine dampfende rote Flüssigkeit aus dem Krug ein. »Trink das. Es wird dich wärmen.«

Noah fühlte sich wie erschlagen. Der lange Marsch und das wenige Essen zehrten an seinen Kräften und die Diskussion hatte den Druck auf seine Brust verstärkt. Dankbar griff er nach dem Becher. Fremde Gerüche drangen an seine Nase, während er ihn an die Lippen setzte. Ohne zu fragen, was das für ein Getränk war, nippte er und schloss die Augen. Es schmeckte herb und beerig und nach irgendwelchen Kräutern. Während die warme Flüssigkeit in seinen Körper wanderte, atmete er tief durch. Seine Glieder entspannten und sein Geist beruhigte sich. Langsam nahm er noch einen Schluck und noch einen, bis der unermessliche Druck auf seiner Brust nachließ. Das tat gut. Er brauchte unbedingt die Rezeptur!

Liebmut rührte in einem großen Topf, der auf dem altmodischen Herd stand. Das sanfte Geklimper und Geklapper beruhigte Noahs Nerven zusätzlich und erneut atmete er tief durch. Er hielt die Augen geschlossen und genoss die Ruhe, die Wärme und das Gefühl, sich fallen lassen zu können. Und ohne dass er wusste weshalb, wanderten seine Gedanken zu jenem Tag, an dem er das letzte Mal auf einer Geige gespielt hatte, der Geige seiner Mutter.

13

## Vor vielen Jahren

Noah saß auf einem Stuhl und krallte sich seitlich an der Sitzfläche fest. Er hatte einen neuen Anzug bekommen, doch darüber hatte er sich nicht gefreut. Er war schwarz und sein Onkel hatte Noah gezwungen, ihn anzuziehen.

Unzählige Leute, die er kaum kannte, wuselten um ihn herum. Zwischendurch traten sie an ihn heran, drückten ihn an sich, flüsterten ihm etwas ins Ohr, doch selbst die fremden aufdringlichen Parfüms vermochten es nicht, in sein Bewusstsein vorzudringen.

Seine Mutter war tot. Sie würde nie wieder zu ihm zurückkommen. Er hatte sie verloren und war von nun an alleine.

Natürlich würde er nicht alleine leben, nein. Er sollte zu Onkel Harald ziehen, den er gar nicht kannte. Ein entfernter Onkel, der – wie hatte er die Leute sagen hören? – gerade zur rechten Zeit aufgetaucht war, damit der arme Junge nicht in einem Waisenhaus landete.

Onkel Harald war nett zu ihm. Er redete zwar kaum, aber er kaufte ihm Süßigkeiten und ließ ihn lange Fernsehen. Doch Noah konnte sich darüber nicht freuen. Er wollte zu seiner Mama, mit ihr auf der Geige spielen und ihren Geschichten lauschen. Nur würde es dazu nie wieder kommen.

»Es ist Zeit. Kommst du, Junge?«

Noah nickte bloß, unfähig, den dicken Kloß in seinem Hals hinunterzuschlucken. Sie liefen zur Kirche, wo Noah neben Onkel Harald in der ersten Reihe saß. Er hörte die Frauen in ihre Taschentücher schnäuzen und den Pfarrer irgendwelche Dinge über seine Mama erzählen, während Noah unentwegt auf seine Daumen starrte. Irgendwann nahm Onkel Harald ihn an der Hand und nebeneinander liefen sie nach draußen auf den Friedhof. Sie kamen an ein tiefes Loch, um das unzählige Blumen und Gestecke drapiert waren und über dem ein großer Sarg befestigt war. Darin sollte seine Mutter liegen?

Durch einen Mechanismus fuhr der Sarg zur Erde hinab, während der Pfarrer weitere Worte erzählte. Noah hielt den Kopf gesenkt, als ihm der Onkel auf einmal eine Geige entgegenhielt. Aber das war doch … die von seiner Mutter! Ungläubig blickte Noah auf das schöne Instrument, das er unter tausenden erkannt hätte, und ein zartes Lächeln trat auf sein blasses Gesicht. Wie lieb von seinem Onkel, sie ihm zu geben. Dankbar sah er zu ihm auf.

Der Onkel reichte ihm das Instrument. »Hier, Junge, spiel ein Lied.«

Ein Lied spielen? Jetzt? Hier? Am Grabe seine Mutter? Entsetzen breitete sich auf dem kleinen rundlichen Gesicht aus.

»Nein«, hauchte er erstickt.

»Deine Mutter sitzt oben auf einer Wolke und freut sich, wenn du ihr zum Abschied ein Lied spielst. Und jetzt auf.« Energisch schüttelte Noah den Kopf, Tränen stiegen in seine geröteten Augen und er wollte sich von seinem Onkel losreißen, doch der hielt ihn fest. Er beugte sich zu Noah hinab und sah ihm in die Augen. »Junge, alle warten. Spiel jetzt!« Etwas an dem Ton, in dem er sprach, ließ Noah aufblicken und Angst bemächtigte sich seiner kleinen Brust. Mit zitternden Händen nahm er das geliebte Instrument, das er nach diesem furchtbaren Tag für alle Zeit in Ehren halten wollte.

»Spiel!«

Noah sah seinen Onkel flehend an, doch der nickte ihm nur auffordernd zu, worauf der kleine Junge die Geige ansetzte.

Es fühlte sich an, als wöge der Bogen tausend Kilo. Mit zitternder Hand hob er ihn an und atmete tief durch. Er dachte an seine Mutter, wie sie ihn angelächelt, ihm über den Kopf gestrichen und wie sie sich jeden Abend zu ihm ans Bett gesetzt hatte, um ihm eine Geschichte zu erzählen. Er setzte den Bogen an und als die ersten Töne über den Friedhof wanderten, verstummte sämtliches Getuschel. Erstaunt lauschten die Leute der Melodie, die Noah spielte. Es war das Lied, das ihm seine Mutter beigebracht hatte und zu dem es keine Noten gab. Man musste es in seinem Herzen fühlen, hatte sie ihm erklärt.

Erst als Noah die Geige absetzte, spürte er die heißen Spuren, die die Tränen auf seinen Wangen hinterlassen hatten. Durch die Musik war er ihr nahe gewesen, doch dies war der falsche Ort, ihn zu zwingen, auf ihrer Geige zu spielen. Verschüchtert presste Noah das Instrument an seine Brust, als Onkel Harald die Geige an sich nahm und Noahs Hand umfasste. »Komm.«

Dankbar lief der Junge mit dem Onkel mit, doch sie liefen nicht zum Ausgang des Friedhofs, wie Noah erwartet hatte, sondern direkt auf das Grab zu.

»Nein, ich will nicht. Ich will nicht sehen, wie sie dort liegt!« Noah versuchte sich loszureißen, doch der Onkel tätschelte ihm die Hand.

»Junge, es ist wichtig, damit du abschließen kannst.« Er zog ihn bis ans Grab, wo Noah in die unendliche Tiefe blickte, auf den schmucklosen Sarg, in dem seine Mutter lag. O Mama, komm doch zu mir zurück.

Plötzlich schwenkte der Onkel die Geige und warf sie zu dem Sarg in die Tiefe. Eine Krähe krächzte laut auf.

»Nein!«, schrie Noah und wollte hinterherspringen. »Sie gehört mir! Ich will sie behalten! Ich …«

Die Anwesenden missverstanden Noahs Reaktion. Die Trauernden stellten sich zwischen ihn und das Grab, forderten lautstark, der Onkel möge den armen Jungen fortbringen, und die Totengräber schütteten rasch Erde in das Loch, bis sowohl von der wunderschönen Geige als auch dem Sarg nichts mehr zu sehen war. Und als hätte die Erde all seine Liebe zur Musik begraben, hörte Noah von diesem Tag an mit dem Musizieren auf. Und für lange, lange Zeit rührte er kein einziges Instrument mehr an.

Die Zeit verging und Noah verbrachte beinahe mehr Zeit bei einer alten, liebevollen Nachbarin als im Hause seines wortkargen Onkels. Als er volljährig war und auszog, begann die Musik, leise wieder nach ihm zu rufen. Doch die Erinnerungen an sein letztes Spiel saßen so tief, dass er nicht in Betracht zog, wieder mit dem Musizieren anzufangen.

Sein ausgesprochen guter Gehörsinn und seine Liebe zu Holz führten ihn eines Tages in die Werkstatt eines Geigenbauers. Herr Töner war sehr freundlich. Er erkannte Noahs Talent und sein Verständnis für Musik und Melodien auf Anhieb. Zwar fand er es seltsam, dass Noah sich weigerte zu spielen, doch er nahm ihn als Lehrling auf und brachte ihm alles bei, was er als Geigenbauer wissen musste, bis Noah seinen eigenen Betrieb aufbaute.

Noahs Geigen wurden berühmt. Immer häufiger drängten Violinisten in seine Werkstatt, um eines seiner Instrumente zu kaufen, und eines Tages tauchte die bildhübsche Estelle auf. Sie machte ihm schöne Augen, bis er sich Hals über Kopf in sie verliebte.

Noah hofierte sie nach allen Regeln der Kunst, immer wieder machte sie ihm Hoffnungen, um ihn doch wieder sanft, aber betont von sich zu stoßen. Es war ein Spiel, das Noah nicht beherrschte. Doch selbst als sie von ihm gelangweilt war, ließ sie nicht ab von ihm, sondern drängte ihn, schneller an der Geige zu arbeiten, die er für sie anfertigte.

Herr Töner, mit dem er sich regelmäßig traf, mahnte ihn, die anderen Aufträge nicht zu vergessen und die Kundschaft nicht zu verprellen, doch Noah war verliebt. Er arbeitete nur noch für Estelle. Obwohl er spürte, dass etwas nicht stimmte, ließ er sich von ihr einlullen. Zum ersten Mal seit dem Tode seiner Mutter empfand er Liebe in seinem Herzen, weshalb er die Vernunft ausschaltete – zum letzten Mal in seinem Leben.

Eines Abends fand ein großes Konzert statt. Noah war so verliebt in Estelle, dass er all sein Gespartes zum Juwelier trug, um den schönsten Ring zu kaufen. Er wollte ihr an diesem besonderen Abend einen Antrag machen. Es sollte der Durchbruch ihrer Karriere sein und sie spielte an diesem Abend auf der Geige, die er gerade noch rechtzeitig für sie fertiggestellt hatte – war das nicht der optimale Rahmen für einen Heiratsantrag?

Sein Herz schlug heftig, während er unter den Zuschauern saß und ihrem Auftritt lauschte. Sie spielte ausgesprochen gut, auch wenn ihr Spiel nicht einmal im Entferntesten an die Kunstfertigkeit seiner Mutter heranreichte, doch das würde er niemals sagen. Seine Mutter war eine Musikerin gewesen, die ihresgleichen suchte, und es war nicht recht, andere mit ihr zu vergleichen.

Als der Vorhang fiel, drängte er mit einem verliebten Grinsen hinter die Bühne, das kleine Kästchen mit dem Ring fest in der Hand. Wie immer herrschte hinten Chaos, die Leute jubelten, überall lagen Blumensträuße, grelle Lichter schienen und inmitten all dieser bunt schillernden Unordnung stand Estelle. Ihre Augen strahlten mit den Scheinwerfern um die Wette und ein dunkelhaariger Mann drückte ihr einen großen Strauß roter Rosen in die Hand. Ach, an Blumen hätte er auch denken können. Doch das, was er bei sich trug, würde sie noch mehr begeistern. Er lief zu ihr und hörte bereits, was sie sprachen, auch wenn er noch einige Schritte entfernt war.

»Jetzt gehören die Abende aber wieder mir, meine Schöne!«, sagte der dunkelhaarige und legte besitzergreifend einen Arm um Estelle.

Wer war er?

»Aber ja, mein Liebling«, gurrte sie.

»Keine Treffen mehr mit dem kränklich verliebten Geigenbauer?«

Noah erstarrte im Lauf.

Er stierte auf Estelles Lippen und sein Herz hörte für einen Moment auf zu schlagen, damit er ihre nachfolgenden Worte richtig verstehen konnte.

»Keine Sorge, ich habe von ihm, was ich wollte. Ab jetzt brauche ich Noah nicht mehr.«

Seine Hände fielen schlaff zu den Seiten, das Kästchen entglitt seinen Fingern und prallte gemeinsam mit seinem Herzen zu Boden. Das Geräusch war ohrenbetäubend, doch offenbar nur für Noah, denn niemand beachtete ihn.

Es dauerte, bis Estelles Antwort in sein Bewusstsein drang. Allmählich sickerte es in seinen Verstand und er wandte sich um. Ebenso wie ihr kehrte er den Geigen den Rücken. Nur Kummer hatte die Musik über sein Leben gebracht. Sie rührte zu sehr an seinen Gefühlen, schaltete sein Hirn aus und hinterließ tiefe Wunden in seinem Herzen. Doch er würde aus diesem Fehler lernen, endgültig. Nie wieder würde er eine Geige bauen oder auf ihr spielen, auf das niemals wieder seine Emotionen über seine Vernunft herrschten. Und daran hielt sich Noah seit jenem Tage …

14

Noah erwachte in einem engen Bett in einem nur matt beleuchteten Raum. Blinzelnd sah er sich um. Stimmt, er war in der Höhle der Zwerge. Rasch setzte er sich auf. Wann war er zu Bett gegangen? Wie spät war es? Er suchte die kahlen Wände ab, doch entdeckte nirgends eine Uhr. Wahrscheinlich hatte er die Nacht durchgeschlafen und es war morgen.

Das Zimmer besaß keine Tür, nur einen dünnen Vorhang, der jedoch nicht vor den Ausgang gezogen war. Durch die Fackeln, die an gusseisernen Halterungen an den Wänden des abgehenden Ganges steckten, drang ein Lichtschein in das karg eingerichtete Zimmer. Ein Bett, eine Truhe. Sonst befand sich nichts darin.

Er schwang die Beine über die Bettkante. Erstaunlicherweise fühlte er sich ausgeruht und gestärkt – und seltsam leicht, als wäre eine große Last von ihm genommen worden. Wahrscheinlich hatte er gestern noch ein paar Teller von dem gegessen, was Liebmut in dem großen Topf auf dem Herd gekocht hatte. Er versuchte sich die Vorkommnisse des gestrigen Abends ins Gedächtnis zu rufen, doch ihm fiel nicht ein, ob sie noch etwas gesprochen hatten, geschweige denn, wie er ins Bett gekommen war. Nachdenklich zog er die dunklen Brauen zusammen und dachte intensiv an gestern Abend. Aber er hatte keine einzige Erinnerung daran, was passiert war, nachdem er sich zu Liebmut in die Küche gesetzt hatte. Konnte er sich nicht erinnern, weil er so erschöpft gewesen war?

Das Licht der Fackeln aus dem Gang war warm und hell. Beinahe war es, als rufe es nach ihm. Kurzerhand stand er auf. Wo führte ihn das Licht hin? Er lief den Gang weiter, bis er in eine hell erleuchtete Höhle gelangte.

Es war die Höhle, in der Goldröschen lag.

Langsam trat er an den Sarg und blieb neben ihrem Kopf stehen. Sie war bildschön. Der freundliche Ausdruck auf ihrem Gesicht und zugleich der Zwang, mit dem dieser Schlaf auf ihr lag, rührten an seinem Herzen. Sie hatte seine Mutter und damit ihm das Leben gerettet. War es nicht das Mindeste, dass er das Gleiche für sie tat? Er hob die Hand und legte sie auf das kalte Glas. Obwohl es in der Höhle warm war, hatte sich das Material nicht aufgeheizt. Noah fuhr mit der Linken über die glatte Oberfläche, als streiche er über ihr Gesicht. Tief atmete er ein und sah in seinem Augenwinkel etwas auf dem Fußende des Sarges liegen.

Es war eine Geige.

Sein Herz klopfte ein wenig schneller, doch der altbekannte Druck baute sich nicht in seiner Brust auf. Vielmehr ergriff ein Sehnen sein Innerstes, als spürte er erst jetzt, wie sehr er die Musik vermisste. Erneut fiel sein Blick auf die schlafende Frau. Ohne es recht zu bemerken, beugte er sich zur Seite und griff nach der Geige. Vorsichtig nahm er sie an sich, strich über das Holz, fuhr über die gespannten Saiten und atmete so tief ein wie lange nicht mehr. Er sah zu Goldröschen – und schloss die Augen. Als hätte er all die Jahre nichts anderes gemacht, setzte er die Geige an seinen Hals und hob unendlich langsam den Bogen. Sobald der erste Ton dem Instrument entstieg, löste sich eine Träne und wanderte über Noahs Wange. Es blieb bei der einen, während er in das Spiel zurückfand und all seine Gedanken darauf ausrichtete. Sein Herz schlug kräftiger, sein Atem ging freier und er versank in der Melodie wie vor längst vergangener Zeit. Er spielte das Lied, das ihm seine Mutter beigebracht hatte und dessen Notenfolge niemals schriftlich festgehalten worden war. Doch es war noch in ihm, hatte in seinem Innersten geschlummert, bis er bereit gewesen war, die Erinnerungen hervorzuholen. Als der letzte Ton verklang, lag ein Lächeln auf seinen Lippen und ein leichter, seltsam freier Geschmack. Vorsichtig öffnete er die Augen. Die Zwerge umringten ihn, sahen ihn mit offenen Mündern an, doch bevor sie oder er etwas sagen konnten, blickten sie zu Goldröschen. Ihr kleiner Finger bewegte sich.

Rasch legten die Zwerge ihre Hände auf den Sarg und raunten ein paar Worte, kurz darauf stülpten sie den Deckel auf. Als spürte Goldröschen die frische Luft, atmete sie tief ein und Röte kehrte auf ihre blassen Wangen zurück. Keiner sprach ein Wort, während die Schlafende sich regte.

Sofort stürzte Liebmut an das Kopfende und beugte sich hinab. »Sie erwacht.« Die dunklen Augen weit aufgerissen, starrte sie zu Noah, dann lächelte sie ihn an und nickte mütterlich. Doch bevor sie etwas zu ihm sagen konnte, gähnte Goldröschen, hob die Arme und streckte sich. Als hätte sie seit Jahren nur darauf gewartet, schlug sie geschwind die Augen auf und das strahlende Blau ließ Noahs Herz schneller schlagen.

»Goldröschen, Goldröschen!«, riefen die Zwerge im Chor. »Endlich ist sie erwacht!«

Ohne länger zu warten, richtete Rosalind sich auf. Nacheinander sah sie die Zwerge an, bis ihre kornblumenblauen Augen auf Noah und der Geige hängenblieben. Ein Lächeln umspielte ihre sinnlich geschwungenen Lippen. »War das dein Lied, das mich aus der Finsternis geholt hat?« Ihre Stimme klang weich und zart, beinahe selbst wie eine Melodie.

Noah wusste nicht, was er erwidern sollte, deshalb nickte er bloß, während sich die Zwerge bereits nach vorne drängten, um ihr aus dem Sarg zu helfen.

»Du musst sofort etwas essen!«, drängte Liebmut. »Komm, ich gebe dir eine kräftigende Suppe! Komm, mein Kind!«

»Wer seid ihr? Wo bin ich?«

»Wir sind die letzten vernünftigen Zwerge!«, polterte Freimut los. »Die grauen kleinen Hampelmänner haben nicht mehr das Recht, sich Zwerge zu nennen. Wie willenlose Puppen eifern sie Rupert nach!«

»Überfordere die gute Frau nicht gleich!« Liebmut schubste den aufgebrachten Zwerg, dessen Gesicht sich so rot verfärbte wie seine Mütze, zur Seite und ergriff Rosalinds Hand. »Mach dir keine Sorgen, Kindchen, du bist bei uns in Sicherheit. Komm mit in die Küche. Dort kriegst du etwas Ordentliches zu essen, damit du wieder zu Kräften kommst. Während des Essens werden wir dir alles erzählen.« Beim Stichwort Essen huschten sofort die ersten Zwerge in die Küche.

Rosalind stellte sich hin. Seit Jahrzehnten hatte sie ihre Muskeln nicht benutzt und sie schwankte ein wenig. Doch noch bevor die Zwerge oder Noah sie stützen konnten, fing sie sich und stand felsenfest mit den zarten Füßen in den weißen Pantoffeln auf der Erde, als hätte sie die letzten Jahrzehnte nichts anderes getan.

Die verbliebenen Zwerge umringten sie, johlten, jubelten, tanzten um sie herum wie um einen Maibaum. Noah wollte sich zurückziehen, als sich Rosalind ihm zuwandte und ihn anlächelte. Ihr Gesicht strahlte wie die aufgehende Sonne.

»Komm mit, ich möchte auch über dich alles erfahren.«

Sie nahm ihn an der freien Hand, mit der anderen umklammerte er noch immer die Geige, und Noah ließ sich ohne Gegenwehr von ihr hinter Liebmut in die Küche der Zwerge ziehen.

»Setz dich, Kindchen, und iss. Ich habe ordentlich gekocht.«

Sogleich begann das sanfte Geklapper und Geschepper, das letzte, an das sich Noah vom gestrigen Abend erinnern konnte. Dann stürmte die Zwergin auf ihn zu und nahm ihn an den Händen. »Es ist dir gelungen. Hab ich es doch gewusst!«

Angesichts der Herzenswärme in ihren Augen räusperte er sich verhalten. »Was ist gestern geschehen? Ich kann mich kaum erinnern.« Stirnrunzelnd blickte er auf das Getränk, das sie ihm vorsetzte. »Hast du mir gestern etwas in den Wein gemischt?«

Rasch schlug sie die dunklen Augen nieder. »Das klingt ja beinahe so, als hätte ich dir Gift untergejubelt. Nein, nein, ich verfüge über … sagen wir, ich verfüge über außergewöhnliche Kochkünste.«

Rosalind war ihrer Unterhaltung gefolgt und lachte auf. »Hast du noch nicht von der Magie der Zwerge gehört? Natürlich hat sie dir etwas beigemischt. Was ist geschehen?« Liebmut tätschelte ihr kichernd die Hand, während Noah auf die Geige in seinen Händen starrte. »Ich wollte nicht mehr spielen, nie wieder musizieren, aber als ich heute morgen aufgewacht bin, hat die Geige nach mir gerufen. Es war das erste Mal seit über zwanzig Jahren, dass ich musiziert habe.«

Der Blick der alten Zwergin wurde weich. »Es war an der Zeit, dich deiner Vergangenheit zu stellen und die Vorkommnisse hinter dir zu lassen.«

Skeptisch zog Noah die dunklen Brauen zusammen. »Woher weißt du von dem, was mir geschehen ist?«

»Du hast es mir gestern erzählt.«

»Ich habe was? Niemals!« Noah erinnerte sich, dass er an die Beerdigung seiner Mutter und die Situation in der Konzerthalle gedacht hatte, vielleicht hatte er sogar davon geträumt, aber davon erzählt? Niemals! Niemandem würde er je davon berichten!

Er sah zu Liebmut, die ihn mütterlich anlächelte. Sie wusste von seiner Geschichte, er erkannte es an ihrer mitfühlenden Mimik. Also hatte sie ihm doch etwas bei-gemischt!

Normalerweise wäre es an der Zeit aufzubrausen und Liebmut zu fragen, wie sie darauf kam, dass sie sein Leben und seine Probleme irgendetwas angingen – doch er konnte ihr nicht böse sein. Noch immer hielt er die Geige fest in seiner Hand, außerstande sich vorzustellen, sie je wieder loszulassen. Was auch immer Liebmut mit ihm gemacht hatte, sie hatte seine Wunden geheilt. Sein Blick wurde ungewohnt weich, als er sich zu ihr beugte und die Hand auf ihre kleine Schulter legte.

»Danke.«

Sie winkte ab, doch ihrem Gesicht war anzusehen, wie sehr sie sich darüber freute, dass es Noah besser ging. »Wir haben zu danken. Du warst es, der unser Goldröschen erweckt hat.« Wie aufs Stichwort begannen die Zwerge wieder zu jubeln und zu tanzen. Sie warfen ihre bunten Mützen in die Höhe und umringten Rosalind, die ihnen erstaunt zusah.

»Erzählt! Was ist damals auf dem Fest geschehen?«, forderte sie. »Ich kann mich kaum erinnern.«

Liebmut stellte einen Teller mit dampfender Suppe vor sie auf den Tisch, dazu einen warmen Trunk – womöglich ebenfalls mit einem Zauber? Noah beäugte die Getränke skeptisch, während Frohmut wild gestikulierend zu erzählen begann.

»Wir haben mitbekommen, dass die grauen Männer sich auf etwas Wichtiges vorbereitet haben.«

Rosalind unterbrach ihn mit erhobener Hand. »Woher kamen denn überhaupt all die grauen Männer? Das können doch keine Zwerge sein!«

Freimut nickte erleichtert. »Das hast du völlig richtig erkannt, Goldröschen!«

Frohmut fuhr fort. »Wir wissen nicht, woher sie plötzlich kamen, aber wir haben sie beobachtet. Siegmut hat aufgeschnappt, dass sie etwas bei dem großen Musikfest planen, weshalb wir uns zur Sicherheit ebenfalls ins Schloss geschlichen haben.«

»Sind diese grauen Männer eine andere Art Zwerge?«, schaltete sich Noah ein.

Freimut wurde sogleich wieder hochrot vor Zorn.

»Sie waren es wahrscheinlich, bis sie ihren freien Willen über Bord geworfen haben, um dem dämlichen Rupert zu folgen.«

»Wer ist Rupert?«, wollte Rosalind wissen.

»Der König der Zwerge und der Kaiser dieses Landes«, erklärte Liebmut, während sie Rosalind den Löffel entgegenstreckte, damit sie endlich zu essen anfing. Doch Rosalind stand abrupt auf und blickte Liebmut empört an.

»Der Kaiser dieses Landes? Ich hab mich wohl verhört! Was ist mit meinem Vater? Er regiert unser Königreich!«

»Iss, Kindchen«, drängte die Zwergin und zog sie zurück an den Tisch. »Wir erklären dir alles.«

Zögerlich ließ sich Rosalind zurück auf den Stuhl sinken, doch zu essen begann sie nicht. Fordernd blickte sie Noah und die Zwerge der Reihe nach an. »Erzählt! Was ist geschehen? Wie lange habe ich geschlafen?«

Noah hob abwehrend die Hände, dabei wurde er der Geige gewahr, die er noch immer umklammert hielt. »Ich war nur hier, um dich zu erwecken.« Um zu zeigen, dass seine Aufgabe erfüllt war, legte er die Geige auf den Tisch. Nur langsam lösten sich seine Finger von dem Holz, als wehrten sie sich dagegen, doch er ließ das Instrument los und demonstrativ verschränkte er die Arme vor der Brust.

»An was kannst du dich erinnern, damals, bevor du in den verzauberten Schlaf fielst?«, erkundigte sich Liebmut.

Rosalind zog ihre ebenmäßige Stirn in Falten. »Wir haben ein Fest gefeiert, obwohl etwas nicht gestimmt hat. Vater wollte, dass ich mir keine Sorgen mache, aber Mutter hat mir geraten, ich solle wachsam bleiben. Barbara hat mit einem anderen Lied begonnen als normalerweise und während sie spielte, sind die grauen Zwerge aufgetaucht. Ich habe die

Klinge aufblitzen sehen und mich vor Barbara geworfen, bevor die Zwerge sie töten konnten. An mehr erinnere ich mich nicht.« Rosalind blickte auf, während Freimut erneut zu schimpfen begann, weil sie die grauen Männer als Zwerge bezeichnet hatte.

Siegmut nickte unterdessen und ballte die Hände zu Fäusten. »Wir sind sofort dazwischengerannt, bevor die grauen Männer euch etwas antun konnten. Weismut hat eine magische Ablenkung gezaubert, sodass wir dich und Barbara durch einen unterirdischen Gang fortbringen konnten.«

Noah horchte auf. »Meine … Barbara auch?«

»Ja, sie war bei uns. Aber offenbar traute sie uns und unseren Fähigkeiten nicht, denn sie blieb nicht in unseren Höhlen.«

»Wo ist sie hingegangen?«, wollte Noah wissen, auch wenn ihm klar war, dass sie kurz nach den Ereignissen in seine Welt geflohen sein musste. Trotzdem brannte er darauf zu hören, was sie vorher erlebt hatte. Womöglich würde er auf diese Weise erfahren, wer sein Vater war. Oder wurde sie erst schwanger, nachdem sie dieses Märchenland verlassen hatte? Moment, hatte Marilla nicht behauptet, seine Mutter wäre bereits schwanger gewesen, als Goldröschen sie vor der Klinge gerettet hatte?

»Wir wissen nicht, wohin die zauberhafte Barbara gegangen ist. Sie hat sich zurückgezogen und als wir am nächsten Morgen nach ihr sehen wollten, war sie verschwunden. Seither haben wir sie nicht mehr gesehen.«

»Was ist anschließend geschehen?«, wollte Rosalind wissen. »Wer hat mich in den Zauberschlaf versetzt?«

»Du hast so schlimm geblutet, wir hatten furchtbare Angst um dich. Weismut und Liebmut haben alles in ihrer

Macht Stehende getan«, erzählte Frohmut, während die Zwergenfrau und der Älteste bestätigend nickten. »Gemeinsam haben sie deine Wunden geheilt, aber dazu mussten sie dich in einen Zauberschlaf versetzen. Marilla, die alte Zauberin, erschien und sagte, eines Tages würde jemand kommen und dich erlösen. Sie würde ihm den magischen Kompass mitgeben, damit wir ihn erkennen. Zum Abschied sagte sie uns, wir sollten Vertrauen haben. Seither haben wir sie nicht mehr gesehen.«

Nachdenklich strich sich Rosalind durch ihr langes goldblondes Haar. »Was ist dann geschehen?«

»Damit du geschützt bist, haben wir den Glassarg für dich gefertigt und täglich nach dir gesehen. Nach einer Weile stoppte dein Alterungsprozess – aber dagegen wirst du wohl nichts einzuwenden haben.« Frohmut gluckste. »Wir haben gewartet und endlich stand Noah vor uns.« Glückselig zeigte der gut gelaunte Zwerg auf ihn, worauf sich Noah sofort wieder einen Schritt zurückzog. Der Mittelpunkt aller Aufmerksamkeit war nicht der rechte Platz für ihn. Doch als Rosalind Frohmuts Fingerzeig folgte und ihn ansah, vergaß er einen Moment, dass er längst in sein Leben, in die normale Welt hatte zurückkehren wollen.

»Wer bist du, dass du kamst, mich zu retten? Und woher kanntest du die Melodie? Das Lied der zauberhaften Barbara? Ich weiß, dass sie es niemals aufgeschrieben hat, und keinen außer sie habe ich es je spielen hören.«

Noah räusperte sich. »Ich bin ihr Sohn.«

Rosalind riss die kornblumenblauen Augen auf. »Du bist ihr Sohn? Wo ist sie?«

»Sie ist leider gestorben, vor Jahren schon.«

»Wer hat sie ermordet?«

»Sie wurde nicht getötet, sie ist an einem unentdeckten Herzfehler gestorben. Es ging schnell und sie musste nicht leiden«, ratterte er das herunter, was ihm sein Onkel und sämtliche Nachbarn und Lehrer zum Trost immer und immer wieder gesagt hatten.

Rosalind kniff fragend die Brauen zusammen, als vermutete sie, er würde ihr etwas verheimlichen. Doch als er nichts hinzufügte, wurde ihr Blick wieder weicher. »Es tut mir leid, der Verlust muss hart gewesen sein. Sie war eine wundervolle, eine besondere Frau. Zum Glück hat sie dir das Spiel auf der Geige beigebracht – es wird euch für immer verbinden. Bist du ebenso berühmt, wie sie es gewesen ist?«

»Nein, ich … Nein.« Mehr brauchte er dazu nicht zu sagen. Weder hatte er das Bedürfnis, mehr zu erzählen, noch ging es irgendjemanden etwas an.

»Was ist mit meinen Eltern?«, hakte Rosalind weiter nach und sah Frohmut fragend an. »Wo habt ihr sie versteckt?«

Frohmuts stetig hochgezogenen Mundwinkel sackten nach unten und die Grübchen auf seinen Wangen verschwanden. »Sie weilen leider nicht mehr unter uns.«

Rosalinds Gesichtsfarbe wurde noch weißer, als sie ohnehin bereits war. »Sie sind ebenfalls tot?« Sie griff sich ans Herz und ihre Schultern sackten nach vorne. Doch nur für einen Moment. Unvermittelt straffte sie den Rücken und ihre Stimme wurde hart. »Wer hat ihnen das angetan? Die grauen Männer? Der Mann, den ihr unseren Kaiser nennt?«

Liebmut strich ihr mitfühlend über den Rücken. »Der Kaiser und seine Männer, genau.«

»Und was ist mit all den Rittern geschehen? Sie werden wohl kaum tatenlos zugesehen haben.«

»Von ihnen fehlt jede Spur.«

»Wie bitte? Aber das waren hunderte Männer! Was ist mit meinem Onkel, Großherzog Ferdinand?«

Liebmut und Frohmut zuckten unwissend mit den Schultern, worauf Rosalinds Mimik entschlossener wurde. »Ich werde all dem auf den Grund gehen. Ich werde herausfinden, was geschehen ist, und meinen mir zustehenden Platz einnehmen.«

Noah beobachtete Rosalind verwundert. Welch eine Willensstärke in ihr steckte … Wie viel Kraft … Wann hatte er das letzte Mal für etwas gekämpft, das ihm lieb und teuer war?

»Und ich werde dich begleiten!« Moment, wer hatte da gesprochen? Doch nicht etwa er? Fassungslos sah er in die strahlenden Gesichter der Zwerge, die ihm sogleich zujubelten. Als Noah in Liebmuts lächelndes Antlitz blickte, verengte er skeptisch die Augen und sah nach dem Becher, den sie vor ihn gestellt hatte. War er schon wieder verzaubert worden? Aber Moment, er hatte doch noch gar nichts getrunken.

Rosalind jedoch bedachte ihn mit einer hochgezogenen Augenbraue. »Du kommst doch nicht mit, weil du glaubst, du stündest in meiner Schuld, oder?«

»Nein!« Oder doch? Er wusste es nicht. War selbst darüber erstaunt, dass er nicht den direkten Weg zurück in seine Welt einschlug. Aber jetzt machte er auch keinen Rückzieher mehr! Er würde sie begleiten, ihr helfen herauszufinden, was damals geschehen war, und sie dabei unterstützen, den Thron zurückzuerlangen. Eigentlich ging ihn der Regent dieses Landes nichts an. Eigentlich konnte es ihm völlig egal sein, ob ein Kaiser oder eine Königin auf dem Thron saßen. Eigentlich.

Uneigentlich, flüsterte eine kleine Stimme in seinem Ohr, hatte Goldröschen ein Körnchen Wahrheit ausgesprochen. Ja, er fühlte sich ihr gegenüber verpflichtet. Sie hatte seine Mutter gerettet und damit auch ihn. Nun würde er an ihrer Seite sein, zumindest, bis sie ihre Gefolgschaft wieder hinter sich hatte. Und damit würde er die Rolle spielen, um die seine Mutter ihn vor so vielen Jahren gebeten hatte.

Rosalinds blonde Augenbraue wanderte wieder an ihren angestammten Platz und sie nickte ihm zu. Dann wandte sie sich an die Zwerge. »Wo befinden wir uns? Wie weit liegt das Königsschloss entfernt?«

15

Siegmut zückte sogleich eine Landkarte aus der Innentasche seines Hemdes und breitete sie auf dem Küchentisch aus. Er schob die Becher und Teller zur Seite und Liebmut schimpfte sogleich: »Vorsicht, die schöne Suppe soll nicht auf dem Boden landen!«

»Wir brauchen Platz, um die Strategie zu besprechen!«, herrschte er die Zwergin an. Kleinmut sprang sofort herbei und linste auf die Karte. Noah beugte sich ebenfalls interessiert vor und folgte dem kurzen Finger des Zwerges, der auf ein großes Waldgebiet zeigte. »Wir befinden uns am Rande des alten Waldes. Das Schloss ist fünf Tagesmärsche entfernt.«

Fünf Tagesmärsche? Worauf hatte sich Noah eingelassen? Wie lange konnte er von Zuhause fortbleiben, ohne dass seine Kunden nervös wurden?

»Fünf Tagesmärsche, falls euch die grauen Männer nicht aufhalten!«, erinnerte Freimut. »Goldröschen, sobald es donnert, kommen sie heraus.«

Goldröschen blinzelte irritiert. »Wo heraus?«

Freimut tauschte mit den anderen Zwergen einen Blick. Sie diskutierten miteinander, allerdings so leise und schnell, dass Noah kein Wort verstand.

»Wir müssen es ihnen sagen!«, forderte Siegmut.

»Nein, es ist das Geheimnis unseres Volkes!«, entgegnete Hartmut energisch. Sogleich tuschelten die Zwerge weiter. Noah sah zu Rosalind, die der Diskussion der Zwerge keine Beachtung schenkte. Sie beugte sich über die Karte, bis endlich Siegmut das Wort ergriff.

»Es gibt einen Zauber. Wie er funktioniert, verraten wir nicht, aber ihr müsst wissen, dass durch diese alte Magie die Zwerge …«

»Die grauen Männer, meinst du wohl!«, empörte sich Freimut, der es nicht vermochte, mit seiner Meinung hinter dem Berg zu halten. »Als Zwerge darfst du die nicht mehr bezeichnen! Sie sind eine Schande für unser Volk!«

»Ist ja gut, die grauen Männer also. Der Donner kündet ihr Kommen an. Sie kriechen kurz darauf aus Erdlöchern oder hohlen Baumstämmen. Ihr müsst euch verstecken, sobald sich der Himmel verdunkelt, erst recht, wenn ihr einen Donner hört. Dann sind sie nicht weit und jeden Moment bei euch. Wir würden euch durch die Höhlen bis zum Schloss führen, aber auch dort verkehren sie. Lediglich diesen Höhlenabschnitt konnten wir von ihnen und Rupert abschotten.«

Rosalind nickte. »Verstehe. Bis wohin könnt ihr uns unterirdisch bringen?«

Siegmut deutete auf der Karte an den östlichen Rand des alten Waldes. »Hier müsst ihr starten. Dann lauft ihr außen herum.«

Noah sah den weiten Umweg, den der Zwerg mit seinem Finger fuhr, und überflog die Karte, auf der die Namen der Landschaften eingezeichnet waren. »Wieso der weite Bogen? Wir können doch durch das Feld der Vergessenen und über die Wiese des Labsals gehen – dadurch sparen wir mindestens drei Tage Fußmarsch.«

»Das Feld der Vergessenen? Ihr seid doch des Wahnsinns!«, rief Liebmut und riss erschrocken die dunklen Augen auf.

»Noah hat recht. Der Weg außen herum dauert wesentlich länger!«, entgegnete Siegmut.

»Aber wenigstens ist er sicher!«

»Nicht vor den grauen Männern!«, mahnte Freimut. »Sie würden ihnen auflauern und die Gefahr, von ihnen entdeckt zu werden, ist zu hoch! Hingegen werden die grauen Männer sich hüten, auf das Feld der Vergessenen zu gehen! Und auch die Wiese des Labsals meiden sie, soweit ich weiß.«

»Noch ein Argument, das für die Abkürzung spricht!«, betonte Siegmut. »Sie werden es schon schaffen!«

Liebmut schüttelte vehement den Kopf, doch Rosalind sah sie entschlossen an. »Ich stimme zu. Wir werden durch das Feld der Vergessenen und über die Wiese des Labsals marschieren.« Sie blickte zu Noah und musterte ihn von Kopf bis Fuß. Maß sie mit den Augen ab, ob sie es ihm zutraute? Was sollte an einem Feld und einer Wiese schon so schwer zu durchqueren sein?

»Was hat es mit den Gebieten auf sich?« Doch die Zwerge waren so eifrig am Diskutieren, dass sie seine Frage übertönten. Auch wenn er nicht wusste, was dort auf ihn wartete, machten ihm eher die grauen Männer Sorgen, die ihnen nach dem Feld und der Wiese wieder begegnen konnten. Apropos, etwas zur Verteidigung wäre nicht schlecht.

»Wenn ich das richtig sehe«, unterbrach er die Zwerge energischer, »müssen wir nach der Wiese des Labsals noch ein Stück laufen, bis wir zum Schloss kommen. Habt ihr etwas für mich, mit dem ich uns gegen die grauen Männer verteidigen kann? Ich bin weiß Gott kein Schläger, aber wenn sie uns angreifen, müssen wir wehrhaft sein. Wo ist das Schwert, das du im Schlaf in den Händen gehalten hast?« Fragend sah er Rosalind an.

»Welches Schwert?«

»Na, das lag doch auf deinem Schoß, während du geschlafen hast, die letzten Jahre. Ich habe es gesehen.«

Die Zwerge sahen einander an und schüttelten die Köpfe, ebenso wie Rosalind. »Da war kein Schwert.«

»Seltsam. Ich bin mir sicher, dass ich es gesehen habe.«

»Nein, kein Schwert, daran könnte ich mich erinnern!«, betonte Siegmut.

Noah zog die Brauen zusammen und grübelnd strich er sich über die Stirn. Sie hatte das Schwert in ihren Händen gehalten, es regelrecht umklammert. Er war sich hundertprozentig sicher. Aber vielleicht hatte er es nur im Spiegel gesehen. Ja, so war es. Das Spiegelbild von Rosalind, das er auf dem Schminktisch in seiner Werkstatt gesehen hatte, darauf hatte sie ein Schwert in den Händen gehalten. Komisch, dass es in der Realität nicht so gewesen war …

Er winkte ab. »Offenbar habe ich mich geirrt. Aber dennoch brauche ich eine Waffe.«

Rosalind ballte die Hände zu Fäusten. »Und ich auch!«

Erstaunt sah Noah sie an, doch ihr entschlossener Ausdruck erstickte seine Frage im Keim. Es war nicht zu übersehen, sie war eine starke Frau. Seine Bewunderung für sie stieg und eine Sehnsucht pochte in seinem Herzen. Die Sehnsucht danach, sich auch wieder stark zu fühlen, und zwar nicht nur körperlich, sondern auch im Geiste.

»Ich kann euch mit Waffen versorgen«, ereiferte sich Siegmut sofort und marschierte davon.

»Schließlich sind Zwerge die besten Schmiedemeister«, betonte Freimut und schlug sich mit der Faust auf die Brust.

»Dennoch sollten wir gut überlegen, wem wir unsere Waffen in die Hand drücken«, betonte Hartmut und warf Noah einen misstrauischen Blick zu. Auf der Stirn des Zwerges erschien eine Ader, schräg über seinem linken Auge, und pochte deutlich sichtbar.

»Jetzt bleib mal auf dem Höhlenboden, Hartmut.« Frohmut schlug ihm auf die Schulter und sah strahlend zu Noah und Rosalind. »Endlich geht ihr auf eure Reise, unser Retter und Goldröschen. Wie lange haben wir auf diesen Tag gewartet! Da dürfen wir nicht mit Tipps und Waffen geizen! Jetzt dauert es bestimmt nicht mehr lange und wir können endlich wieder frei leben und uns ungehindert durch das schöne Land bewegen.«

Angesichts seiner Hoffnung ergriff Noah der Drang zu flüchten oder wenigstens auf den Boden zu starren, doch stattdessen blickte er hinüber zu Rosalind, die den Zwerg zuversichtlich anlächelte. Vielleicht würde ein wenig ihrer inneren Kraft auf ihn übergehen, wenn er dieses wundersame Abenteuer mit ihr bestritt.

Schwere Schritte holten ihn aus seinen Gedanken und einen Wimpernschlag später betrat Siegmut mit festen Stiefelschritten die Küche. Über den Armen trug er zwei Äxte, Schwerter, einen Köcher mit Pfeilen und einen Bogen.

Kleinmut zog rasch die Landkarte zur Seite, keinen Moment zu früh, denn sogleich krachten die Waffen auf den Holztisch.

Noah schmunzelte, doch als er sich über die Waffen beugte, entfloh ihm ein anerkennender Pfiff. »Wow, die sehen ausgesprochen gut aus.«

»Ausgesprochen gut?« Hartmut stemmte die Fäuste in die Seiten, doch Noah beachtete ihn ebenso wenig wie die anderen Zwerge.

»Ich nehme Pfeil und Bogen«, betonte Rosalind, »und hast du noch ein Kurzschwert für mich?«

Siegmut suchte ein passendes Exemplar heraus und reichte es ihr. Dann sah er skeptisch zu Noah. »Was nimmst du?«

Noah erinnerte sich an Mittelalterfestspiele, die vor über fünfzehn Jahren auf seinem Schulgelände stattgefunden hatten. Verkleidete Männer hatten als Ritter einen Schwertkampf gefochten. Würde er ihre Bewegungsabläufe noch zusammenbekommen? »Ich nehme ein Schwert.« Mit einer Axt würde er gewiss nicht kämpfen. Aber so ein Schwert half wenigstens, die grauen Männer einzuschüchtern und auf Abstand zu halten, sodass er niemanden verletzen musste.

»Der Weg ist sehr gefährlich.« Liebmut sah sie traurig an. »Seid ihr sicher, dass ihr das Risiko eingehen wollt?«

»Egal welche Route sie wählen, sie befinden sich in großer Gefahr«, traf Weismut den Nagel auf den Kopf. »Aber wenn sie außen herum laufen, brauchen sie mindestens drei Tage länger.« Mitfühlend strich er der Zwergin über den Arm. »Ihnen wird schon nichts geschehen. Hab Vertrauen! Mit Noah ist die Musik zurück in unser Land gekehrt und sie wird uns alle von dem bösen Zauber heilen.«

»Aber wir können Goldröschen doch nicht im Stich lassen! Wir müssen bei ihr bleiben!«, entgegnete Liebmut heftig und sah ihren Schützling mütterlich an.

»Nein, du weißt, das ist zu gefährlich«, betonte Weismut. »Obwohl wir uns an keinen von ihnen erinnern können, hält sich das Gerücht, das sehr viele Zwerge auf dem Feld der Vergessenen auf ewig gestrandet sind. Der Sage nach schweben Zwerge dort in noch größerer Gefahr als andere Geschöpfe. Wir können nicht riskieren, dass selbst wir, die letzten unserer Art, dem seltsamen Zauber dieses Gebiets zum Opfer fallen.«

Liebmut nickte traurig. Während Siegmut sie mit Schwertgürteln und dergleichen versorgte, packte die Zwergenfrau einen großen Sack voller Leckereien. Dazu gab sie noch zwei Schläuche, prall gefüllt mit frischem Quellwasser. Sie steckte alles in einen Beutel, der nicht so aussah, als würde sonderlich viel hineinpassen. Doch Liebmut stopfte unentwegt weiter und verstaute sämtliche Wegzehrung mit Leichtigkeit. Anschließend gab sie ihn Noah, der ihn sogleich schulterte.

»Ich habe dir neben dem ganzen Essen ein kleines Säckchen hineingetan. Es enthält Zwergenmagie. Vielleicht wird es euch auf eurer Reise nützlich sein.«

»Zwergenmagie?«

»Behüte es wohl, wer weiß, ob ihr es braucht.«

Auch wenn Noah nicht wusste, wie man Magie in ein Säckchen abfüllen konnte, nickte er und bedankte sich.

Wenig später machten er und Rosalind sich gemeinsam mit Siegmut, Hartmut und Frohmut auf den Weg zum Ausgang der Höhle. Sie marschierten durch dunkle Gänge, die nur von den Fackeln der Zwerge beleuchtet wurden, und passierten unzählige unterirdische Räume, in denen niemand lebte. Noah musste den Kopf einziehen, doch für Rosalind war die Höhe der Gänge ausreichend. Nach einer Weile erreichten sie eine kleine Luke an der Decke des Ganges, die durch ein Holztürchen verschlossen war.

»Da müsst ihr raus«, erklärte Siegmut.

Frohmut verschränkte seine Hände ineinander und hielt sie Rosalind als Räuberleiter hin. Währenddessen krabbelte Siegmut an einer kaum sichtbaren Leiter an der Höhlenwand hinauf und öffnete die Luke. Er zog ein Fernrohr aus einer seiner Innentaschen und überprüfte, ob sich jemand am Waldrand befand.

»Die Luft ist rein, schnell!«

Rosalind setzte ihren feinen Pantoffel, in dem ihr Fuß steckte, auf Frohmuts verschränkte Hände und stemmte sich mit einem Satz nach oben. Noah folgte ihr, ohne die Hilfe des Zwerges anzunehmen – schließlich war er groß genug. Schwungvoll sprang er hoch und stemmte sich hinauf. Als das gedämpfte Licht der Mittagsstunde durch die Baumgrenze auf sein Gesicht fiel, atmete er tief durch. Das Abenteuer konnte beginnen.

16

Noah kam neben Rosalind auf die Füße. Wachsam sahen sie sich um. Sie befanden sich am Rande eines Mischwaldes, der Boden war übersät mit Bucheckern, Eicheln und Laub. Ein kleines Tier huschte durch die trockenen Blätter und das Rascheln war das einzige Geräusch, das aus dem Wald zu ihnen drang. Kein einziger Vogel sang sein Lied. Es war still, als hielten alle Tiere die Luft an und warteten ab, wer diese zwei Fremden waren, die wie aus dem Nichts in ihrem Lebensraum aufgetaucht waren.

Vor ihnen erstreckte sich ein weites Feld, das Feld der Vergessenen. »Woher hat das Gebiet seinen Namen?«, fragte Noah. Gleichzeitig spürte er sein Herz einen Vierteltakt schneller schlagen. Er war mit ihr alleine. Wann war er das letzte Mal mit einer Frau alleine gewesen? Die Zwerge hatten angekündigt, ihr Fußmarsch zum Schloss dauerte ungefähr zwei Tage. Am liebsten hätte er sich zurückgezogen und seine vertraute Ruhe genossen, doch ein leises Gefühl in ihm wollte sie näher kennenlernen, diese Zeit mit ihr verbringen, bevor sie die Königin dieses Landes wurde und er das Königreich wieder verlassen würde. Über kurz oder lang trennten sich ihre Wege ohnehin – so viel stand fest.

»Auf diesem Feld halten sich diejenigen auf, die vergessen wurden«, begann sie in ihrer melodischen Stimme zu erklären. Er mochte ihre Stimme. Wieso ihm das jetzt auffiel? Das wusste er auch nicht. Er räusperte sich und hörte ihr weiter zu.

»Kaum jemand weiß, welche Gestalten sich hier aufhalten. Das Problem ist folgendes: Mit jeder Stunde, die wir auf dem Feld verweilen, verschwindet auch die Erinnerung an uns aus den Köpfen der anderen. Wir müssen also das Feld überquert haben, bevor wir vergessen werden.«

Noah runzelte ungläubig die Stirn. »Sonst?«

»Sonst werden auch wir zu Vergessenen und finden nie wieder den Weg hinaus ... weil wir uns selbst auch vergessen werden.«

Ein Schaudern konnte er nicht unterdrücken, während er auf das Feld vor ihnen blickte. Es sah aus, als hätte ein heftiger Sturm über einem Weizenfeld gewütet. Unzählige abgebrochene und windschiefe helle Halme überzogen das unüberblickbar große Gebiet, auf dem niemand zu sehen war. Doch vereinzelt wuchsen Ähren noch immer so hoch, dass das Feld nicht in Gänze zu überblicken war.

»Und der Weg außen herum ist wirklich zu weit?«

Rosalind nickte. »Wir würden eine knappe Woche bis zum Schloss brauchen, abgesehen davon, dass diese grauen Männer uns jederzeit überfallen können. Nein, es führt kein Weg vorbei. Aber wenn du es dir anders überlegt hast, verüble ich dir das nicht. Du hast mich erweckt, das war deine Aufgabe. Du bist mir nichts schuldig!«

Alles in Noah verkrampfte sich bei ihren Worten. Nein, er würde sie bestimmt nicht alleine lassen und gehen. »Na dann mal los!« Ohne länger zu zögern, trat er aus dem Schatten der Buchen und Eichen hinaus und überquerte die Schwelle zu dem Feld. Rosalind folgte ihm umgehend und gemeinsam setzten sie den ersten Fuß auf das trockene Feld. Heftiger Wind kam auf und rauschte durch die wenigen noch stehenden Weizenhalme. Ein Ruf ertönte, der sogleich wieder verklang und dann war alles still. Totenstill. Rosalind blieb stehen wie er und blickte sich ungläubig um.

»Ich bin noch nie zuvor hier gewesen.« Ihr Kopf wanderte ein paar Zentimeter nach unten, während sie die Schultern hochzog. Wie verabredet schauten sie sich gleichzeitig nach hinten um. Der Wald war noch zu sehen. Noah atmete hörbar auf und Rosalind lachte. »Noch wurden wir nicht vergessen«, sagte sie.

»Wollen wir hoffen, dass das so bleibt! Lass uns losgehen!«

Ohne länger an der Grenze zu verweilen, setzten sie ihren Weg fort. Dabei stiegen sie über die am Boden liegenden Halme und liefen immer geradeaus. Der Himmel war wolkenverhangen wie in der Zeit, bevor Noah zu den Zwergen hinabgestiegen war. Anhand des Sonnenstandes konnten sie sich nicht zurechtfinden, falls sie die Orientierung verloren – soviel stand fest. Je eher sie das Feld hinter sich gebracht hatten, desto besser.

Umso weiter sie liefen, desto näher gingen sie nebeneinander her. Nichts war zu hören, niemand zu sehen, doch die Stimmung blieb angespannt. Sie beeilten sich und schon bald wurde ihnen warm. Rosalind schob die Ärmel ihres prächtigen Kleides hoch und er konnte einen Blick auf ihre

Haut werfen. Es war nur Haut, ein Frauenarm, unzählige hatte er bereits beim Sport gesehen, doch ihr Arm sah so viel schöner aus. Am liebsten hätte er über ihre helle Haut gestrichen.

»Wer seid ihr?«, holte ihn eine piepsige Stimme zurück in die Realität.

Sofort legte er die Hand auf den Schwertgriff und Rosalind hob den Bogen von der Schulter. Doch es war nur eine kleine Elfe, lediglich ein Schatten ihrer selbst. Sie saß auf einem Weizenhalm und schaukelte sachte im Wind hin und her. Ihr Blick war leer, ebenso wie ihr Gesicht. Das Kleid, das sie trug, war hellgrau, ihre Haut beinahe im gleichen Farbton und aus ihren großen grauen Augen schaute sie ihnen entgegen, ohne sie richtig anzusehen. Ihr langes feines Haar war ebenso grau. Seltsam. So alt sah sie gar nicht aus …

»Mein Name ist Rosalind und das ist Noah«, stellte Goldröschen sie vor. »Und wer bist du?«

Die winzigen Schultern zuckten nach oben. »Ich weiß es nicht. Was tut ihr hier?«

»Wir wollen das Feld überqueren«, entgegnete Noah und zog Rosalind am Arm. »Komm, wir dürfen keine Zeit verlieren.«

Rosalinds Blick wurde mitfühlend. »Aber vielleicht können wir ihr helfen und sie mitnehmen.«

»Mir helfen? Wieso?« Plötzlich wandelte sich der Ausdruck auf dem Gesicht der Elfe. Wut verzerrte ihre kleinen Gesichtszüge und sie ballte ihre winzigen Hände zu Fäusten. »Macht, dass ihr fortkommt!«

Rosalind stand perplex, doch Noah zog sie weiter. »Wir müssen uns beeilen, hast du das vergessen? Und sie will nicht, dass wir ihr helfen!«

Unwillig ließ sich Rosalind weiterziehen, doch sie blieb immer wieder stehen und blickte zu der verlassenen Elfe zurück. »Nur, weil sie vergessen hat, wer sie ist und woher sie kommt! Wir können sie doch nicht alleine zurücklassen!«

»Eine Rettungsaktion nach der anderen, Rosi.«

»Rosi?«

»Ist das nicht dein Spitzname?«

»Nein! Ganz bestimmt nicht!«

»Aber jeder hat einen Spitznamen, erst recht, wenn man so einen langen Namen trägt wie du. Oder soll ich lieber Goldi sagen?«

»Das wird ja immer schlimmer! Nenn mich Rosalind und fertig!«

»Also schön, Rosalind, dann nenne ich dich eben so.«

Sie zog die Stirn kraus und betrachtete ihn mit Unverständnis – kein Wunder, so flapsig war er normalerweise nicht. Aber es war die einzige Möglichkeit, sie von der verlorenen Elfe fortzuziehen. Und seltsamerweise hatte es ihm Spaß gemacht und war ihm überhaupt nicht schwergefallen. Ihrem Blick allerdings nach zu urteilen, hatte sie seine Beweggründe soeben durchschaut.

»Du hast mich abgelenkt!« Sie blieb stehen und wandte sich erneut um, doch die Elfe war nicht mehr zu sehen – auch der Wald war verschwunden. Ringsum entdeckten sie nichts als das endlos weite Weizenfeld. Fröstelnd zog sie erneut die Schultern nach oben und über ihre Unterarme zog sich Gänsehaut. »Wir sollten besser weitergehen. Nicht, dass wir die Orientierung verlieren.«

Noah nickte bloß. Streng genommen hatte er sich in den letzten Minuten bereits lange genug für einen ganzen Tag unterhalten. Aber es bereitete ihm Freude, ihr zuzuhören, ja, sogar selbst ein paar Worte zu sprechen. »Wie willst du dir eigentlich deinen Thron zurückholen?«, fragte er, um ihre Unterhaltung in Gang zu halten.

»Ich werde mich diesem Rupert entgegenstellen und dann soll das Volk entscheiden. Ich war genauso beliebt, wie es mein Vater als Regent gewesen ist. Ich bin mir sicher, die Menschen haben das nicht vergessen – egal wie lange ich geschlafen habe. Ich werde mich vor sie stellen und sie werden erkennen, wer ich bin. Und anschließend fordere ich Rupert auf, gemeinsam mit den grauen Männern das Schloss zu verlassen, wenn er nicht die furchtbarsten Strafen erleiden will!«

»Und du glaubst, so einfach wird es funktionieren?«

»Ich hoffe es.« Zeitgleich legte sie die Hand auf den Bogen, als zweifle sie selbst an ihrer Hoffnung. Ihre Sorge erkannte er außerdem an ihren Augen: Das strahlende kornblumenblau wurde blasser. Deutlich blasser. Moment, da stimmte etwas nicht. Abrupt blieb er stehen und nahm sie an den Oberarmen.

»Gibt es eine Möglichkeit, zu erkennen, ob man bereits dabei ist, vergessen zu werden?«

Ihr Blick wurde schwammig, als fiele es ihr schwer, ihn anzusehen. »Ich weiß nicht.« Gleichgültig zuckte sie mit den Schultern.

»Rosalind! Es geht schon los!«

Fragend sah sie ihn an. »Was geht schon los?«

»Du wirst vergessen – und du vergisst dich selbst! Wieso geht das so schnell? Ich bin noch völlig klar! Egal, wir müssen weiter!« Kurzerhand packte er sie an der Hand und rannte los. Unwillig nur ließ sie sich mitziehen, wurde zunehmend schwerfälliger und bockiger. Immer wieder blieb sie stehen, doch Noah zog sie unbeirrt weiter. Er kannte die Himmelsrichtung, in die sie laufen mussten, hatte die Orientierung nicht verloren. Aber wenn es bei ihr bereits angefangen hatte, wie viel Zeit blieb ihm noch?

»Aua! Habt ihr keine Augen im Kopf?«, blaffte sie jemand an.

Vor ihnen stand ein Zwerg, die Mütze grau, die Kleidung grau, die Stiefel grau. Alles an ihm war grau, selbst der Bart und das Haar, das unter der grauen Mütze hervorlugte. Er sah aus wie einer der grauen Männer. Noah war ihm auf den Fuß getreten, weshalb der kleine Kerl die Fäuste ballte und ihn wütend anstierte. »Was fällt dir ein, du dämlicher Lulatsch!«

Noah blieb stehen, schaute sich um und atmete auf. Keine weiteren grauen Männer waren zu sehen. »Lass uns vorbei! Wir müssen weiter.«

»Erst mal sagst du Entschuldigung, du ungehobelter Wichtigtuer!«

»Entschuldigung, das war keine Absicht!«, entgegnete Noah bestimmt und wollte an dem Zwerg vorbeistürmen, doch der verstellte ihm blitzschnell den Weg.

»Das klang nicht sehr überzeugend. Das üben wir jetzt mal. Nur weil du groß bist, kannst du nicht einfach kleinen Leuten auf die Füße treten!«

»Das war doch keine Absicht, ich …« Ihm entglitt Rosalinds Hand und wie in Trance ließ sie den Bogen und den Köcher mit den Pfeilen zu Boden gleiten und lief davon – und das auch noch in die falsche Richtung. »Warte!« Er wollte ihr hinterherstürzen, doch der Zwerg packte ihn am Ärmel seines Hemdes. Und in dem Kerl wohnte mehr Kraft, als man es einem so kleinwüchsigen Wesen zugetraut hätte.

Seine grauen Augen funkelten zornig. »Bleib schön hier! So leicht lasse ich dich nicht weiterziehen!«

»Lass mich los!« Mit einem Ruck entzog sich Noah dem Klammergriff des Zwerges und hastete Rosalind hinterher. Sie lief schnell. Verdammt schnell. »Rosalind, warte! Das ist die falsche Richtung!«

Doch sie drehte sich nicht um, reagierte nicht auf seine Worte, nein. Vielmehr wurde sie schneller und schneller. Beinahe, als wolle sie vor ihm davonlaufen.

»Warte! Rosalind!« Mit dem nächsten Schritt gelangte er bei ihr an. Er schnappte sich ihre Hand, worauf sie sich umdrehte. Und Noah erstarrte. Ihr Blick war leer, ihre Augen grau, selbst über ihrem weißen Kleid und ihrem goldenen Haar lag ein grauer Schimmer.

»Wer bist du?«

»Das kann doch nicht wahr sein! So schnell? Aber ich weiß doch noch, wer du bist! Wieso zählt das nichts? Egal, ich bringe dich fort!« Er umfasste ihre Taille und warf sie sich über die Schulter. Sogleich begann sie wild zu schreien und trommelte mit den Fäusten auf seinen Rücken, aber er hielt sie fest. Sie strampelte mit den Beinen und er strauchelte, doch dann hatte er sie wieder im Griff, richtete sich auf und rannte los.

Aber war das überhaupt noch die richtige Richtung? Verdammt, er hatte die Orientierung verloren. Ruhig Blut, Noah, ruhig Blut. Du bekommst das hin. Dort drüben war er dem Zwerg begegnet. Folglich musste er weiter geradeaus laufen. Er war richtig hier. Bestimmt! Er musste es einfach sein. Wenn er schon in einem Märchenland gestrandet war, wollte er bestimmt nicht mit einer zerstreuten Prinzessin auf dem Arm in einem Feld der Vergessenen für immer vor sich hin vegetieren! Nein, wenn Märchen, dann auch Friede, Freude, Eierkuchen! Er biss die Zähne zusammen und rannte weiter.

Rosalind wehrte sich noch immer, doch ihre Stöße wurden sanfter, als vergäße sie, wogegen sie sich wehrte. Noah hastete unablässig durch das verwüstete Weizenfeld, bloß ein Ende war nirgends in Sicht. Wenn Rosalind bereits dem dunklen Zauber dieses Areals verfallen war, wie viele Stunden würde er noch standhalten?

Wie lange er auch lief, er gelangte an keine Grenze. Dabei war er doch noch völlig klar im Kopf! Er hatte nicht vergessen, wer er war, kein bisschen. Folglich musste er den Weg heraus finden! Oder lag es an Rosalind? Weil sie sich selbst vergessen hatte und er sie bei sich trug, konnten sie die Schwelle nach draußen nicht überschreiten? Nein, das durfte nicht der Grund sein. Und wenn, dann würde er es nicht akzeptieren. Er gab nicht auf! Unablässig würde er suchen, bis er sie in Sicherheit gebracht hatte, die Frau, die seiner Mutter das Leben gerettet hatte. Die Frau, die ihm selbst das Leben gerettet hatte. Und die Frau, die dabei war, ihn zurück ins Leben zu holen, deren Stimme ihn zum Träumen anregte, deren Haut er berühren wollte. Sie war etwas Besonderes. Niemals würde er sie zurücklassen!

Verbissen hastete er weiter, als eine weitere graue Gestalt vor ihm auftauchte. Es war ein Mann, ebenso groß wie Noah, und er reckte ihm sein kräftiges Kinn entgegen. Auch ihn überzog ein grauer Schimmer. Wo war er so plötzlich hergekommen?

»Wer bist du?«, fragte der Fremde. In seinen grauen Augen blitzte etwas Braunes auf, doch dann verschwand es wieder. Dennoch waren diese Augen anders. Ähnlich verwirrt wie die der anderen, gleichzeitig lag eine feine Klarheit in ihnen. Etwas war in diesem Mann verblieben.

»Ich muss hier raus!«, brüllte Noah ihn an. Er wollte ihn nicht verärgern, aber die Verzweiflung ließ ihn fahrig werden. »Nur finde ich nicht den Weg.«

Ein Lächeln trat auf das schmale Gesicht des Mannes, das typische Lächeln von jemandem, der nichts mehr weiß und den folglich keine Sorgen und Probleme quälen. Mit diesem dümmlichen Grinsen deutete er nach oben. »Du musst der Krähe folgen!«

»Wie bitte? Ich soll …?« Moment, eine Krähe hatte ihn auch zu Goldröschen geführt. Und der Kompass hatte ihm schon einmal den Weg gezeigt. Rasch holte er ihn hervor, doch die Nadel drehte sich unablässig im Kreis. Mist, der half ihm auch nicht weiter.

»Du musst der Krähe folgen!«, wiederholte der Mann eindringlicher und erneut trat ein Funken Erkenntnis in seine grauen Augen. Ein Braun stahl sich in die graue Iris, das kurz darauf wieder verschwand. Noah blinzelte irritiert – wer war dieser Mann? –, als das Krächzen einer Krähe die Stille des verlorenen Feldes durchbrach. Noah schaute auf und entdeckte den schwarzen Vogel am Horizont. Er krähte laut, breitete seine Schwingen aus und flog davon.

Noah senkte den Blick und trat erstaunt einen Schritt zurück. Der Mann war verschwunden. Rosalind hingegen auf seinem Rücken wurde wieder wilder, bockiger und sie strampelte und schlug um sich.

»Lass mich sofort runter, du Rüpel!«

Noah wartete keine Sekunde länger. Er umfasste ihre Taille fester und rannte der Krähe hinterher. Er hastete über abgeknickte Weizenhalme, Schweiß bildete sich auf seinen

Schläfen und Rosalind schrie aus Leibeskräften. Immer wieder versuchte sie sich frei zu strampeln, doch er ließ nicht ab, weder von seinem Weg noch von ihr.

Die Krähe zog ihre Kreise, als wartete sie auf ihn. Sobald er näher kam, flog sie weiter, immer weiter, in eine Richtung, die er niemals gewählt hätte. Aber er musste Vertrauen haben. War es derselbe Vogel wie gestern? Wieso half er ihm? Und wer war der Mann, der ihm geraten hatte, er sollte der Krähe folgen? Weshalb lief der Fremde nicht selbst dem schwarzen Vogel hinterher, sondern verblieb auf diesem Feld?

Die Fragen türmten sich in Noahs Kopf zu Bergen, doch er schob sie beiseite, konzentrierte sich und folgte der Krähe, so schnell es ihm möglich war. Dort vorne, war da nicht etwas Grünes? Vielleicht ein Baum? Ein echter Baum? Beflügelt durch die Hoffnung wurde er schneller und wenig später erkannte er einen Apfelbaum, der nicht allzu weit entfernt stand. Er konnte es schaffen. Die Krähe krächzte laut, als feuere sie ihn an, sich zu beeilen.

Er erkannte eine Wiese! Eine sattgrüne Wiese! Und darauf wuchs der Apfelbaum – und daneben weitere. Er sah das Ende bereits vor sich. Nur noch wenige Schritte, dann hatte er es geschafft. Drei Schritte, zwei, einer. Noah sprang über die Grenze, Rosalind schrie auf und sofort ließ er sie auf die Füße gleiten.

17

Sein Herz schlug hart in seiner Brust, doch er bemerkte es
kaum. Er strich ihr über das Haar. War es wieder goldener?
Dann legte er den Finger unter ihr Kinn und hob sachte ihren
Kopf. Sie ließ es geschehen und als ihre Blicke sich begeg-
neten, seufzte er erleichtert auf. Ihre Augen waren wieder
kornblumenblau und sie strahlten so intensiv wie zuvor.
Doch sie sah müde aus, wie erschlagen. Die Kraft wich aus
ihren Gelenken und sie sackte zu Boden. Noah stützte sie
rasch, bevor sie auf die Wiese fiel.

»Was ist geschehen?« Benommen strich sie sich ein paar
Strähnen aus der Stirn.

Noah ließ sie sanft zu Boden gleiten, bis sie zwischen
Butterblumen und Gänseblümchen zum Sitzen kamen. »Wir
waren im Feld der Vergessenen. Erinnerst du dich nicht?«

Sie zog die Stirn kraus, langsam, entkräftet.

»Nein, ich … es ist alles verschwommen.« Sie schlang die
Arme um ihren Körper. Ihr war kalt. Ohne zu zögern, zog
Noah sie an sich und nahm sie in den Arm. Der Duft einer

wilden Blumenwiese stieg ihm in die Nase – kam der von ihr? Tief atmete er ihn ein, während er über ihren Rücken strich, bis ihr Atem wieder fester klang und die kraftvolle Spannung in sie zurückkehrte.

Als sie sich aus seiner Umarmung löste, freute er sich, dass es ihr besserging. Gleichzeitig stach etwas in ihm, weil er sie nicht länger berührte und nicht mehr ihren Duft einatmete.

»Noah, ich … Was ist passiert auf dem Feld? Ich erinnere mich nur, dass wir davorgestanden haben und losgelaufen sind. Alles andere ist verschwunden.«

Noah schmunzelte. »Eine Prinzessin mit Gedächtnislücken.« Ihre Mundwinkel zuckten, während er zu erzählen begann. »Wir sind auf das Feld gegangen und dann –« Er stockte. Seine Erinnerung verblasste, entschwand ihm wie ein Traum, der, je fester man sich erinnern will, desto schneller verblasst. Er versuchte sich die Geschehnisse auf dem Feld ins Gedächtnis zu rufen, die Fetzen zu fassen zu bekommen, doch sie entflohen ihm, als gehörten sie nicht zu ihm. Ungläubig sah er sie an. »Ich weiß es nicht mehr.«

Sein Blick ging zu dem Feld, das nun hinter ihnen lag. Was war dort geschehen? Eben hatte er alles noch klar gewusst, nun waren die letzten Stunden verschwunden. Wie eine Gedächtnislücke. Sein Blick wanderte umher und er entdeckte einen schwarzen Punkt am Horizont. War das eine Krähe? War nicht ein solcher Vogel eben hier gewesen? Aber ja, sie war ihm behilflich gewesen. Hatte ihm den Weg gezeigt.

Er wies mit dem Finger auf den schwarzen Vogel. »Die Krähe hat uns irgendwie geholfen, mehr weiß ich nicht mehr.« Aber das stimmte nicht ganz, denn da war ein Paar

Augen, grau, mit einem Funken Braun. Zu wem gehörten sie? Rosalind sah ihn gespannt an, doch er zuckte mit den Schultern. »Alles ist verschwommen. Wir sind jemandem begegnet, aber ich kann mich nicht erinnern, wer das war.« Er fuhr sich mit der Hand über den Nacken.

Enttäuscht darüber, nicht mehr zu erfahren, seufzte Rosalind auf. »Es muss die Magie dieses Feldes sein. Deshalb kann niemand sagen, was sich dort befindet. Und aus diesem Grund findet niemand mehr hinaus, der einmal vergessen wurde: Denn alle, denen du begegnest, vergisst du, sobald du die magische Grenze überschritten hast.«

»Außer diesem Paar Augen …«

»Welches Paar Augen?«

Noah winkte ab. Er hatte es gar nicht erwähnen wollen. »Nicht so wichtig. Geht es dir besser oder sollen wir eine Pause machen?«

Die Strenge kehrte zurück auf ihr Gesicht und die Kraft in ihre Glieder. »Wir werden weitergehen. Die Wiese ist nicht ungefährlich. Nur weil wir das Feld der Vergessenen hinter uns haben, sollten wir nicht trödeln. Aber Moment …« Suchend blickte sie sich um. »Wo sind mein Bogen und der Köcher mit den Pfeilen?« Sie hob die Arme und drehte sich im Kreis, als hätten sich die Waffen irgendwo versteckt. Auch Noah entdeckte sie nirgends.

»Du musst sie auf dem Feld der Vergessenen verloren haben.« Er tastete nach dem Schwertgurt und atmete auf, als er das Schwert noch in der Scheide entdeckte.

Rosalind unterdessen befühlte ihre Rockschöße und zog das Kurzschwert heraus. »Das ist mir zum Glück geblieben. Pfeil und Bogen sind mir zwar lieber, aber zur Not reicht auch das.«

Nachdenklich sah Noah sie an. »Hast du gelernt, damit zu kämpfen?«

»Natürlich! Wieso schaust du so überrascht?«

»Nichts, ich … Die Prinzessinnen oder ungekrönten Königinnen aus den Märchenbüchern lassen in der Regel für sich kämpfen.«

Sie lachte auf. »Das wäre meinem Vater definitiv lieber gewesen. Aber meine Mutter hat mir frühzeitig eingebläut, dass auch eine Frau lernen muss, sich selbst zu verteidigen und für das zu kämpfen, was ihr wichtig ist.«

Er konnte nicht anders, seine Bewunderung für sie stieg noch mehr. Ihre Wangen röteten sich, während sie zu erzählen begann. »Wir mussten es heimlich machen, da es meinem Vater niemals recht gewesen wäre, dass ich eine Waffe auch nur in meinen Händen halte. Aber Mama hat einen verschwiegenen Ritter beauftragt, mich zu unterrichten, Andreas von Marklingshausen. Vater hatte ihn zu unserer Leibgarde beordert, und Andreas fühlte sich für mich verantwortlich. Ich weiß nicht, wie viele Nachmittage wir heimlich auf der Lichtung hinter dem Schloss trainiert haben.«

»Und er hat dir Bogenschießen und das Kämpfen mit dem Schwert beigebracht?«

»Das hat er.« Bei der Erinnerung leuchteten ihre Augen und Noah durchfuhr ein Stich. »Komm, wir sollten aufbrechen.«

Er wandte den Blick von dem Feld ab und betrachtete die Wiese, die vor ihnen lag. Unzählige Gänseblümchen, Butterblumen, Klee und Margeriten mischten sich in das satte Grün der Grashalme. Ein paar Apfelbäume wuchsen nahe der Grenze zum Feld der Vergessenen, doch sämtliche

Äpfel waren bereits gepflückt. Ob das wieder diese grauen Männer gewesen waren?

»Die Wiese werden die Graubärte ebenfalls meiden, oder?«, hakte er noch einmal nach.

»Wahrscheinlich. Diese Landschaft hat ebenfalls ihre Tücken, doch sie ist nicht lebensgefährlich wie das Feld der Vergessenen. Freiwillig werden sie nicht herkommen, aber wir dürfen uns nicht in Sicherheit wiegen.«

»Welche Tücken hat diese Wiese?« Skeptisch beäugte er das Idyll, als könnte hinter einem der Apfelbäume ein wildgewordener Riese hervorspringen.

»Die Wiese des Labsals lockt mit unzähligen Verführungen. Nicht wenige vergessen die Zeit und verbringen Jahre hier.«

»Wenn ich mich recht erinnere, ist diese Wiese größer als das Feld, das wir bereits hinter uns gelassen haben. Durchrennen kommt also nicht in Frage.«

Rosalind schüttelte den Kopf. »Nein. Aber es wäre gut, wenn wir die Nacht nicht hier verbringen müssen. Mit jeder Stunde wird es schwerer, nicht den Versuchungen zu erliegen.«

»Und was wartet nach dieser Wiese auf uns?«

»Danach müssen wir der Hauptstraße folgen. Wir werden ein paar Dörfer passieren und hoffentlich morgen Abend beim Schloss ankommen.« Sie atmete tief durch. »Bist du bereit?«

Bereit, eine Wiese der Versuchungen zu überqueren? Er nickte, gespannt, was ihn erwartete. »Das bin ich.«

Sie lächelte ihn an und entschieden stapften sie weiter. Vögel zwitscherten, die Wiesenblumen wogen sachte im Winde und sie passierten sogar eine Weide, auf der Kühe grasten. Es war die reinste Idylle – wenn nur nicht dieser wolkenverhangene graue Himmel gewesen wäre, der sie unablässig daran erinnerte, das eben nicht alles in Ordnung war in diesem Land.

Je weiter sie liefen und ihnen keiner der grauen Männer begegnete, desto entspannter wurde Noah. Seine Gedanken schweiften ab zu Rosalind. Immer wieder ertappte er sich dabei, wie sein Blick zur Seite ging und er sie musterte. Ihren federnden und gleichzeitig selbstbewussten Gang, ihr golden wirkendes Haar – wie würde es erst glänzen, wenn die Sonne darauf schiene? Ihr Atem ging schneller, ihre Haltung wurde mit der Zeit verspannter. »Wir sollten eine Pause machen«, schlug er unvermittelt vor und blieb stehen.

»Nein, wir haben keine Zeit zu verlieren! Wir sollten –«

»Wenn wir völlig erschöpft beim Schloss ankommen, können wir nicht sonderlich viel ausrichten – außerdem müssen wir bei Kräften bleiben, falls die grauen Männer auftauchen.« Er zog den Beutel vom Rücken, den Liebmut gepackt hatte. »Eine Bank mit einem Tisch wäre nicht schlecht. Leider befürchte ich, wir müssen uns zum Picknicken auf die Wiese setzen.«

»Stopp! Nichts wünschen!«

»Wie? Was meinst du?«

Rosalind zeigte auf eine Holzbank mit einem Tisch davor, die keine zwanzig Fuß entfernt mitten auf der Wiese stand. Die war doch eben noch nicht dagewesen!

»Wo kommt die denn so plötzlich her?«

»Du hast sie dir gewünscht.«

»Gewünscht? Wie meinst du das?«

»Auf der Wiese des Labsals kannst du dir alles herbeiwünschen.«

»Wie bitte? Wie ist das möglich?«

Sie sah ihn nachsichtig an, als wäre er ein kleiner Junge. »Mit Magie.«

»Aber ich habe keinen Wunsch ausgesprochen!«

»Du hast es gedacht – das reicht schon.«

Fassungslos blickte Noah zu der Bank.

»Das gibt es doch nicht. Das muss ich testen.« Er schloss die Augen und dachte an ein kühles Bier, das auf dem Tisch nur auf ihn wartete.

»Nein! Stopp! Mit jedem Wunsch, den du dir erfüllst, wird dein Geist träger, bis du nicht mehr fortgehen willst, weil du den Versuchungen erliegst.«

»Ist das so?«

»Sonst würde ich dich nicht warnen.«

»Und deshalb verlangst du nun von mir, dass ich dieses kühle Bier einfach stehen lasse und weitermarschiere?«

Hinter Rosalinds Stirn arbeitete es, das konnte er beobachten. Ein Schmunzeln erschien auf seinen Lippen, während er ihr beim Nachdenken zusah.

Sie seufzte auf. »Versprich mir, dass du dir danach nichts anderes mehr wünschst. Und zur Sicherheit sollten wir uns zum Essen auf die Wiese setzen.«

»Ist das dein Ernst? Obwohl der Tisch bereits da ist?«

»Wir müssen vorsichtig sein. Diese Wiese ist noch tückischer als das Feld der Vergessenen.«

»Also schön, wir sitzen auf der Wiese und picknicken, aber dafür lässt du mir noch einen Wunsch.« Er genoss die Zeit mit ihr und wollte diese wundersame Reise dazu nutzen, sie näher kennenzulernen. Und er hoffte im Stillen, dass …

»Noah, das ist gefährlich.«

Das hatte sie bereits gesagt und eigentlich war er ein sehr rationaler, vernünftiger Typ. Aber es lag wohl an ihrer Anwesenheit, dass er entspannter wurde, lockerer – und er konnte schlecht ein leckeres Bier genießen, während sie auf dem Trockenen saß. Auch wenn er nicht viel Übung im Umgang mit Frauen hatte, so verbot es die klassische Erziehung, die seine Mutter ihm hatte angedeihen lassen, dass er etwas Besonderes zum Trinken hatte und sie nicht.

Alle Vorsicht in den Wind blasend dachte er an einen goldenen prächtigen Kelch mit ... Was trank sie wohl gerne? Er musterte sie, seine Mundwinkel zuckten und obwohl sie alles andere als begeistert aussah, beendete er in Gedanken seinen Wunsch. Im nächsten Augenblick erschien in seiner Hand der vorgestellte goldene Trinkpokal. Die Flüssigkeit darin sah gelblich aus. Er verbeugte sich leicht und reichte ihn ihr.»Eure Hoheit, das Getränk.«

Sie atmete tief ein und laut hörbar wieder aus.»Ich hätte dich nicht für so unvernünftig gehalten.«

»Das bin ich eigentlich auch nicht. Aber diese ganze Welt«, er wollte nicht Du sagen,»bringt mich dazu das Leben genießen zu wollen, zu entspannen und ...« Sein Blick wurde verträumt, worauf ihr die Röte in die Wangen schoss.

»Noah, ich bitte dich. Wir sind auf einer Mission.«

Leichten Fußes holte er das kühle Bier, kam wieder zu ihr zurück und lächelte so breit, wie er es seit Jahren nicht mehr getan hatte. Er hielt ihr das goldene Gefäß entgegen, sah ihr tief in die Augen und als sie endlich das Gefäß ergriff, prostete er ihr zu.»Auf uns.«

»Auf uns?« Ungläubig sah sie ihn an. Unvermittelt schlug sie ihm das Bier aus der Hand und klatschte ihm mit der flachen Hand ins Gesicht, worauf er sie überrascht ansah.

»Hör auf, Noah, du wünschst dir viel zu viel. Du bemerkst gar nicht, wie diese Wiese deinen Geist bereits vereinnahmt hat. Wir sind nicht zum Vergnügen hier. Erinnere dich. Wir müssen diese grauen Männer aufhalten und diesen Rupert, der sich Kaiser des Landes schimpft. Etwas stimmt nicht in meinem Land und da meine Eltern nicht mehr leben, ist es meine Pflicht, für Ordnung zu sorgen. Ich schulde es meinen Untertanen!«

Noah blinzelte mehrmals. Ihm war flau im Magen und ein Schwindel, als hätte er zu viel getrunken, bemächtigte sich seiner. Er schloss die Augen, bis das Gefühl, sich zu drehen, aufhörte. Der Druck auf seinen Magen ließ nach und das eben noch so schwülstige Gefühl verflog. Als er die Augen aufschlug, waren das Bier, der goldene Trinkpokal und der Tisch mit der Bank verschwunden.

Rosalind atmete erleichtert auf. »Gut, du bist wieder bei dir. Lass uns lieber nur eine von Liebmuts Butterstullen essen und anschließend sofort weitergehen.«

Noah räusperte sich. »Mir ist der Appetit vergangen.« Hatte er sie eben wirklich angeflirtet? Ihr tief in die Augen geschaut und sich nah zu ihr hinabgebeugt? Einen Moment später und er hätte sie geküsst – ganz genau erinnerte er sich an das Verlangen und den Drang, dem nachzugeben.

»Das muss dir nicht unangenehm sein, das war die Wiese!«

Stirnrunzelnd blickte er zu ihr. Woher wusste sie, woran er dachte? »Kannst du meine Gedanken lesen?«

Sie lachte auf. »Nein, aber dein Gesichtsausdruck spricht Bände. Die Wiese schaltet unseren Verstand aus und mit jedem Wunsch werden wir mehr und mehr von unseren Gefühlen geleitet.«

»Das waren nicht meine Gefühle.«

»Doch, deine unterdrückten Gef–«

»Nein, das waren sie nicht!« Er zog eines der Päckchen hervor und wickelte Rosalind ein Butterbrot aus dem großen Blatt. »Hier, iss, damit du bei Kräften bleibst.«

»Ich bin bei Kräften. Du hingegen …«

Ein Knurren entfuhr ihm, doch er räusperte sich erneut und rückte sein Innerstes wieder ins Lot, seine Empfindungen in den Panzer, der sein Herz all die Jahre bereits umschlossen hielt. Als er sicher war, sich wieder vollends im Griff zu haben, packte er die Stulle ein und schulterte den Beutel. »Wenn wir beide noch keinen Hunger haben, dann lass uns weitergehen. Schließlich will ich irgendwann auch wieder nach Hause!«

»Also los.« Sie reagierte weder beleidigt noch enttäuscht. Wahrscheinlich lag ihr gar nichts daran, ihn bei sich zu haben. Doch tief in seinem Inneren hatte er begriffen, dass es ihm selbst anders erging.

18

Die Wiese blieb eintönig. Kleine Blumen reckten ihre Köpfe dem wenigen Licht entgegen, das durch die dichte Wolkendecke fiel, doch sonst passierten sie nichts Erwähnenswertes – nicht einmal eine weitere Weide mit grasenden Tieren. Hatte Noah etwa auch die Kühe herbeigewünscht?

Bewusst vergrößerte er den Abstand zu Rosalind, ohne dass es zu auffällig war, aber weit genug, dass er nicht Gefahr lief, ihre Hand beim Gehen zu streifen.

Er hätte es gerne getan, doch nach der Vorstellung mit dem Picknick zog er sich von ihr zurück und verschränkte immer wieder die Arme vor der Brust, um seine Distanz zu verdeutlichen.

Sie sprachen kaum. Noah war ohnehin kein großer Redner, aber selbst Rosalind sagte keinen Ton. Zwischendurch fragte sie ihn nach einem Schluck Wasser, doch das war alles der Worte, die über ihre Lippen kamen.

Er konnte sein dämliches Verhalten auf diese seltsame Wiese und ihren Zauber schieben …, aber wenn er ehrlich war, so waren es doch seine tief verborgenen Wünsche gewesen, die an die Oberfläche gekrochen waren.

Nie wieder wollte er lieben – deshalb war es auch so wichtig, dass die Musik nicht wieder Teil seines Lebens wurde. Sie transportierte zu viele Emotionen, öffnete Pforten, die verschlossen bleiben sollten, und ließ ihn weich werden. Und völlig rational betrachtet durfte er seinen Gefühlen für sie nicht nachgeben, auch wenn er sich fragte, ob er für sie nicht dazu bereit wäre. Aber es würde bestimmt wieder kein gutes Ende nehmen. Sie würde über kurz oder lang die Königin dieses Märchenlandes sein und er in sein Leben als Handwerker zurückkehren.

Lag es womöglich an seinem Spiel mit der Geige, als er sie aus ihrem Schlaf erweckt hatte? War er deshalb so empfänglich gewesen für den Zauber der Wiese, weil die Gefühle bereits unter der Oberfläche gebrodelt hatten? Seine Finger bitzelten, wenn er nur an die Töne dachte, die er dem wundervollen Instrument entlockt hatte. Das Lied seiner Mutter – nicht einmal daran hatte er seit Jahren gedacht.

Kopfschüttelnd rief er sich die Ereigniskette ins Gedächtnis. Liebmut hatte ihm etwas ins Essen gemischt. Daraufhin hatte er so intensiv den Tod seiner Mutter und das Fiasko mit der Violinistin durchgemacht, als wäre er noch einmal vor Ort und erlebe alles zum zweiten Mal. Am nächsten Morgen war er erwacht, hatte kurzentschlossen auf der Geige gespielt und seither regten sich Gefühle für diese fremde Frau. Alles hatte folglich mit diesem seltsamen Zwergenzauber begonnen.

War er womöglich noch immer in seinem Organismus? Wie Gift, bei dem der Körper eine Weile braucht, bis er es hinausgespült hat?

War es wirklich so einfach? Oder war es nicht sein eigener Wunsch, Gefühle wieder zuzulassen?

»Worüber denkst du nach?«, holte ihn Rosalinds liebliche Stimme aus seinen Grübeleien.

»Nichts!«

»Nichts?« Sie lachte auf. »So sieht es aber nicht aus.«

»Ich rede nicht gerne, bin immer recht schweigsam«, erwiderte er absichtlich einsilbig.

»Und wenn du über nichts nachgedacht hast, weshalb war dann deine Miene so finster?«

»Das war sie nicht!«

»Ach nein?« Sie lachte erneut. »Mach dir keine Gedanken darüber, was vorhin passiert ist. Was an die Oberfläche drängt, offenbart sich nun mal auf der Wiese des Labsals.«

»Was an die Oberfläche drängt?« Bewusst mürrisch sah er sie an, doch er spürte seine Mundwinkel zucken angesichts der Fröhlichkeit, die in ihren Augen leuchtete. »Bei mir drängt nichts an die Oberfläche. Ich bin völlig entspannt und in meiner Mitte.«

»Und weshalb siehst du dann so einsam aus?«

Sein Mund klappte auf und überrascht sah er sie an. »Wie kommst du darauf, dass ich …?«

»… dass du einsam bist? Ich sehe es dir an. Als zukünftige Herrscherin des Landes ist es meine Aufgabe, mein Volk glücklich zu machen. Schon früh haben mir meine Eltern beigebracht, in den Gesichtern unserer Untertanen zu lesen. Und in deinem sehe ich leider nur Trübsal und Verlorenheit.«

»Ich blase kein Trübsal und bin auch nicht verloren! Durch einen dämlichen Zufall bin ich in dieses vermaledeite Land geraten. Es ist nur zu natürlich, dass ich nicht vor Freude über diese Wiese springe. Ich trage die Verantwortung für dich und bin mir der Gefahren bewusst, die auf uns warten. Aber das hat nichts mit Trübsal und Verlorenheit zu tun!«

Sie schmunzelte. »Erzähl mir von dir! Von deinem Leben außerhalb meines Landes.«

»Da gibt es nichts zu erzählen.«

»Bitte, es interessiert mich. Was machst du den ganzen Tag? Bist du ein Ritter? Oder ein Musikant? Wo lebst du?«

Noah lachte auf. »Ich bin eine Art Schreiner.«

Sie runzelte die Stirn. »Wie bitte? Wieso arbeitest du nicht als Musikant?«

Seine Brauen wanderten so nah zueinander, dass sie wie ein dunkelbrauner Strich über seiner Nase erschienen. Ihm lag auf der Zunge zu erwidern, dass sie das nichts anging. Trotzdem sagte er es nicht. Ihr Interesse war ehrlich, ohne Hintergedanken. Oder? Würde er es bereuen, wenn er noch einmal einer Frau sein Vertrauen schenkte? Aber Rosalind war so anders als Estelle.

»Meine Mutter ist früh gestorben. Seit ihrer Beerdigung habe ich nicht mehr gespielt.«

Mitfühlend sah Rosalind ihn an. »Das tut mir sehr leid. Ich mochte sie unglaublich gerne.« Sie nahm seine Hand und strich mit dem Daumen darüber. »Sie war eine besondere Frau.«

»Das war sie.« Halbherzig lächelte Noah.

»Du vermisst sie immer noch, richtig?«

»Es vergeht kein Tag.«

»Aber glaubst du nicht, es würde sie glücklich stimmen – dort, wo sie nun ist –, wenn sie wüsste, dass du ihr Spiel fortführst, ihre Lieder durch die Länder trägst und ebenso viele Menschen damit glücklich machst, wie sie es getan hat?«

Noah schüttelte langsam, wenig entschlossen den Kopf, bis er innehielt. »Ich weiß es nicht.«

»Ich wette, sie sieht dir zu. Sie weiß, dass du nicht glücklich bist, und sie wünscht sich nichts sehnlicher, als dass sich das ändert.«

»Woher willst du das wissen?«

»Schließlich war sie deine Mutter … Ich denke auch viel an meine Eltern, seit wir aufgebrochen sind. Sie sind tot, ermordet bei einer Revolte gegen meine Familie. Manchmal fühle ich mich schuldig, weil ich überlebt habe und sie nicht. Weil ich so lange geschlafen habe und mein Land im Stich ließ …«

»Du hast doch nicht wirklich geschlafen. Es war ein Zauberschlaf. Und sobald du wach warst, hast du dich auf den Weg gemacht.«

»Das stimmt. Aber wie viele Jahre war mein Volk alleine?« Sie seufzte laut auf. »Ich hoffe, dass ich etwas gegen diesen selbst ernannten Kaiser ausrichten kann. Wie hat er das alles nur auf die Beine gestellt?«

»Das werden wir bald herausfinden.«

»Wir?« Sie sah zu ihm auf.

»Ich helfe dir, das weißt du doch.«

»Ich wiederhole es noch einmal: Du schuldest mir nichts!«

»Deshalb mache ich es nicht.«

»Wieso dann? Wieso begleitest du mich? Deine Aufgabe war es schließlich nur, mich aus dem Bann zu erlösen.«

»Weil … Weil …« Nach Worten suchend fuhr er sich mit den Händen durch das dunkle Haar. »Weil ich es will!«

Ihre Augen blitzten.

Was hatte er gerade gesagt? Weil er es wollte? Wann war er das letzte Mal derart energisch gewesen? Er war nicht

159

mehr willensstark, schon lange nicht mehr … Aber vielleicht kehrte seine Entschlossenheit aus Kindertagen zurück. Womöglich lag es an diesem seltsamen Land, an Goldröschen oder an Liebmuts Zauber, doch das erste Mal seit Jahren strömte eine Energie durch seine Adern, die ihm Zuversicht und Stärke verlieh. Er wollte Rosalind helfen, so sah es aus.

Sie marschierten stundenlang über die Wiese, ohne einen ihrer Wünsche auszusprechen oder auch nur zu denken. Sie aßen zwischendurch Brote und Würstchen, tranken und redeten über dies und das. Noah staunte, wie leicht es ihm fiel, sich mit Rosalind zu unterhalten. Sie kamen von einem Thema zum nächsten, stockten nicht einen Moment und er ertappte sich dabei, wie er immer wieder versuchte, sie zum Lachen zu bringen. Er genoss die Zeit, neben ihr herzuwandern, und seine Lippen formten beinahe dauerhaft ein Grinsen.

»Stopp!« Unvermittelt blieb Rosalind stehen und sah sich um. Der Himmel wurde bereits dunkler. Nicht mehr lange und der Tag würde der Nacht weichen. »Die Landschaft verändert sich überhaupt nicht. Und obwohl das Tageslicht bereits schwächer wird und wir beinahe durchmarschiert sind, ist nirgends das Ende der Wiese in Sicht. Hier stimmt etwas nicht.«

Noah zuckte mit den Schultern. »Stand es nicht ohnehin in Zweifel, ob wir die Wiese vor Einbruch der Nacht überquert haben?«

»Bei dem Tempo, das wir an den Tag legen, müssten wir wenigstens die dahinterliegende Landschaft allmählich sehen. Es sei denn …« Skeptisch beäugte sie ihn. »Genießt du unseren Spaziergang?«

Perplex sah Noah sie an. Was sollte er darauf erwidern?

»Haben wir das nicht beide?«

Ihr Blick wurde stechend. »Hast du dir gewünscht, er würde niemals enden?«

»Nein!« Oder?

»Doch, das hast du. Ich sehe es dir an. Verdammt. Du musst sofort damit aufhören!«

»Selbst wenn es meine Schuld ist, dass wir noch auf der Wiese sind, war das keine Absicht! Wir haben beide den Marsch genossen – gib es zu. Es hat Spaß gemacht und wir haben uns gut unterhalten. Es war wie eine Auszeit, aber nun ist sie vorbei. Keine Sorge, falls ich es gewesen sein sollte, ist der Wunsch hiermit passé.«

Ihr Blick wurde weich. »Entschuldige, du hast vermutlich recht. Ich habe es auch genossen. Aber jetzt müssen wir wieder an unsere Aufgabe denken. Die Menschen dort draußen, und auch die Elfen und Zwerge, sie brauchen mich. Sie verlassen sich auf mich.«

War nun der Zeitpunkt gekommen, ihr zu sagen, dass sich niemand von den Menschen, die er bislang getroffen hatte, an sie erinnerte?

Vor ihnen verschwamm die Luft, als löse sich eine Fata Morgana auf. Als die Sicht wieder klar war, konnten sie das Ende der Wiese sehen. Ein einfacher Weg, vermutlich eine Art Landstraße in dieser Welt, schlängelte sich die Wiese entlang. Einzelne hohe Bäume säumten die Straße und dazwischen wuchsen dicht belaubte Büsche.

Noah wollte nichts weiter sagen, doch Rosalind trat an ihn heran, nahm ihn an der Hand und während sie ihn weiterzog, flüsterte sie: »Ich habe es auch genossen.« Sie sagte es so leise, dass er nicht sicher war, ob er sich verhört hatte. Doch das Lächeln auf ihren Lippen war echt. Es war weder gehässig noch herablassend, es war aufrichtig. Empfand sie dasselbe für ihn wie er für sie? War der Zeitpunkt gekommen, seinen Gefühlen erneut nachzugeben? Aber was geschah mit ihm, wenn er wieder enttäuscht werden würde? Wie viel tiefer konnte er noch fallen?

Als sie gemeinsam den Fuß über die magische Schwelle hoben und ihn auf der anderen Seite aufsetzten, flackerte noch einmal die Luft und die Gefühle in ihm brodelten hoch. In dem Moment, als sie den verzauberten Bereich hinter sich ließen, atmete er auf. Die heftigen Gefühle waren schwächer geworden, seine Hoffnungen und Bedürfnisse leiser. Sein Verstand war wieder lauter und dennoch hatte er nichts von dem vergessen, was die Wiese ihm offenbart hatte.

Er überblickte die Straße, die aus festgetretener Erde bestand, schaute erst nach links und dann nach rechts. Niemand war zu sehen. Auf der anderen Seite des Weges erstreckten sich Weizenfelder, deren Halme sich kraftvoll gen Himmel streckten. Er wollte sogleich weitermarschieren, keine Sekunde länger darüber sprechen, was sie soeben erlebt hatten, doch Rosalind hielt ihn am Arm fest, damit er sie ansah.

Nur widerwillig blieb er stehen. Sie lächelte ihn an und er entdeckte in ihren kornblumenblauen Augen den gleichen Zwiespalt ihren Gefühlen gegenüber – aber sie waren da.

Fühlte sie dasselbe wie er?

Unvermittelt stellte sie sich auf die Zehen und hob ihm ihr Kinn entgegen, um ihn zu küssen. Sein Herz hämmerte sogleich unruhig, unbewusst hielt er den Atem an, als ein lauter Donner über die Ebene hallte. Erschrocken fuhren sie zusammen und blickten gen Himmel. Binnen Sekunden verdüsterte er sich.

»Schnell, zwischen die Büsche!« Noah zog Rosalind vom Weg hinunter zu dem dichten Buschwerk. Ohne Rücksicht auf die vielen Zweige, die ihnen über die Gesichter kratzten, zog er sie zwischen das Geäst, drückte ihren Kopf zu seinem runter und gemeinsam verharrten sie still.

»Wo sind sie?«, hörten sie im nächsten Augenblick fremde Männerstimmen rufen.

»Wir haben sie gespürt!«

»Sie können nicht weit sein.«

Noah und Rosalind linsten durch das dichte Blattwerk. Soweit sie es erkennen konnten, waren es mindestens zehn graue Männer, die unmittelbar vor dem Busch auf der Straße standen. Noah legte den Finger an die Lippen und Rosalind nickte. Langsam, um kein Geräusch zu verursachen, wanderte sie mit ihrer Hand nach unten und umfasste den Knauf ihres Kurzschwertes, der zwischen den Falten ihres Kleides hervorschaute. Noah tat es ihr gleich. Unvermittelt wurde er von hinten gepackt und aus dem Strauch gezerrt.

»Hey!«, schrie er und zog sein Schwert aus der Scheide. Er holte aus, worauf der graue Mann hinter ihm, der ihm kaum bis zum Hosenbund reichte, ihn losließ und zurücksprang. Drohend hielt Noah dem kleinen Kerl das Schwert entgegen, um ihn auf Abstand zu halten.

»Das würde ich lieber sein lassen!«, motzte der graue Winzling und deutete zum Busch. Schnell drehte sich Noah um und erschrak. Rosalinds Kurzschwert lag auf dem Boden, ihre Arme waren bereits gefesselt und einer der grauen Männer ließ drohend eine Axt über ihrem Kopf schweben.

»Noah!«, schrie sie.

Vor Schreck hielt er inne und die kleinen Angreifer nutzten sein Zögern. Schneller, als er sich versah, schlugen sie ihm das Schwert aus der Hand und fesselten ihn. Erst die Handgelenke, dann die Arme um den Körper.

»Lasst sie gehen!«

Doch die grauen Männer kannten kein Erbarmen.

»Halt den Mund!«

Ein schmerzhafter Schlag auf Noahs Hinterkopf folgte, benommen hielt er inne, bevor alles um ihn herum in endloser Schwärze versank.

19

Noah erwachte in einem düsteren Raum. Seine Arme und Beine waren schwer, eiserne Schellen umschlossen seine Hand- und Fußgelenke und eine Eiseskälte drang von dem Steinboden in seinen Körper. Benommen stützte er sich auf die Hände – viel Spielraum blieb ihm nicht. Dicke Eisenketten gingen von den Handschellen ab und waren in der gemauerten Wand verankert. Er zog daran, einmal, zweimal, doch nicht einen Millimeter gaben die Halterungen nach.

Wo war er? Und wo war Rosalind? Durch ein kleines Fenster, kaum groß genug, um eine Geige hindurchzureichen, drang ein schwacher Lichtschimmer in seine Zelle. Außer ihm befand sich niemand hier drinnen. Sämtliche Wände waren gemauert, nirgends Gitterstäbe, durch die man hinaussehen könnte. Womöglich befanden sich neben seiner Zelle weitere, doch das konnte er nur erahnen. Die Tür war fest eingemauert und nur ein schmaler Spalt, so ähnlich wie ein etwas größerer Briefschlitz, befand sich darin.

Noah kam langsam auf die Füße. Sogleich hielt er sich den Hinterkopf, an dem er eine große Beule ertastete, und schwankte. Es schmerzte noch immer. Hatten ihn die grauen Männer mit einer Axt k.o. geschlagen? Torkelnd näherte er sich der Tür. Sie war mannshoch, also war er nicht irgendwo in einer Zwergenbehausung, sondern in einem von Menschen erbauten Kellergewölbe. Oder war das ein von den Zwergen errichtetes Gefängnis für Menschen? Mit der Faust schlug er dagegen. »Hallo? Wo bin ich? Mit welchem Recht haltet ihr mich fest?«

Niemand antwortete.

Verdammt. Wo war Rosalind? Hoffentlich gingen diese grauen Männer mit ihr sorgsamer um – schließlich war sie eine Dame!

»Hallo?«

Er öffnete den Schlitz und linste hindurch, doch es war auch auf der anderen Seite düster. In einem flackernden Schein, vermutlich von einer Fackel, erkannte er einen Gang, von dem einzelne Türen abgingen. Sonst nichts.

»Weg da!«, schrie eine tiefe Stimme. Noah zuckte zurück, keine Sekunde zu früh, denn jemand schob die Spitze einer Lanze durch die Öffnung. »Ruhe, du dämlicher Mensch!«

»Wer sind Sie? Wieso halten Sie mich fest?«

»Ruhe, hab ich gesagt! Oder willst du mich kennenlernen?«

»Wo ist …« Er biss sich gerade rechtzeitig auf die Zunge, bevor er Rosalinds Namen aussprach. Womöglich wussten diese grauen Männer nicht, wer sie war, und bestimmt war das auch gut so. »Wo ist meine Begleiterin?«

»Die versauert hier ebenso wie du.«

Zum Glück – sie hatten keine Ahnung, wer sie war.

»Mit welchem Recht habt Ihr uns gefangen genommen?«

»Mit welchem Recht? Seit Kaiser Rupert auf dem Thron sitzt, dürfen keine Menschen mehr die Straßen benutzen!«

»Aber wieso nicht? Was soll der Blödsinn?«

Erneut stocherte der Wärter mit der Lanze in den Schlitz, worauf Noah einen Schritt zur Seite trat. »Ruhe, hab ich gesagt! Eigentlich bekommst du in acht Stunden einen Teller Suppe und einen Kanten Brot. Aber ich könnte die Brühe auch aus Versehen verschütten und das Brot den Mäusen geben. Also überleg dir besser, was dir wichtiger ist: Fragen stellen oder essen!«

»Ich lasse mir bestimmt nicht …« Ein Summen unterbrach seine Frage. Es war eine Frau und sie summte ein Lied, das er nur zu gut kannte. Es war in etwa die Melodie, die ihm seine Mutter beigebracht hatte. Viele Töne waren falsch, aber es stand eindeutig fest, dass jemand versuchte, dieses besondere Lied zu summen. War das Rosalind?

»Musik ist verboten!«, polterte der Wärter sogleich und mit lauten Stiefelschritten donnerte er zu einer Tür weiter links.

Rasch beugte sich Noah vor und linste durch den Spalt. Er konnte genau sehen, an welche Tür der graue Kerl mit seinen Fäusten donnerte.

»Ruhe, du elendes Miststück! Ruhe, sag ich!« Er schrie so laut und war regelrecht außer sich – nur wegen der Musik? Sein Gesicht wurde hochrot und er stocherte mit der Lanzenspitze durch den Spalt, der sich in jener Tür befand, worauf das Summen aufhörte. Doch nicht in Noahs Herz. Die Melodie war ein Hoffnungsschimmer, nicht nur die Musik selbst, sondern auch die Botschaft, die dadurch zu ihm gedrungen war. Dort drüben war sie … und sie war am

Leben. Durch ihre Aktion wusste er, hinter welcher Tür sie sich befand. Jetzt musste er nur noch einen Weg finden, sie beide aus diesem finsteren, kalten Loch zu befreien!

Solange Noah keinen Plan hatte, reizte er den Gefängniswärter nicht weiter. Auch wenn er am liebsten nach Rosalind gerufen und sich erkundigt hätte, ob es ihr gutging, blieb er still. Gleichzeitig ratterte sein Hirn. Welche Möglichkeiten hatte er? Er konnte sich nicht frei bewegen und es befand sich kein einziger Gegenstand in seiner Zelle – abgesehen von den schweren Ketten. Konnte er mit denen etwas ausrichten? Nur was?

Nach einer Lösung suchend blickte er sich weiter in dem Halbdunkel um. Durch das kleine Fenster passte er nie und nimmer, aber vielleicht barg sich in der winzigen Öffnung dennoch eine Chance auf Flucht. Er lief hin, dabei rasselten die Ketten über den Steinboden. Sie waren zu kurz, er konnte sich der Öffnung nur bis auf zwei Schritte nähern. Außerdem lag sie so hoch oben, dass er beim Hindurchsehen nur den wolkenverhangenen Himmel sehen konnte. Selbst als er auf den Zehenspitzen stand, entdeckte er weder einen Baum noch die Spitze eines Gebäudes. Befanden sie sich auf dem Gelände des Schlosses? Oder in einem Gefängnis in einem der Dörfer, die Rosalind erwähnt hatte? Wo waren die Menschen, die normalerweise in diesen Gemäuern lebten?

Fragen über Fragen. Die Zeit verstrich und als der Himmel noch dunkler wurde, konnte Noah kaum mehr die Hand vor Augen sehen. Offenbar war er über Nacht bewusstlos gewesen, so lange wie die Zeit in diesem Loch bereits andauerte.

»Hier, dein Brot!« Ein dumpfer Laut drang zu ihm, der von der Tür kam. Waren bereits acht Stunden vergangen?

Und hatte ihm der Wärter den Laib durch den Schlitz geschoben?

»Wo ist meine Suppe?«

»Verschüttet.«

»Was soll das? Ich habe doch gar keine Fragen mehr gestellt!«

»Trotzdem hast du mich genervt. Sei froh, deine Begleiterin bekommt gar nichts!«

»Wie bitte? Was fällt dir ein? Sie muss doch auch –«

»Musizieren steht unter höchster Strafe. Sie kann froh sein, dass ich sie nicht hängen lasse!«

Wie bitte? Was waren das für absurde Regeln? Weshalb war Musik verboten?

Noah tastete sich langsam zur Tür, die Hände vor sich ins Dunkel gestreckt. Sobald er die Tür fühlte, ging er in die Hocke und tastete den Boden ab. Als er endlich das Brot in Händen hielt, hätte er am liebsten laut protestiert. Das war nicht mehr als ein Kanten und so hart, dass er ihn kaum klein bekommen würde. Doch er biss sich auf die Zunge, da sein Widerwort nicht nur für ihn, sondern auch für Rosalind Konsequenzen haben konnte.

»Wann bekommen wir Wasser?«

»Vielleicht morgen. Gute Nacht!« Mit einem hässlichen Lachen entfernte sich der Wärter und es blieb nichts von ihm zurück als das Poltern seiner Schritte, das sich langsam entfernte. Ließ er sie die Nacht über unbewacht? Aber wieso fürchtete er nicht, dass sie ausbrechen konnten? War das Gefängnis derart gut gesichert?

Noah umklammerte das kleine Stück Brot und lauschte, bis die Schritte verklungen waren. Dann öffnete er die Luke und spähte hinaus. Es war stockfinster.

»Rosi?«

»Willst du mich in dieser Situation etwa noch ärgern?«

Erleichtert lachte Noah auf. Sie war es wirklich. Und sie war am Leben.

»Du weißt doch, wie gerne ich dich bei deinem Spitznamen nenne.« Mehr sagte er nicht dazu, doch sie schien auch so zu verstehen. Womöglich gab es noch immer Lauscher und wenn diese grauen Männer ihre Identität kannten, hätten sie Rosalind gewiss nicht wie eine gewöhnliche Gefangene in eine Zelle gesperrt. Also mussten sie vorsichtig sein, dass das auch so blieb.

»Bist du verletzt?«, fragte er.

»Mein Kopf schmerzt. Sie haben mich bewusstlos geschlagen. Sonst ist alles in Ordnung.«

»Was? Dich haben sie auch geschlagen? Wie können sie es wagen!«

»Offenbar sind sie nicht so ritterlich wie du. Als sie dich zu Boden geworfen haben, habe ich versucht, mich zu befreien. Das haben sie mir mit einem Fausthieb an die Schläfe gedankt.«

Noah unterdrückte ein Fluchen. »Hast du großen Hunger? Soll ich versuchen, das Brot zu dir zu werfen?«

»Du bist ja wirklich ein Ritter. Nur deine strahlende Rüstung fehlt.« Sie lachte auf. »Nein, Noah, du würdest nicht treffen und dann haben wir beide nichts. Iss deinen trockenen Kanten und dann lass uns einen Plan schmieden, wie wir hier rauskommen!«

»Hast du eine Ahnung, wo wir uns befinden?«

»Nein. Ob du es glaubst oder nicht, bislang habe ich die wenigsten Verliese des Königreiches von innen gesehen.«

»Hast du auch ein Fenster? Erkennst du die Landschaft?«

»Nur ein winziges Loch ist oben in der Mauer, darüber erkenne ich nichts. Im Schloss sind wir auf jeden Fall nicht, sonst müssten wir Zinnen, Türme oder wenigstens die Gipfel der Fichten erkennen, die rund um das Schloss wachsen.«

»Sind wir vielleicht in einem Dorfgefängnis gelandet?«

»Nein, weder die Dörfer noch die Städte rund um das Schloss haben so große Gefängnisse, höchstens einzelne Zellen. Schließlich ist es Sache des Königs, über Recht und Unrecht zu entschieden und über Straftäter zu richten.«

»Wer weiß, was sich in den Jahren, in denen du geschlafen hast, verändert hat.«

»Das stimmt, aber ich glaube nicht, dass jemand, der sich Kaiser nennt, weniger Befugnisse hat als ein König. Dieser Rupert … Wo kam der nur her? Ich habe noch nie von ihm gehört.«

»Na, er wird der König oder sogar der Kaiser der Zwerge gewesen sein«, mutmaßte Noah und biss eine kleine Ecke Brot ab. Es war so hart, dass er ewig kauen musste, bevor er es wagte, den Bissen zu schlucken. Und er nahm sich vor, die Hälfte davon aufzuheben. Womöglich kamen sie schneller hier raus als gedacht und dann würde er es mit ihr teilen.

»Nein, auf keinen Fall war Rupert der Kaiser der Zwerge. Auch nicht ihr König. Die Zwerge haben sich schon immer selbst regiert, seit Jahrhunderten. Selbst die Königswürde meiner Familie haben sie nur ungern anerkannt, weshalb sie sehr zurückgezogen gelebt haben.«

»Vielleicht wollten sie endgültig beweisen, dass sie euch nicht unterstehen«, überlegte Noah.

»Das kann ich mir nicht vorstellen. Da sie ohnehin in Höhlen und meist unter der Erde verkehren, sind wir uns nie in die Quere gekommen.«

»Irgendetwas muss aber vorgefallen sein, weshalb die Zwerge den Aufstand gewagt haben.«

»Aber das ist ja das seltsame. Das sind keine Zwerge, diese grauen Männer. Sie sehen wie welche aus, vielleicht waren sie es auch einmal, aber ihre Art ist völlig anders.«

»Was meinst du?« Noah wagte einen weiteren Bissen Brot.

Rosalind schwieg einen Moment, bevor sie fortfuhr. »Manche von den normalen Zwergen sind ruppig und nörgelig, wieder andere fröhlich und gesellig. Wie wir Menschen hat jeder von ihnen natürlich einen eigenen Charakter. Aber sie sind nicht herrschsüchtig. Es sind faire Wesen, ihr Sinn für Gerechtigkeit ist extrem ausgeprägt. Auch wenn sie stolz darauf sind, Zwerge zu sein, und sich bewusst von den Menschen fernhalten, sind sie nicht grundlos aggressiv und erst recht keine Unterdrücker. Etwas stimmt ganz und gar nicht mit den grauen Männern. Und diesen Kaiser will ich mir unbedingt aus der Nähe ansehen. Ich frage mich, ob er auch ein grauer Mann ist, oder so bunt und echt wie die Zwerge, die mich in den vergangenen Jahren behütet haben.«

»Gut, all dem müssen wir auf den Grund gehen, aber erst einmal müssen wir diese dicken Ketten loswerden und uns befreien. Also, Vorschläge?«

»Bist du auch angekettet?«

Noah rasselte mit den Ketten. »Leider, ja. Deshalb komme ich auch nicht bis an das kleine Fenster ran.«

»Ich auch nicht, aber wir dürfen nicht aufgeben. Es gibt immer einen Ausweg! Meine Waffen sind leider weg. Hast du noch etwas, das uns nützlich sein könnte?«

Noah tastete seine Jeans ab. Befand sich in der Hose vielleicht irgendwo ein Nagel, eine Schraube oder sogar ein kleines Werkzeug? Ein Messer? Leider ertastete er nichts. Doch, Moment, da war etwas in seiner Hosentasche. Und es fühlte sich hart an. Als er in die Seitentasche griff, stieß er auf warmes Metall und noch während er das kleine runde Ding hervorholte, erinnerte er sich.

»Der magische Kompass. Ich habe ihn noch bei mir.«

»Zauberin Marilla hat ihn dir gegeben, richtig? Vielleicht ist das unsere Rettung.«

Noah runzelte ungläubig die Stirn. »Unsere Rettung? Wie meinst du das?«

»Na«, ertönte eine feine, aber selbstbewusste Stimme von dem kleinen Fenster zu ihm herein, »weil ihr mich über diesen Kompass rufen könnt, wenn ihr meine Hilfe braucht!«

Noah lauschte, doch er erkannte die Stimme nicht. »Wer ist da?«

»Wer ist da! So was von undankbar und respektlos! Hast du mich etwa schon vergessen?«

Dieser wütende Tonfall kam ihm vertraut vor … Aber woher? Endlich fiel es ihm ein. »Mailin!«

»Mailin ist bei dir?«, rief Rosalind von ihrer Gefängniszelle aus.

»Natürlich bin ich das!«, rief die Elfe nah an Noahs Ohr. Wo war sie? Er konnte sie nirgends sehen. Zur Sicherheit stand er still, damit er nicht unbeabsichtigt auf sie trat.

»Kannst du meine Ketten lösen?«

»Das wird sich zeigen. Es wird Zwergenmagie sein, die die grauen Männer verwendet haben – auch wenn ich mich frage, wie sie sich an diese Zauberformeln erinnern können, wo sie doch sonst alles vergessen haben. Selbst ihren Stolz! Komm runter, langsam, und leg deine Hände auf den Boden. Dann sehe ich, was ich machen kann.«

»Aber es ist stockfinster.«

Ein feines Schnipsen ertönte, worauf eine winzig kleine Lichtkugel in der absoluten Finsternis erschien. Noah blinzelte mehrmals, bis sich seine Augen an das Licht gewöhnt hatten. Dann sah er die korpulente Elfe vor sich. Sie trug wie das letzte Mal ein enges gelbes Kleid, ihre feurig roten Locken hatte sie zu einem Knoten im Nacken gedreht und mit goldenen Nadeln festgesteckt und über einer ihrer winzigen ausgestreckten Handflächen schwebte eine kleine Lichtkugel, höchstens so groß wie der Kopf einer Stecknadel.

»Mailin. Ich bin so froh, dich zu sehen.« Langsam ging Noah in die Knie und legte seine angeketteten Handgelenke vor der Elfe ab, die sich sogleich fachmännisch darüberbeugte und mit der freien Hand grübelnd über ihr Kinn fuhr. Sachte schob sie die leuchtende Kugel in Noahs Hände. Sie war warm und kribbelte. Anschließend zog Mailin ihre winzige Stirn kraus und betastete die Ketten.

»Eindeutig, Zwergenmagie.«

»Kannst du sie lösen?«, erklang Rosalinds Stimme gedämpft zu ihnen. Da Noah den Spalt in seiner Tür nicht offen halten konnte, hörte es sich an, als wäre sie weit entfernt.

»Das wird sich zeigen. Aber jetzt müsst ihr still sein, ich muss mich konzentrieren.«

Noah konnte beobachten, wie das kleine Wesen all seine Kräfte mobilisierte. Sie ballte die Hände zu Fäusten, kniff die Augen zusammen und spannte sämtliche Muskeln an. Das kalte Metall der Schellen um seine Handgelenke erwärmte sich, nur leicht, aber Noah bemerkte eindeutig einen Unterschied. Sein Herz klopfte schneller und er machte sich bereit aufzuspringen, doch unvermittelt erkaltete das Metall und Mailins Schultern sackten nach unten. »Verdammt, diese widerwärtigen kleinen Kerle!«

»Du bekommst es nicht auf?«

»Nein, als Elfe kann ich diese Art von Magie nicht lösen. Das kann nur ein Zwerg.«

Noah horchte auf. »Und Zwergenmagie? Die könnte es doch auch, oder?«

»Natürlich, aber die steht uns offensichtlich gerade nicht zu Verfügung, du Schlauberger!«

Noah beugte sich näher zu ihr hinunter, damit er leiser reden konnte. »Doch, das tut sie. Liebmut hat mir welche in ein Säckchen abgefüllt.«

»Was? Und das sagst du mir erst jetzt? Wo ist das Säckchen?«

Noah schlug mit der Faust ins Leere. »In dem Beutel, den ich bei mir hatte, als die grauen Männer uns geschnappt haben.«

»Haben sie ihn mitgenommen? Wo haben sie ihn hingebracht?«

»Ich habe keine Ahnung, aber vielleicht hat Rosalind etwas gesehen.«

Mailin straffte sich. »Ich frage sie und anschließend werde ich danach suchen.«

»Gute Idee! Vielleicht gibt es in diesem Gebäude irgendwo eine Art Kammer, wo sie die Sachen aufheben, die sie den Menschen bei der Festnahme weggenommen haben.«

»Wenn es die gibt, werde ich sie finden.« Schneller, als Noah es in der Finsternis verfolgen konnte, verschwand die füllige Elfe durch das kleine Fenster nach draußen und mit ihr auch das Licht in seiner Hand. Neugierig ging er zur Tür und öffnete den Schlitz. Er lauschte, ob er Mailin und

Rosalind reden hörte, doch es blieb still. Am liebsten hätte er zu ihr hinübergerufen, doch wer wusste schon, ob nicht doch einer der grauen Männer zurückgeblieben war und sie belauschte. Besser, er behielt ihren Plan für sich.

Die Stunden vergingen, in denen Noah in einen unruhigen Dämmerschlaf verfiel. Immer wieder schreckte er hoch und glaubte, nicht eine Sekunde geschlafen zu haben. Als der Himmel jedoch unerwartet zeitig heller wurde, war klar, dass er zwischendurch eingenickt sein musste.

Noch immer fehlte von Mailin jede Spur. Was dauerte da so lange? Sie war doch nicht etwa erwischt worden?

Als hätte die Sorge die kleine Elfe angetrieben zurückzukehren, hörte er wenig später ein leises Schaben, das vom Fenster kam. Sofort hellwach sprang Noah auf die Füße und lief so nah an die winzige Öffnung, wie es ihm die Ketten erlaubten. »Mailin?«

»Pst!«

Das war sie. Eindeutig. Gespannt wartete er, die Augen unablässig auf die Luke gerichtet. Die kleine gelbe Kugel, ihr Körper, erschien wenig später und hinter sich her schleifte sie das Säckchen. Obwohl es ein Stück größer war als die Elfe selbst, zog sie das Beutelchen scheinbar mühelos. Sie warf es in seine Zelle. Mit einem kämpferischen Gesichtsausdruck zeigte sie das Victoryzeichen und nahm Schwung, um hinterherzuhüpfen. Schon wollte Noah in ein innerliches Freudengebrüll verfallen, als sich schwere Schritte näherten.

»Die grauen Männer kommen zurück«, raunte Noah. Die Elfe hielt im Schwung inne und tippelte rasch zurück, fort vom Fenster.

Angespannt eilte Noah zu der Klappe in der Tür und öffnete sie, nicht ohne genügend Abstand zu halten, falls der mürrische Wärter wieder mit seiner Lanze in seine Zelle hineinstochern würde.

»Na? Gut geschlafen in dem Loch?« Der graue Mann lachte und Noah hörte Schlüssel klirren, aber er sah den Kerl nicht. Endlich entdeckte er ihn. Der Wärter stand vor Rosalinds Tür, schloss sie auf und stapfte lautstark zu ihr hinein. »Guten Morgen, meine Hübsche! Ausgeschlafen? Unser Hauptmann will dich sehen!«

»Wer ist euer Hauptmann?«, entgegnete Rosalind mit fester Stimme. Obwohl sich Noahs Nerven anspannten, schlug sein Herz freudig schneller, als er ihre Stimme hörte.

»Das wirst du früh genug erfahren, und jetzt auf!« Ketten klirrten. Befreite der Wärter sie? Doch als Rosalind wenig später hinter dem Winzling aus ihrer Zelle kam, sah Noah sie noch immer in schwere Ketten gelegt. Und diese Ketten waren an einer großen Metallkugel befestigt. Die Kugel schwebte neben dem Zwerg durch die Luft. Keine Frage – auch das musste mit Zwergenmagie zu tun haben, sonst könnte der kleine Kerl wohl kaum eine so schwere Kugel heben und Rosalind hätte längst versucht sich zu befreien.

»Wo bringt ihr sie hin?«, brüllte Noah.

»Das geht dich gar nichts an!« Sogleich näherte sich die Lanzenspitze der Öffnung und Noah wich gerade rechtzeitig zurück, bevor ihn der Zwerg im Gesicht verletzen konnte.

»Wie heißt euer Hauptmann? Ist das Kaiser Rupert?«, fragte Rosalind und Noah näherte sich vorsichtig der Öffnung, um zu sehen, wohin sie mit dem Wärter verschwand.

»Ruhe, Weib. Ich habe die Befugnis, dich durch Gewalt ruhigzustellen!« Drohend wirbelte der graue Mann seine Lanze durch die Luft und stieß sie in ihre Richtung. Kurz vor ihrem Bauch hielt er inne. Rosalind presste die Lippen aufeinander, doch Noah sah ihr an, wie schwer es ihr fiel, ruhig zu bleiben. Am liebsten würde er ihr etwas Tröstliches hinterherrufen, doch er durfte ihren Ausweg nicht verraten. Sein Hirn arbeitete fieberhaft, doch ihm fiel nichts Gescheites ein. Kurz bevor sie um eine Ecke verschwanden, rief Noah: »Hab keine Angst!«

Sie drehte sich zu ihm um. Der Ausdruck in ihren Augen war hart und entschlossen. »Sorge dich nicht um mich!« Im nächsten Moment war sie verschwunden.

# 20

Sobald der Wärter außer Sicht war, eilte Noah so nah an das Fenster, wie es seine Fußketten zuließen.

»Er ist weg!«

Mailin kam sogleich zum Vorschein und ohne eine Sekunde zu zögern, sprang sie zu ihm in die Zelle. Wie der Samen einer Pusteblume schwebte sie hinunter und landete sachte auf dem kalten Boden.

»Sie haben Rosalind mitgenommen!«, begann Noah sogleich zu erklären. Die kleine Elfe unterdessen eilte mit dem Säckchen zu ihm, er ging in die Hocke und legte die Handgelenke auf dem harten Boden ab. »Weißt du, wer der Hauptmann ist? Wo sie Rosalind hinbringen?«

»Pst! Ich muss mich konzentrieren!«

Während sich Mailin an der Verschnürung des kleinen Beutels zu schaffen machte, ratterte es in Noahs Hirn. Sie hatten Rosalind mitgenommen. Wo war dieser Hauptmann? Hier im Gebäude? Wie groß war das Gebäude? Würde Noah den Raum finden? Sollte er einfach den Gang entlang den beiden hinterherstürzen oder brauchte er einen ausgefeilten Plan?

»Worauf wartest du?«, quiekte Mailin und rannte bereits zur Tür. Sie blies eine Handvoll des Pulvers aus dem Säckchen auf das Schlüsselloch und im nächsten Augenblick schwang die Tür auf. Ungläubig blickte Noah an sich herab. Weder an seinen Fuß- noch an seinen Handgelenken befanden sich irgendwelche Ketten. Er war frei. Ohne weiter darüber nachzudenken, ob er nun einen Plan brauchte oder nicht, sprang er auf die Füße und stürzte aus der Zelle. Mailin neben sich, hastete er den düsteren Gang entlang bis zu der Stelle, an der Rosalind und der Wärter verschwunden waren. Vorsichtig spähte er um die Ecke. Vor ihnen befand sich eine hohe, schmale Treppe, die von wenigen Fackeln in Wandhalterungen beleuchtet wurde. Sie zögerten keine Sekunde und rannten hinauf.

Je näher sie dem Ende der Stiege kamen, desto aufgeregter pochte Noahs Herz in seiner Brust. Dort oben war keine Tür. Was erwartete sie? Bevor er weit genug oben war, um über den Rand der obersten Stufe hinaus etwas sehen zu können, verlangsamte er das Tempo und lauschte. Schwere Schritte waren zu hören. Stiefelschritte. Mist. Kam der Wärter zurück? Noah presste sich an die gemauerte Wand und hielt die Luft an. Von Mailin fehlte jede Spur. Eben war sie doch noch neben ihm gewesen. Wohin war sie verschwunden?

Die Schritte näherten sich. Womit sollte er sich verteidigen? Sämtliche Waffen hatten ihm die grauen Männer bei seiner Festnahme abgenommen. Sein Blick fiel auf eine erloschene Fackel. Kurzerhand packte er sie, zog sie aus der Aufhängung und umfasste sie mit beiden Händen.

Schlagbereit hielt er die Luft an und wartete ab. Doch die Stiefelschritte verklangen wieder. Derjenige war nur an der Treppe vorbeigelaufen.

Leise atmete Noah aus. »Mailin?«, formte er mehr mit den Lippen, als dass er es sagte. Die Elfe reagierte nicht. Egal, er musste weiter und Rosalind finden, bevor die grauen Männer mit ihr irgendetwas Schreckliches anstellten. Stufe für Stufe schlich er hinauf, die Fackel noch immer schlagbereit in den Händen. Mit jedem Schritt konnte er mehr von dem erkennen, was ihn erwartete. Die Treppe führte in einen Raum, der der Helligkeit nach zu urteilen oberirdisch lag. Dennoch bestanden die Wände aus Erde – oder zumindest sah es so aus. Ein bisschen erinnerte der Raum an die Höhlen der Zwerge. O Mist. Die Höhlen. Brachte dieser graue Kerl Rosalind durch das komplexe Tunnelsystem der Zwerge zu besagtem Hauptmann? Wenn ja, standen Noahs Chancen schlecht, sie zu finden.

Als er die oberste Stufe erreichte, lehnte er sich nach vorne und spähte zu den Seiten. Der höhlenartige Raum war leer. Das Licht, das durch zwei Fenster hereinfiel, bezeugte, dass es Tag war, und ließ ihn alles gut erkennen. An der Seite befand sich ein Tisch mit mehreren Hockern rundherum, alles in Kindergröße – oder sollte er besser in Zwergengröße sagen? Der restliche Raum wirkte leer, doch wenn er länger auf die Wände starrte, glaubte er Kommoden und Schränke zu erkennen, die ebenso vor den Wänden verschwanden, wie es bei Liebmut in der Küche der Fall gewesen war.

Von der Höhle zweigten drei Gänge ab, jeder in eine andere Himmelsrichtung und dem Anschein nach gingen alle abwärts. Welchen sollte er nehmen? Wo befand sich Rosalind? Rufen war keine Option – er würde sich sofort verraten. Bevor er weiter darüber nachdenken konnte, hörte er erneut dumpfe Stiefelschritte. Sein Herz sank in die Hose, während er zu erkennen versuchte, aus welchem der drei Gänge die Schritte kamen. Doch sie hallten um ihn herum, als wäre diese Höhle mit Surroundsound ausgestattet.

»Pst!«

Noah folgte dem leisen Geräusch und entdeckte Mailin im Gang zu seiner Linken. Wild winkte sie ihn zu sich und Noah schlich eilig zu ihr, doch nicht schnell genug.

»Halt! Was machen Sie hier?«, ertönte es hinter ihm.

Während Noah sich umdrehte, überlegte er, wie er reagieren sollte. Möglicherweise konnte er sich herausreden?

»Du bist doch der Gefangene! Alarm!«, brüllte der kleine graue Mann vor ihm und zog sein Schwert. Verdammt, das war der Wärter! Obwohl der graue Mann Noah erkannte, war seine Mimik seltsam leer. Doch das hinderte den Winzling nicht daran, Noah sogleich mit der Waffe zu bedrohen.

Noah wartete nicht darauf herauszufinden, ob ihn der graue Kerl ernsthaft verletzen oder nur einschüchtern wollte. Sogleich holte er aus und donnerte dem grauen Mann die Fackel auf den Dickschädel. Der Graubart schwankte, fiel jedoch nicht zu Boden, als schützte ihn die graue Mütze wie ein Helm die Bauarbeiter.

»ALARM!«, schrie der erneut und schlug mit dem Schwert ins Leere. Noah holte aus und schlug ihm die Fackel auf die Schulter, worauf der Kerl aufstöhnte und zu Boden sackte.

»Schnapp dir seine Hiebwaffe!«, befahl Mailin, »und dann hol endlich den magischen Kompass raus.«

Natürlich! Der magische Kompass hatte ihn schon einmal zu Rosalind geführt. Rasch klemmte Noah die Fackel unter seinen Gürtel, entwendete dem Wärter das Schwert aus den schlaffen Fingern und angelte nach dem metallischen Gerät in seiner Hosentasche. Zum Glück hatten den die grauen Männer nicht entdeckt. Die Nadel drehte sich und Noah stierte sie ungeduldig an. Endlich stand sie still und zeigte in den Gang, aus dem der Wärter gekommen war. Sofort sprintete Noah los.

»Wir müssen uns beeilen, wer weiß, was sie mit ihr vorhaben!«, rief Mailin, während sie schneller noch als er durch den unterirdischen Gang peste. Sie sah aus wie eine kleine Kugel, die in Windeseile über den Boden rollte.

Noah umfasste den Kompass fester und rannte den Korridor entlang, in der anderen Hand das Schwert des grauen Mannes. An wen hatte der Wärter Rosalind übergeben? Wie weit waren die bereits gekommen? Mailin schien dasselbe zu denken, denn sie wurde schneller, worauf auch Noah die Zähne zusammenbiss und noch mehr aus seinen Muskeln herauszuholen versuchte. Dennoch hängte Mailin ihn ab und sauste davon. Kurz darauf blieb sie stehen und Noah konnte gerade rechtzeitig abbremsen, sodass er nicht über sie hinweg lief.

Direkt vor ihnen erstreckte sich ein großer Raum, viel größer als die Höhlen, die Noah bislang von den Zwergen gesehen hatte. Und in dem Raum wimmelte es nur so von den kleinen grauen Männern. Es waren weit über dreißig. Sie standen an Baumstammstücken, die derart ausgehöhlt waren, dass man sich hineinsetzen konnte. Und diese Baumstämme befanden sich auf einer Metallschiene. Waren das so etwas wie Mini-Lokomotiven und dieser Raum der Bahnhof? Mindestens fünf Stationen gab es, an denen sich die grauen Männer drängten. Einige stiegen aus, andere stiegen ein, doch nie mehr als vier Personen – mehr passten in die Baumstämme nicht hinein. Dazwischen gab es jede Menge Karten, die aufgestellt waren und das Schienensystem darstellten. Einzelne Symbole verdeutlichten, wohin die Strecken führten. Noah entdeckte Apfelbäume, Berge, einen Wald, eine dunkle Festung und ... ein Schloss. Und vor der Schiene, die offenbar zum Schloss führte, wurde Rosalind soeben von drei grauen Männern in einen dieser Baumstämme gedrängt. Sie wehrte sich, doch gegen die Äxte und Schwerter der Wärter konnte sie nichts ausrichten.

»Ist der Hauptmann der Kaiser?«, brüllte sie, worauf die grauen Männer sie in den Magen schlugen und sie aufstöhnte.

Noah dachte nicht länger nach. Er stopfte den Kompass in die Tasche und stürmte los, um ihr zu helfen.

»Warte, Noah!«, hörte er Mailin hinter sich, doch sein Denken war ausgeschaltet. Er musste Rosalind helfen, sie vor diesen seltsamen Graubärten beschützen. Entschlossen umfasste er den Knauf des Schwertes und rannte auf Rosalind und die grauen Männer zu. Es dauerte, bis sie ihn bemerkten, so selbstsicher stürmte Noah in die Halle. Noch bevor der erste »Alarm« schreien konnte, schlug Noah demjenigen, der Rosalind verletzt hatte, mit dem Schwertknauf auf die Schulter. Er hatte bereits gelernt, dass die Männer durch ihre Mützen geschützt wurden, aber der Hals- und Brustbereich schien ebenso empfindlich wie bei jedem anderen.

Der erste ging zu Boden. Sofort zog Noah die Fackel unter seinem Gürtel heraus und holte aus. Der zweite graue Mann ging in die Knie, doch gleichzeitig griffen ihn mehrere von hinten an.

»Wer bist du? Was fällt dir ein?«, brüllten sie hinter ihm.

Rosalind horchte auf. Sie drehte sich zu ihm, doch ihre Augen waren verbunden.

»Ich helfe dir!«, rief er, damit sie seine Stimme erkannte.

Ihre Hände und Beine waren noch immer an die schwere Eisenkugel gekettet, mit der der Wärter sie an der Flucht gehindert hatte, als er sie aus ihrer Zelle geholt hatte. Sie war gezwungen, die schwere Kugel selbst zu halten. Deshalb hatte sie kaum Bewegungsfreiheit und konnte die Augenbinde nicht abstreifen. Doch sie erkannte seine Stimme, denn ein Lächeln erschien auf ihren roten Lippen.

»Noah!«, flüsterte sie, was ihn mehr anspornte, als es die lautesten Rufe in einem Stadion vermocht hätten. Er focht gegen die grauen Männer, doch es waren zu viele. Immer mehr drängten in die Halle, als hätte jemand einen Alarmknopf betätigt. Endlich hatte er sich den Weg zu ihr frei gekämpft. »Ich bin bei dir.« Zwischen zwei Schlägen schob er ihr die Augenbinde nach unten, damit sie etwas sehen konnte. Wo war nur Mailin? Hatte sie noch etwas von dem Pulver übrig, um Rosalinds Ketten zu lösen? Doch von der pummeligen Elfe fehlte jede Spur.

Mehrere Graubärte drängten von zwei Seiten näher an sie heran, worauf Rosalind nach hinten kippte und in dem Baumstamm landete. Als sie gegen eine Vorrichtung fiel, donnerte ihr die schwere Eisenkugel in den Bauch und Rosalind stöhnte auf. Sie war auf dem Lenkrad gelandet, das offenbar auch das Gaspedal war, denn der Baumstamm setzte sich ratternd in Bewegung.

Sie schrie auf und Noah sah sich kurz nach ihr um, worauf ihn ein Schwerthieb auf den Oberschenkel traf. Schmerzhaft krümmte er sich, doch er biss die Zähne zusammen und sprang zu ihr in das Gefährt.

Rosalind versuchte sich aufzusetzen, doch sogleich wurden sie langsamer und die grauen Männer stürzten hinter ihnen her. »Schneller!«, brüllte Noah, worauf sich Rosalind wieder nach hinten lehnte und sie mit dem Baumstamm an Fahrt aufnahmen. Keine drei Sekunden später verließen sie die hohe Halle und fuhren in einen dunklen Tunnel.

Es schepperte laut – die Eisenkugel war zu Boden gedonnert.

»Ich sehe nichts!«, schrie Rosalind. »Und lenken kann ich auch nicht.«

In dem Moment ging es bergab und ein Gefühl wie in der Achterbahn rauschte durch Noahs Magen. Er musste sich mit beiden Händen an der Seite des Baumstammes festhalten, den Kopf und den Oberkörper einziehen und nach vorne beugen, damit er gegen den Fahrtwind ankam. »Halt dich fest!«, brüllte er, doch sie war noch gefesselt. Er konnte sie nicht sehen, verdammt. Eine Kurve schob ihn zur Seite und sie schrie erneut auf. Im Dunkel tastete er vor sich. Zum Glück waren die Baumstämme kurz und er bekam ihren Rücken zu fassen.

»Ich falle!«, schrie sie und mit einem Ruck zog Noah sie zurück in die Bahn. Einen Arm schlang er um ihre Taille und umfasste sie mit aller Kraft, mit der anderen Hand hielt er sich am Rand fest. Sie donnerten durch die Dunkelheit und Schauer rauschten durch ihre Mägen. Sie sahen nichts und konnten nichts tun, als sich in die Kurven zu legen, sobald sie spürten, dass sie zur Seite fuhren, und sich abzustützen, wenn es bergab ging. Die Fahrt wurde noch schneller, Rosalinds Haare flatterten Noah ins Gesicht, doch es störte ihn nicht. Sie allerdings schrie auf, als es steil nach unten ging und ihr Körper ging mit einem Ruck nach vorne.

»Die Kugel ist vorgerollt! Meine Hände!«

Er rutschte näher an sie heran und hielt sie fest, tastete sich nach vorne, bis er die Ketten um ihre Handgelenke fühlte, dann folgte er den Eisengliedern bis zu dem Abschnitt, der straff gespannt nach vorne führte. Mit beiden Händen umfasste er ihn und zog ihn zurück, worauf Rosalind aufatmete. Die nächste Kurve drängte sie wieder zur Seite, doch Noah hielt die Kette mit der Kugel fest. Seine Arme zitterten, dennoch ließ er nicht los. Endlich wurde es vor ihnen heller. Sie mussten bremsen. Aber wie?

»Geh von dem Steuerknüppel weg!«, schrie Noah gegen den Fahrtwind an.

»Bin ich schon längst!«

»Wieso werden wir dann nicht langsamer? Gibt es irgendwo eine Bremse?«

»Moment!« Sie tastete mit der Fußspitze am Boden entlang, doch sie entdeckte nichts. Es wurde zunehmend heller, die nächste Station kam immer näher.

»Beeil dich!« Noah erkannte schon den Bahnsteig, einen einzelnen, der sich in einer kleinen unterirdischen Höhle befand, doch noch immer bretterten sie in vollem Tempo voran. »Schnell!«

»Ich hab's!«, schrie sie und sogleich spürte er, wie sie das Tempo drosselte, doch es reichte nicht. Sie brausten auf den Rammbock zu, der das Ende der Strecke anzeigte.

Noah beugte sich über sie und suchte den Baumstammwagon nach der Bremse ab. »Wo ist sie?«

»Hier!« Die Hände hatte sie um einen seitlich angebrachten Stock gefaltet und an dem zog sie mit Leibeskräften. Noah streckte die Hand aus und umfasste ebenfalls die Bremse. So fest er konnte zog er daran, ihr Tempo drosselte sich weiter, sie wurden langsamer und langsamer, dennoch prallten sie gegen den Rammbock. Der Baumstamm zersplitterte, Noah umfasste Rosalind fester, um sie zu schützen. Die Eisenkugel verhinderte, dass sie fortgeschleudert wurden. Sie donnerten mit den Knien gegen den Rammbock, Noah drehte sich schnell zur Seite, damit sein Gewicht nicht auf Rosalind drückte und endlich blieben sie still liegen.

Laut atmeten sie auf.

»Was für eine Fahrt.« Noah stand langsam auf. Alles schmerzte ihn, sein Oberschenkel pochte, doch er ignorierte es und wollte Rosalind aufhelfen. Ein paar Kratzer zogen sich über ihre Wange und ihr goldblondes Haar war zerzaust, doch alles in allem schien sie unverletzt. Vor und neben ihr lagen unzählige zerbrochene Bretter und irgendwo darunter verbarg sich die Eisenkugel, an die sie noch immer gekettet war.

»Ich kann nicht weg.«

»Wir müssen dich schleunigst befreien. Wer weiß, wann die Graubärte mit einer anderen Bahn hinterherkommen!« Sogleich räumte Noah beidhändig die Bruchstücke zur Seite, bis die Eisenkugel frei lag. Er zerrte sie näher und hob sie hoch. Sie war verdammt schwer. Vorsichtig stieg er über die Schienen zum Bahnsteig und Rosalind folgte ihm auf den Fuß. Dort ließ er langsam die Kugel ab und Rosalind setzte sich daneben. Sein Blick fiel auf ihre Handgelenke, an denen die Haut aufgeschürft und blutig war. Es schnürte ihm das Herz zusammen.

Tief atmete sie durch, bevor sie auf alle viere kam und sich näher zu ihm beugte. Unvermittelt sah sie ihm in die Augen und Noahs Herz hämmerte wild, während er unendlich langsam seine Hände hob und an ihre Wangen legte. Er zweifelte nicht, er dachte nicht nach, nein, er war im Hier und Jetzt, sah diese bemerkenswerte Frau und zärtlich legte er seine Lippen auf ihre. Der Kuss war süßer noch als alles, was er je erlebt hatte. Er ließ sein Herz sich warm und behütet anfühlen, er wanderte wie ein Versprechen durch seinen Körper und hüllte ihn ein in eine Liebe, die er nicht mehr in sich gefühlt hatte.

Als ein dumpfer Schlag in der Ferne ertönte, schreckte er von ihr zurück. »Die Graubärte ... Sie folgen uns.«

Erschöpft seufzte sie auf und sah ihn zärtlich an und in ihrem Blick lag eine Aufrichtigkeit, die ihn erleichtert aufatmen ließ. Liebevoll strich er ihr eine der goldblonden Strähnen hinter das Ohr. »So schön das auch ist, wir müssen verschwinden.«

Sie nickte und als sie sich zurücklehnte, zerrten die Schellen an ihren aufgeschürften Handgelenken. Voller Kampfgeist ballte Rosalind die Hände zu Fäusten. »Mist, wie bekommen wir mich frei? Hast du noch etwas von der Magie?«

»Mailin hat sie. Ich weiß nicht, wo die Elfe ist. Ich habe sie das letzte Mal gesehen, bevor ich in die Halle gestürzt bin. Vielleicht kommt sie uns nach.«

»Das letzte Mal hast du sie doch über den magischen Kompass gerufen. Vielleicht klappt das wieder.«

Noah schob die Hand in die Hosentasche. Er suchte und suchte, aber fand ihn nicht. Wahrscheinlich hatte er ihn vorhin auf die andere Seite gesteckt. Doch auch dort war er nirgends zu ertasten. Unruhig stieß er mit den Händen gleichzeitig in die Hosentaschen, doch es war nichts darin. Langsam zog er die leeren Hände hervor. »Er ist weg!«

»Wie, er ist weg? Wie konnte das passieren?«

»Wahrscheinlich habe ich ihn auf der Fahrt verloren. Oder eben bei der Bruchlandung.« Er sprang zurück auf die Gleise und wühlte sich durch die Überbleibsel des Baumstamms. Ein Wind kam auf, Rauschen, war das eine andere Bahn?

»Egal, Noah, wir müssen weg. Es hört sich an, als kommen sie!«

Noah räumte noch die letzten zersplitterten Bretter zur Seite, doch der Kompass war nicht zu sehen. Das Rauschen jedoch wurde lauter. Er schnappte sich die Eisenkugel. »Also gut, nichts wie los!«

Sie eilten über den Steig durch die Höhle, aus der vier Tunnel abzweigten. »Welchen nehmen wir?«, fragte Noah.

Rosalind wies mit einem Nicken auf ein kleines Schild, das durch ihren Aufprall nahezu komplett mit Trümmern zugeschüttet war. Auf dem bisschen, das zu sehen war, erkannten sie ein Schloss und der Pfeil zeigte in den Gang, der rechts abführte. »Da müssen wir lang.«

»Dann nichts wie weg hier!«

## 21

Während sie sich durch einen engen Gang nach oben zwängten, musste Noah den Kopf einziehen, so niedrig war die Decke. Die Luft war stickig. Wie lange dauerte es, bis sie wieder Frischluft atmen und das Tageslicht sehen konnten?

»Weißt du, wo wir herauskommen? Direkt im Schloss?«, erkundigte er sich und unterdrückte ein Schnaufen. Die Eisenkugel wurde mit jedem Schritt schwerer. Doch dass Rosalind sie selbst trug, stand nicht zur Debatte. Ohnehin konnte sie mit den dicken Ketten um ihre Knöchel nur kleine Schritte machen.

»Nein, ich wusste nicht einmal, dass die Zwerge eine solche Untergrundbahn haben. Aber womöglich wurde sie erst in den letzten Jahrzehnten erbaut.«

Es gab keine Abzweigung, folglich konnten sie sich wenigstens auf dem Weg nach oben nicht verirren. Einige Zeit später wurde die Luft frischer, klarer. Tief atmete Noah ein, während er mit Rosalind den immer steiler werdenden Anstieg erklomm. Sie gönnten sich keine Pause. Bestimmt waren ihnen die grauen Männer gefolgt und tauchten bald in diesem Tunnel auf.

»So, wie es in der Halle aussah, gibt es ein solches U-Bahn-System nicht nur zum Schloss, sondern auch zu anderen Stationen im Königreich.«

Rosalind horchte auf. »Tatsächlich? Mir waren die Augen verbunden, deshalb konnte ich mich nicht umsehen. Und als du aufgetaucht bist, ging alles so wahnsinnig schnell. Waren die anderen Stationen beschildert?«

Nachdenklich strich sich Noah über das stoppelige Kinn. »Mehrere Karten mit dem Schienennetzwerk waren aufgestellt und bei jeder der Stationen hing ein Schild mit einem anderen Symbol darauf.«

»Was für Symbole?«

»Berge, ein Wald und ich erinnere mich an eine dunkle Burg, die aussah wie eine Festung.«

Rosalind erschauderte. »Die Schwarze Feste.«

» Die Schwarze Feste? Was ist das?«

»Das ist …«

»Hören sie, riechen sie!«, drangen brummige Stimmen von hinten an sie heran. Die grauen Männer waren ihnen dicht auf den Fersen. Noah und Rosalind warfen sich einen kurzen Blick zu, dann rannten sie los. Trotz ihrer winzigen Schritte wurde Rosalind schneller und schneller. Noah rannte direkt hinter ihr her, damit die Ketten zu der Eisenkugel nicht zu straff gespannt waren und sie nicht stolperte.

Die Stimmen hinter ihnen wurden lauter, schon meinten sie kleine, feste Stiefelschritte zu hören, als sie endlich eine Höhle erreichten, in die durch zwei melonengroße Fenster Tageslicht fiel. Aber es gab nirgends eine Tür, nur drei weitere Gänge, die wer weiß wohin führten.

Rasch sah Noah zu Rosalind, während sein Puls raste. Ihre Wangen waren gerötet und ihre Brust hob sich in raschen Atemzügen. »Wohin jetzt?«

»Die Zwerge verbergen alles durch einen Zauber. Bestimmt gibt es irgendwo eine Tür, die hinausführt, sonst wäre der Raum nicht oberirdisch.«

Noah dachte an die Regale in Liebmuts Küche. Aufgeregt deutete Rosalind auf die aufgewühlte Erde zwei Schritte entfernt. »Dort könnte eine Tür sein. Siehst du den halben Stiefelabdruck, der direkt an der Wand endet?« Nebeneinander traten sie näher und tasteten die Oberfläche ab. Noah konnte nur mit einer Hand über die Erde fahren, in der anderen hielt er die Eisenkugel, die sich mittlerweile schwer wie zehn anfühlte. Rosalind strich mit ihren feinen Händen über die Erdwände ungeachtet dessen, wie braun ihre Finger und Nägel dabei wurden. Feine Erdkrümelchen rieselten hinab, während sie Zentimeter für Zentimeter absuchte.

»Kannst du sie noch riechen?«, tönte eine tiefe Männerstimme aus dem Gang hinter ihnen.

»Nein, aber da oben kommen sie nicht raus und wenn sie in einen der Tunnel laufen, werden sie sich verirren.« Gemeines Gelächter hallte zu ihnen hinauf und ließ sie noch schneller die Höhlenwand abtasten. Endlich hellte sich Rosalinds Gesicht auf. Mit der Rechten umfasste sie eine Türklinke, die unter ihrer Berührung sichtbar geworden war, und während sie sie nach unten drückte, zeichneten sich die Umrisse einer brusthohen Tür ab. Rosalind zog sie auf und gemeinsam hechteten sie hindurch. Sofort drückten sie sie wieder zu und sahen sich in aller Eile um.

Sie standen auf einem gepflasterten Platz und direkt vor ihnen erhob sich das weiß getünchte Schloss, das von großen

Fichten umrahmt wurde. Es sah aus wie ein Märchenschloss, besaß mehrere hohe Türme sowie große bogenförmige Fenster. Einzelne waren mit Buntglas ausgelegt und wiesen Bilder auf. Noah erkannte ein Königspaar, Sterne, Schwerter und ein Wappen.

Betreten konnte man das herrschaftliche Gebäude durch ein großes prunkvolles Tor, das so hoch war, dass selbst ein Riese hätte hindurchgehen können, ohne sich zu bücken. Flankiert wurde der imposante Eingang von einem Dutzend grauer Männer, die in Rüstungen und mit Lanzen in den Händen stramm standen und Wache hielten. Ein großer Springbrunnen erschwerte den Wachen die Sicht in ihre Richtung, weshalb sie noch nicht entdeckt worden waren.

Eilig sah sich Noah weiter um. Sie befanden sich innerhalb der Mauern, die ebenfalls weiß gestrichen waren. Mit Sicherheit war keiner der Ausgänge durch die Mauern unbewacht. Folglich mussten sie sich so schnell wie möglich irgendwo auf dem Schlossgelände vor ihren Verfolgern verstecken.

»Los, komm.« Rosalind zog ihn am Hemdsärmel. »Ich kenn mich aus.« Sie lotste ihn an der Mauer entlang. Noah konnte gerade noch einen Blick auf die Wachen erhaschen, deren Lanzen mit den Spitzen gen Himmel ragten und die zum Glück in eine andere Richtung sahen. Dann zog ihn Rosalind um die Ecke, fort von dem großen Eingangsbereich des Schlosses. Sie rannten über eine enger werdende Straße, die zwischen dem Schloss und der Mauer verlief, als ihnen drei Wachen entgegenkamen.

»Halt, wer seid ihr?«

»Schnell, hier hinein.« Rosalind führte ihn durch eine schmale Tür, womöglich der Dienstboteneingang.

»ALARM!«, schrien die Wachen, während Noah direkt hinter Rosalind in das Innere des Schlosses stürmte. Sie rannten durch einen Flur, von dem mehrere Türen abgingen. Doch Rosalind öffnete keine davon, sondern hielt direkt auf eine gemauerte Wand zu.

»Sackgasse!«, fluchte Noah leise.

»Das denkst du.« Rosalind zog an einer Fackelhalterung an der Seite, worauf sich die Mauer einen Spalt breit öffnete. Noah staunte und schlüpfte rasch hinter ihr durch die Öffnung in die Finsternis, worauf Rosalind sofort den Eingang zuschob.

»Wo sind sie hin? Wer hat die Eindringlinge gesehen?«, drangen die Stimmen der grauen Männer gedämpft zu ihnen, während Rosalind aufatmete. Noah hingegen blieb angespannt und starrte auf die Mauer, ob nicht doch eine Horde der Wachen hinter ihnen herkam. »Bist du sicher, dass sie von dem Geheimgang nichts wissen?«

»Ziemlich sicher. Und jetzt komm.«

Noah drehte sich um, doch es war düster, weshalb er seine Hand vor Augen nicht sehen konnte. Ein Zischen ertönte und Rosalind stand mit einer brennenden Fackel vor ihm. Sie befanden sich in einem so engen Gang, dass Noah beinahe mit beiden Schultern rechts und links an die Mauern stieß. Zahlreiche Spinnweben zogen sich über die Wände und Ecken – offenbar machte hier niemand sauber. Am Ende des Ganges führte eine einfache Holztreppe mehrere Stockwerke nach oben.

»Woher weißt du hiervon? Und wieso bist du dir sicher, dass die Graubärte diesen Geheimgang nicht kennen?«

»Es ist ein Familiengeheimnis, von dem nicht einmal die Dienstboten oder Ritter wissen.«

»Dann wollen wir hoffen, dass sie es nicht durch Zufall herausgefunden haben. Wo gehen wir jetzt hin?«

»Ich will diesen Rupert sehen und wir müssen nach den Rittern meiner Eltern suchen. Die können doch nicht alle verschwunden sein.«

»In Ordnung. Gibt es einen Thronsaal, in dem sich der Kaiser aufhält?« Sein Magen knurrte laut. »Und vielleicht eine Burgküche, in der wir einen kurzen Stopp einlegen?«

Rosalind hob ihre angeketteten Arme. »Die Waffenkammer wäre mir lieber.«

»Mailin meinte, die Ketten sind mit Zwergenmagie versiegelt. Aber vielleicht kann ich wenigstens mit einem Axthieb deine engen Ketten teilen und dich von der Eisenkugel lösen.«

»Ein Versuch ist es in jedem Fall wert.«

»Also, wo geht's zur Waffenkammer?«

»Hier entlang!«

Rosalind ging vorneweg und Noah lief dicht hinter ihr. Die Eisenkugel trug er mit beiden Händen, da er sie einhändig kaum mehr halten konnte. Zum Glück trainierte er seit Jahren im Fitnessstudio, sonst hätte er die Kugel schon in dem unterirdischen Gang nicht mehr mitnehmen können. Ein Blick auf Rosalind jedoch genügte und er wusste, er hätte sich eher ein Bein abgehackt, als aufzugeben und sie den grauen Männern zu überlassen.

Sie hinterließen Spuren auf den Stufen, die mit Staub und Erdkrümeln bedeckt waren. Bereits im ersten Stockwerk führte Rosalind Noah von den Treppen fort und durch einen weiteren engen Gang. Sie passierten Halterungen an den Wänden, deren Metall im Licht glänzte, in keiner jedoch hing eine Fackel. Vor einer blieb Rosalind stehen. Sie drehte sich um und blickte Noah aus ihren kornblumenblauen Augen an, was sein Herz schneller schlagen ließ.

»Wollen wir hoffen, dass sich niemand darin befindet. Bist du bereit?«

Noah nickte, worauf sie die Halterung umfasste. Ein monotones Schaben war zu hören, während sich ein Stück der Mauer auf sie zubewegte und kurz darauf wieder stehen blieb. Rosalind lugte durch den Spalt, winkte Noah und schob die geheime Öffnung weiter auf. »Die Luft ist rein.«

Hinter ihr betrat er die Waffenkammer, die menschenleer war. Wahrscheinlich befanden sich die Wachtposten draußen in den Gängen. Wenn sie leise genug waren, blieben sie womöglich unentdeckt.

An der gegenüberliegenden Wand befanden sich mehrere bogenförmige Fenster, durch die das Tageslicht fiel. Wie spät war es eigentlich? Mittag?

Staunend blickte Noah sich um. An den Wänden hingen unzählige Schwerter, lange, kurze, prunkvolle, einfache. Mehrere Ritterrüstungen standen in Reih und Glied und ihnen allen waren Lanzen in die Hände gedrückt worden. Die Rüstungen waren jedoch nicht für die grauen Männer geeignet, sondern so groß, dass nur Menschen sie nutzen konnten. Wahrscheinlich waren sie zur Zierde aufgestellt.

Weitere Lanzen und andere Hieb- und Stichwaffen hingen in Halterungen an den Wänden, weiter an der Seite entdeckte Noah einzelne Armbrüste und daneben hingen mehrere Äxte. Rosalind eilte auf die Äxte zu und Noah folgte ihr, damit sie vorwärtskam.

»Nimm eine und schlag meine Ketten entzwei.«

»Das wird einen Heidenlärm verursachen. Dann dauert es nicht lange und sämtliche Wachen sind uns auf den Fersen.«

»Mist, du hast recht. Aber ich kann doch nicht ewig mit diesen engen Ketten herumlaufen! Ich kann ja nicht einmal gescheit rennen, geschweige denn kämpfen. Und solange du die Eisenkugel für mich trägst, bist du auch nicht sonderlich wehrfähig.« Sie streckte die Hand nach einem Schwert aus und wirbelte es trotz der engen Ketten so gekonnt durch die Luft, dass Noah ein anerkennender Pfiff entfuhr.

»Dieser Ritter, der dir das Kämpfen beigebracht hat …«

»Du meinst Andreas von Marklingshausen«, entgegnete sie, ohne ihren Blick von dem Schwert zu lösen.

Noah nickte. »Warst du mit ihm …« Abwartend sah er sie an.

»War ich mit ihm was?«, fragte Rosalind, während sie langsam den Kopf hob und ihn ansah.

»Warst du mit ihm verlobt?«

Sie lachte auf. »Nein, er hätte mein Großvater sein können, so enorm war unser Altersunterschied.«

»Soweit ich weiß, ist das nicht immer ein Hindernis bei Ehen unter Adeligen.«

»Mein Vater hätte mich niemals gegen meinen Wunsch vermählt! Außerdem war ich noch sehr jung, als ich in den tiefen Schlaf gefallen bin. Ich frage mich, was aus Andreas geworden ist. Wo sind all die Ritter meines Vaters hin?«

»Das werden wir hoffentlich gleich herausfinden. Also, ich nehme eine Axt mit und sobald wir herausgefunden haben, wer Rupert ist und wo sich die Ritter aufhalten, suchen wir uns ein gutes Versteck und ich befreie dich von deinen Ketten.« Neben einer Axt griff Noah kurzerhand nach einem Schwert und steckte beides in seinen Gürtel.

»Also schön.« Auch Rosalind nahm sich ein Schwert und steckte es in ihren weißen Gürtel. Auf leisen Sohlen liefen sie zurück zu der Öffnung in der Wand, um endlich nach Kaiser Rupert zu suchen.

# 22

Zurück in dem dunklen Gang führte Rosalind Noah ins Erdgeschoss. Sie liefen eine Weile, bis die ungekrönte Königin erneut vor einer Wandhalterung stehen blieb. Tief atmete sie durch, sah Noah fragend an und als der nickte, betätigte sie den Mechanismus. Mit einem leisen Knirschen öffnete sich die Mauer und Rosalind linste hindurch. Sofort erstarrte sie und sprach kein Wort. Das konnte nur eins bedeuten: Jemand befand sich im Thronsaal.

Es dauerte eine Weile, bis sich Rosalind langsam zurücklehnte und ihn ansah, den Finger auf die Lippen gelegt. Noah nickte verstehend, reckte sich weiter vor und spähte durch die schmale Maueröffnung. Er blickte in einen langgezogenen Raum, der unheimlich groß, jedoch kaum möbliert war. Am Kopfe des Saals befand sich ein Podium, das über drei Stufen zu betreten war, und darauf stand ein goldener Thron. Die kleine, schmächtige Gestalt, die darauf saß, vermochte mit ihrem Gewicht kaum die dunkelroten Sitzkissen hinunterzudrücken – geschweige denn reichte sie mit ihren Füßen auf den Boden. Das war doch nicht etwa der Kaiser?!

Noah beugte sich weiter vor, um den Winzling mustern zu können. Er war ebenso klein wie die anderen grauen Männer, kaum so groß wie ein sechsjähriges Kind, und sein Haarkranz war so grau wie sein zerzauster Bart. Über seiner grauen Kleidung trug er einen roten Mantel und an jedem einzelnen seiner dicken Finger prangte ein Goldring, einzelne davon mit Rubinen und Saphiren besetzt.

Kaiser Rupert.

Er hatte den Ellbogen auf die goldenen Lehnen des Thrones gestützt und sein Kopf lag träge in der Hand. Sein Blick war müde, seine Mimik teilnahmslos und seltsam fern. Ebenso wie die grauen Männer war sein Blick verloren. Das sollte der Mann, oder besser gesagt der Zwerg sein, der die Graubärte befehligte und das ganze Land in Angst und Schrecken versetzte?

Er war nicht alleine. Neben ihm standen vier Halbwüchsige, bis an die Zähne bewaffnet, und bewachten den Mann, der zu müde schien, auch nur einen Befehl zu erteilen.

Als die großen Flügeltüren aufgeschlagen wurden und lautstark gegen die Wände donnerten, zuckte Noah zusammen. Er spürte Rosalinds Unruhe hinter sich und drehte sich so, dass sie mitverfolgen konnte, was sich im Saal abspielte.

»Eindringlinge!«, schnaufte einer der grauen Männer, der mit drei anderen den Thronsaal betrat. Ihre Schritte hallten durch das Gemäuer und dennoch zuckte der Kaiser kein bisschen. »Zwei Menschen befinden sich im Schloss, ein Mann und eine Frau.«

Desinteressiert blinzelte der Kaiser und winkte die Männer lustlos näher. Dann nickte er, was offenbar einer

Erlaubnis gleichkam, dass die Wachen weiterreden durften, denn die setzten ihren Bericht sogleich fort.»Laut unseren Kameraden waren es Gefangene, die entflohen sind. Sie sind mit der Baumstammbahn hergekommen und verstecken sich im Schloss. Zuletzt wurden sie im Dienstboteneingang gesichtet. Seither fehlt jede weitere Spur von ihnen.«

Der Kaiser nickte, sein Gesichtsausdruck veränderte sich jedoch kaum. Er lehnte sich noch etwas weiter in seinem Stuhl zurück und alle warteten ab. Schon meinte Noah, dass nichts mehr passierte, als der Kaiser unvermittelt in seinem Thron auffuhr, als würde ein Geist in ihn eindringen und an seiner statt agieren. Sein Gesicht war wutverzerrt und er brüllte:»Was steht ihr dann noch so dumm hier herum? Bringt sie mir! Tot oder lebendig!«

Wie aufs Stichwort zogen sich Noah und Rosalind in ihr Versteck zurück und schoben leise die Mauer zurück. Dann sahen sie sich ungläubig an. Noah winkte sie weiter, worauf sie sich von der Wand entfernten, die ihnen mit einem Mal zu dünn erschien, um sich ungehört unterhalten zu können.

»Was war das?«, fragte Noah, nachdem sie zu der Treppe zurückgekehrt waren.

Rosalind drehte eine ihrer langen goldblonden Strähnen um den Finger.»Merkwürdig, wie er plötzlich aus der Haut gefahren ist. Vorher noch war ich kurz davor zu sagen, wir stürmen den Saal und schubsen ihn vom Thron. So faul und resigniert, wie der auf dem Stuhl meines Vaters hängt, wäre er widerstandslos auf dem Boden liegen geblieben!«

»Wie kann ein solcher … Zwerg über dieses Land herrschen?«

»Da stimmt etwas nicht. Er muss eine Macht haben, von der wir nichts wissen.«

»Was meinst du?«

»Magie.«

Noah nickte – mittlerweile hielt er alles für möglich.

»Ich frage mich, was damals in ihn gefahren ist, Rupert meine ich«, überlegte Rosalind. »Was führt einen Zwerg dazu, die Königsfamilie zu stürzen und sich dann auch noch in der Menschenwelt aufzuhalten und alle zu unterjochen? Das passt nicht zum üblichen Charakter eines Zwerges!«

»Die richtigen Zwerge, die auf dich aufgepasst haben, waren davon überzeugt, dass es keine Zwerge mehr sind. Aber was sollten sie sonst sein?«

»Es ist schon komisch, die grauen Bärte, die graue Kleidung, die ausdruckslosen Gesichter. Das alles spricht für einen mächtigen Zauber.«

»Wer hätte die Macht, den auszusprechen?«, fragte Noah.

Rosalind zuckte mit den Schultern und ließ die blonde Strähne von ihrem Finger gleiten. »Wenn ich das nur wüsste.«

»Wir werden es herausfinden!«

Seufzend nickte sie.

Noah legte die Eisenkugel auf den Boden und strich über ihre Schulter.

»Wir schaffen das.«

Rosalind hob den Kopf und sah ihn an. Ein Lächeln lag auf ihren roten Lippen. Noah konnte sich gut vorstellen, wie entzückt das Königreich über eine solche Prinzessin gewesen sein musste. Als Kind hatte er sie sich immer anders vorgestellt. Und nun stand sie vor ihm und er war tatsächlich in ihrem Land, Teil ihrer Geschichte, bei der er sich als kleiner Junge beschwert hatte, dass sie kein Happy End hatte. Würde er zu ihrem glücklichen Ende beitragen?

Angetrieben von seinen Gedanken wollte er keine Zeit verlieren. »Lass uns die Gewölbe des Schlosses absuchen, ob wir eine Spur der Ritter finden. Und danach verschwinden wir besser und zertrümmern endlich diese engen Ketten.«

»Einverstanden.«

Nachdem Noah wieder die Eisenkugel an sich genommen hatte, stiegen sie hintereinander die Stufen hinunter, bis sie auf der tiefsten Ebene angelangt waren. Vorsichtig öffneten sie eine Geheimtür nach der anderen, die in die dunkelsten Verliese führten, doch nirgends entdeckten sie eine Spur der Ritter.

»Das gibt es doch nicht«, fluchte Rosalind, nachdem sie bestimmt in das zehnte Loch gespäht und dennoch keinen einzigen Gefangenen entdeckt hatten.

»Vielleicht sind sie ...«

»Nein, sie sind nicht tot!« Rosalind sah Noah an, die Hände zu Fäusten geballt und die Lippen fest aufeinandergepresst.

»Okay, aber vielleicht werden sie an einem anderen Ort festgehalten. Was ist mit dieser Schwarzen Feste, von der du mir erzählt hast?«

»Das ist eine gute Überlegung. Möglich wäre es.«

»Dann lass uns dort hingehen. Kennst du den Weg?«

Erneut wanderte ein Schaudern über ihren Körper, dennoch nickte sie. »Ich kenne den Weg – ungefähr zumindest, denn selbst bin ich noch nie dort gewesen. Wir müssen uns nordwärts halten. Aber zuerst will ich die letzten Zellen absuchen. Vielleicht entdecken wir doch noch jemanden.« Sie lief weiter, öffnete die nächste Tür und hielt den Atem an. Noah bemerkte sofort, dass sie etwas entdeckt hatte. Gespannt wartete er darauf, dass sie sich zurücklehnte, damit er durch den Spalt sehen konnte. Doch Rosalind trat nicht wie üblich zur Seite, sondern stürmte aus dem Geheimgang hinaus in eine düstere, enge Zelle, die nur durch den Schein ihrer Fackel beleuchtet wurde.

Als Noah einen Blick durch die Öffnung werfen konnte, erstarrte auch er. Modriges Heu lag auf dem Steinboden, es war eng und die Luft feucht. Und in einer Ecke saß ein alter, alter Mann. Sein Bart war weiß, ebenso wie sein schütteres Haar, sein Gesicht war von tiefen Falten durchfurcht, die neben seinen Mundwinkeln hinabwanderten, und seine Lippen waren aufgesprungen. Um seine Fesseln und Handgelenke schlangen sich ebensolche Ketten wie um Rosalinds und sie waren an der Wand befestigt.

Lebte er noch?

Sobald Noah die Zelle betreten hatte und die Kette ausreichend lang war, stürzte Rosalind auf den fremden Mann zu und ließ sich vor seinen Knien nieder. Der Alte blinzelte mehrmals, bis sich seine Augen an den Schein der Fackel gewöhnt hatten, dann zwinkerte er erneut.

»Goldröschen? Seid Ihr das?« Seine Stimme war rau, er schien sie ewige Zeiten nicht benutzt zu haben.

Rosalind stürzte sich in seine Arme, während Tränen über ihre Wangen liefen. »Ich bin es. Wir holen dich hier raus!« Sie drehte sich zu Noah um, der neben ihr in die Hocke ging und die Eisenkugel absetzte. »Das ist Noah. Er ist hier, um uns zu helfen. Wir haben eine Axt und werden dich befreien!«

Der alte Mann schüttelte den Kopf. »Nein, das ist zu gefährlich. Ich würde Euch nur aufhalten. Meine Tage sind gezählt!«

»So ein Blödsinn!«, entgegnete Rosalind heftig. »Ich muss dich vorher aus deinem Dienst entlassen, Andreas von

Marklingshausen, vorher gestatte ich es dir nicht, deine Augen für immer zu schließen. Hast du mich verstanden?«

Das ausgemergelte Gesicht des alten Ritters verzog sich zu einem leichten Lächeln und Leben kehrte in die braunen Augen zurück.

»Verstanden, Eure Majestät.«

»Was ist damals passiert? Wo sind die anderen Ritter?«, fragte Noah, während er sich die Ketten genauer ansah. Leider erweckten sie einen ebenso massiven Eindruck wie Rosalinds.

»Rupert hat uns mit einer riesigen Horde winziger Männer, einer Art Zwerge, überfallen. Sie waren beinahe so viele wie wir.«

Ungläubig schüttelte Noah den Kopf. »Wie können ausgewachsene und bestens trainierte Ritter von so kleinen Kerlen überwältigt werden? Erst recht, wenn die Angreifer nicht in der Überzahl sind.«

»Die verfluchten Kerle haben Magie benutzt.«

»Magie? Von wem?«, wollte Rosalind wissen.

»Wenn ich das nur wüsste. Ich habe es sofort geahnt. Es hatte etwas mit dem Schwert eures Vaters zu tun. Es war für Tage verschwunden und dann sind die kleinen Aufständischen plötzlich damit aufgetaucht. Zuerst haben sie versucht, die zauberhafte Barbara zu töten, aber Ihr habt euch dazwischengeworfen, dummes Kind. Ich dachte, Ihr wäret tot!« Gefangen zwischen Wut und Erleichterung betrachtete der alte Ritter seinen Schützling.

Rosalind überging die Zurechtweisung und hob fragend die Hände. »Hätte ich etwa zusehen sollen?«

»Ihr hättet uns zu Hilfe rufen müssen, anstatt Euch in die Klinge zu werfen.«

»Ihr wart zu weit weg und wärt niemals rechtzeitig dagewesen. Ich hatte doch selbst keine fünf Sekunden Zeit, mich zu entscheiden und etwas zu unternehmen.«

Der Blick des alten Mannes wurde zärtlich, die tiefe Falte zwischen den Augenbrauen glättete sich ein wenig. »Wer hat Euch gerettet? Wo seid Ihr all die Jahre gewesen?«

»Die letzten ehrbaren Zwerge haben mich in Sicherheit gebracht und in einen Zauberschlaf versetzt, bis mein Prinz gekommen ist und mich erlöst hat.« Sie wies auf Noah und in ihren Augen las er nicht, ob sie es scherzhaft meinte oder nicht.

»Der?« Nicht abschätzig, aber ungläubig musterte Andreas von Marklingshausen Noah, worauf der sich räusperte und die Unterhaltung auf das Wesentliche zurückführte.

»Was ist nach dem Angriff auf meine … auf die zauberhafte Barbara passiert?«

»Wir haben gekämpft, aber wie gesagt hatten diese verdammten Winzlinge Magie an ihrer Seite.«

»Zwergenmagie?«, hakte Rosalind nach.

»Nein, da war noch etwas anderes. Ich bin davon überzeugt, es hatte etwas mit dem Schwert zu tun. Wir konnten unsere Hiebe nicht bis zum Ende ausführen. Jedes Mal wenn wir mit dem Schwert ausgeholt haben, stoppten die Klingen über den Mützen der grauen Männer.«

»Ihre Mützen sind wie magische Schutzhelme«, schaltete sich Noah ein. »Das habe ich auch festgestellt.«

»Das war schon immer so, aber bei dem Kampf war es anders. Wir konnten nicht an ihren Köpfen vorbei auf ihre Schultern schlagen. Es war, als träfen unsere Klingen auf eine Barriere, die wenige fingerbreit über ihren Köpfen verlief.«

Nervös drehte Rosalind erneut eine ihrer langen gold-blonden Strähnen um den Finger, in ihren Augen war tiefe Trauer zu sehen.»Was ist mit meinen Eltern geschehen?«

Der alte Mann neigte den Kopf und hielt für einen Moment die Luft an, bevor er schwer ausatmete.»Sie haben es nicht geschafft. Der Angriff galt ihnen, oder besser gesagt Euch. Offenbar ging es den Aufständischen um die Vernichtung der Königsfamilie, damit sie selbst den Thron besteigen konnten. Deshalb kommt es einem Wunder gleich, dass Ihr lebendig vor mir steht.«

»War dieser Rupert in die Kämpfe involviert?«, wollte Noah wissen.

Andreas schüttelte den Kopf.»Der ist erst später auf-getaucht. Ich habe ihn nur einmal zu Gesicht bekommen, als über mein Schicksal entschieden wurde. Er war seltsam lethargisch, als ginge ihn all das nichts an.«

Rosalind nickte.»Das ist uns auch aufgefallen. Seltsam. Da stimmt doch was nicht!«

Noah erhob sich.»Das können wir später klären. Jetzt sollten wir erst mal verschwinden. Aber vorher müssen wir dich irgendwie losbekommen.«

Der alte Mann blickte streng zu Noah hinauf.»Erst einmal sollten die Ketten um Rosalinds geschundene Handgelenke gelöst werden. Seht ihr nicht, wie wundgescheuert ihre Haut bereits ist? Was seid Ihr für ein Prinz, dass Ihr das nicht zuerst getan habt?«

Noah rollte ungeduldig mit den Augen.»Die Zeit war noch nicht da.«

Abfällig schüttelte Andreas den Kopf, doch Rosalind legte ihm die Hand auf den Unterarm.»Noah hat mich eben erst aus den Fängen der grauen Männer gerettet. Sie wollten mich zu ihrem Hauptmann bringen – wer auch immer das ist. Wir waren bis ins Schloss hinein auf der Flucht und sind es noch immer.«

»Ohne die Ketten könntest du aber definitiv schneller rennen!«, betonte der alte Ritter.

Rosalind sah ihn zurechtweisend an. »Aber sie sind mit Zwergenmagie versiegelt und nicht so leicht aufzubekommen. Und jetzt hör auf, Noah anzugehen, sondern überlege lieber mit, wie wir dich frei bekommen!«

»Lasst mich zurück und geht …«, doch als der alte Ritter Rosalinds strengen Blick auf sich ruhen sah, ließ er den Satz unbeendet. Stattdessen rappelte er sich auf die Füße. Es dauerte, bis er aufrecht stand, so wackelig war er auf den Beinen. Wie viele Jahre hatte er zu wenig zu essen und zu trinken bekommen? Wie lange war es her, dass er weiter laufen konnte als die vier Schritte im Kreis in dieser winzigen Zelle?

Kurzerhand trat Noah vor und zog die Axt aus seinem Gürtel. »Ich werde versuchen, sie zu lösen.«

»Zuerst die der Königin!«, betonte der Alte, doch Rosalind schüttelte energisch den Kopf.

»Nein, zuerst du! Ich kann wenigstens weglaufen, wenn die Wachen auf uns aufmerksam werden – abgesehen davon bezweifle ich, dass wir meine Ketten mit einer Axt brechen können. Noah konnte seine auch nur mit Zwergenmagie lösen.«

Der Ritter schnaubte, doch als Noah mit der Waffe ausholte, half er Rosalind, die Ketten straff zu spannen. Voller Kraft hieb Noah mit einem Scheppern auf die Metallfesseln ein – und hinterließ auf dem Eisen einen feinen Kratzer. Andreas klappte der Mund auf. Sogleich rappelte er sich auf, die Kraft kehrte angesichts dieser kleinen Kerbe in seine Glieder zurück. »Das sind keine Zwergenketten, das sind noch die von früher, die schon vor Ruperts Herrschaft in den Verliesen genutzt wurden. Vielleicht bekommst du sie wirklich durch, aber dafür musst du ein bisschen mehr Kraft aufwenden, Bürschchen.«

»Bürschchen?«

»Keine Streiterei!«, betonte Rosalind. »Noah, noch mal!«

Er holte aus und schlug kraftvoll auf die Kette, wieder und wieder, bis sie entzwei brach und Andreas' Beine frei waren. Zwar befanden sich noch die Ketten um seine Fußgelenke und die waren ebenfalls miteinander verbunden, aber wenigstens war er nicht mehr an die Wand gekettet. »Super, jetzt noch die Arme, den Rest erledigen wir draußen!«

Noah holte tief Luft und setzte zum nächsten Schlag an. Der Lärm, den er dabei verursachte, machte ihn nervös. Wann würden die Wachen auf das Geschepper aufmerksam werden? Wie viel Zeit blieb ihnen noch? Waren das eben Stiefelschritte gewesen? Er biss die Zähne zusammen und hieb erneut auf die Ketten, bis der alte Ritter endlich frei war – keine Sekunde zu früh, denn etwas klimperte und ein Schlüssel wurde hektisch in das Türschloss geschoben.

Andreas packte die Eisenkugel und sie rannten zu dem Spalt zurück in den Geheimgang. Während sich die Mauer schloss, hörten sie die Tür aufspringen.

»ALARM! Der Gefangene ist entflohen!«

»Entflohen? Wie soll das passiert sein?«

Rasch drückte Rosalind die schmale Öffnung zu, die Mauer schabte über den Boden und endlich war der Geheimgang verschlossen.

»Hast du das gehört? Da war ein Geräusch!«, sagte einer der Wachen, worauf Rosalind, Noah und Andreas wie abgesprochen stehen blieben und nur ganz leise atmeten.

»Durch die Tür ist keiner entkommen. Es muss einen Weg durch die Mauer geben!«

Noah sah Rosalind an und wies mit dem Finger zur Holztreppe. »Nichts wie raus hier.«

Ohne abzuwarten, ob die Wachen den Mechanismus fanden oder nicht, hetzten sie los. Doch Andreas war die Lauferei nicht mehr gewohnt, zumal er wegen der Ketten nur kleine Schritte machen konnte. Zusätzlich beschwerte ihn die Eisenkugel, an die Rosalind gekettet war. Sie lief immer langsamer, um nicht zu stolpern, da der alte Mann kaum mit ihren kleinen schnellen Schritten mithalten konnte.

»Gib mir die Kugel«, forderte Noah.

»Nein, ich bin …«

»Soll dein falscher Stolz der Grund sein, weshalb wir erwischt werden?« Ohne die Antwort abzuwarten, nahm Noah das schwere Ding an sich und endlich kamen sie schneller voran. Sie erreichten die Treppe und Rosalind führte sie hinauf ins Erdgeschoss. Als sie nach links abbog, obwohl sie vorhin von rechts gekommen waren, hielt Noah sie zurück. »Moment, dort geht es zurück!«

»Zurück zum Dienstboteneingang, aber da werden sie nach uns suchen. Ich kenne den Weg, der uns aus dem Schloss hinausführt. Wir kommen im Wald heraus – dort werden sie nicht nach uns suchen. Noch nicht zumindest.«

Noah nickte und sie hetzten weiter.

»Hier gibt es wirklich einen Geheimgang!«, erklang eine brummige Stimme. Die grauen Männer hatten den Durchgang entdeckt.

»Mist!« Unschlüssig sah sich Rosalind um, während Andreas staunend umherblickte. Offenbar hatte man nicht einmal ihm von den Geheimgängen erzählt.

»Die schnappen wir uns!«

Noah deutete nach unten. Ihre Verfolger befanden sich in einem Stockwerk unter ihnen. Rosalind nickte und rannte weiter, Noah und Andreas dicht hinter ihr. Sie erreichten eine Weggabelung, zu deren Seite eine kleine Marienstatue in einer Nische stand. Rosalind nahm sie an sich, worauf ein weiterer geheimer Gang sich öffnete, durch den die drei verschwanden und ihn sogleich wieder schlossen. Die Stimmen der Winzlinge wurden leiser und die drei atmeten auf.

Andreas stützte sich mit den Händen auf die Knie und keuchte schwer. Rosalind sah ihn mitleidig an, dennoch drängte sie weiter. »Wer weiß, ob sie nicht auch diesen Gang entdecken. Lasst uns keine Zeit verlieren.«

Sie liefen und liefen. Noah wusste nicht, wie viel Zeit vergangen war, bis sie endlich das Ende des Tunnels erreichten. Eine kleine Leiter führte nach oben, Rosalind kletterte los und drückte gegen die Decke.

»Mensch, seit wann geht die so schwer auf?« Sie stemmte beide Hände dagegen, doch es passierte nichts.

Andreas beäugte die Decke kritisch. »Bist du sicher, dass das die richtige Stelle ist?«

Noah zeigte auf einen schmalen Spalt. »Dort ist eine Öffnung. Siehst du die Abgrenzungen?«

Demonstrativ wies Rosalind auf die Wand. »Natürlich ist das richtig. Hier, siehst du die Wurzel, die scheinbar zufällig durch die Erde bricht? Das ist das Zeichen.«

Noah winkte sie hinunter, legte die Eisenkugel auf dem Boden ab und stieg die Leiter hoch. Mit aller Kraft presste er gegen die Decke. Ein winziges Stück gab sie nach und jede Menge Erde rieselte durch den schmalen Spalt hindurch. Mit der Schulter stützte er die Luke und tastete den Spalt entlang. »Da sind Wurzeln. Hier wächst etwas.« Rosalind schlug mit der Faust in die Luft. »Verdammt, aber das war abzusehen. Seit über dreißig Jahren hat niemand den Gang gepflegt, geschweige denn darauf geachtet, dass der Ausgang frei bleibt.«

Ungeduldig quetschte sich Andreas neben Noah die Leiter hoch und zog die Axt aus Noahs Gürtel. »Drück du hoch, ich versuche die Wurzeln zu kappen.«

Noah stützte beide Hände an die Luke, stieg die Leiter noch eine Stufe höher und drückte sie mit der Kraft seiner Beine nach oben. Der Strauch gab ein wenig nach, der Spalt wurde größer, sodass Andreas mithilfe der Axt die sichtbaren Wurzeln kappen konnte. Es dauerte, Noah stand der Schweiß auf den Schläfen, doch mit jeder weiteren Wurzel, die entzwei brach, gelang es ihm, ihren Ausgang zu vergrößern. Andreas lugte durch den Spalt. »Der Strauch wächst direkt darüber. Wir werden die Luke nicht vollends öffnen können. Am besten, wir zwängen uns durch den Spalt.«

Noah nickte und unterdrückte ein Stöhnen. Der Druck nahm zu, als kämpfte der Strauch um seinen angestammten Platz. »Geh du vor und dann hilfst du Rosalind mit der Eisenkugel.«

Gemeinsam mit Noah drückte Andreas gegen die Klapptür und quetschte sich durch die Öffnung. Als er endlich durch war, zitterten Noah die Arme.

»Jetzt du, Rosalind.«

Sie nahm die Eisenkugel in beide Hände und setzte den ersten Fuß auf die Stufe. Doch die Kugel war zu schwer, sie

konnte sie nicht einhändig tragen, um sich die Leiter hoch-
zuhangeln.

Noah bückte sich, dabei ging die Luke zu. Er nahm ihr die
Kugel ab und versuchte sich wieder hochzustemmen, doch
mit der Kugel konnte er das Gleichgewicht nicht halten.

»Geh ohne mich und …«

»Nein!« Noah kletterte zurück auf die obere Stufe und
drückte die Luke auf. »Andreas, hol etwas, mit dem wir die
Luke aufhalten können.«

»Bin schon dabei.« Wenig später kamen ihnen ein paar
Äste entgegen, die der Ritter in den Spalt schob. Doch es
reichte nicht. »Wartet, ich werde noch mehr Wurzeln
kappen.«

Noah stieg hinunter zu Rosalind und hielt für sie die
Eisenkugel, während Andreas auf weitere Wurzeln ein-
schlug. Endlich hörten sie die Wurzeln reißen und der alte
Ritter zog die Luke auf. »Kommt.«

»Ladies first.« Noah nickte Richtung Leiter und Rosalind
zögerte keine Sekunde. Sie waren ihren Verfolgern entkommen.

# 23

Noah legte die schwere Eisenkugel auf den Waldboden und atmete tief durch, bis sich sein Puls normalisierte. Andreas blieb stehen und sah sich wachsam um, während Rosalind sich neben Noah auf das Moos setzte.

Besorgt sah Noah sie an. »Alles okay?«

Sie nickte und zog die Schellen um ihre Handgelenke hoch. Die Haut darunter war aufgeschürft und blutete. Als sie die Ketten an den Fesseln hochschob, stöhnte sie leise auf.

»Wir müssen dich endlich von diesen verfluchten Ketten befreien!« Noah zog die Axt aus seinem Gürtel und erhob sich.

Andreas schüttelte den Kopf. »Das kannst du lange versuchen – wenn die wirklich mit Zwergenmagie geschmiedet wurden, bekommst du sie ohne nicht frei.«

»Probieren wir es wenigstens!« Noah biss die Zähne zusammen, holte aus und schmetterte die Klinge auf die Ketten, die zur Eisenkugel führten. Er erzitterte, als bekäme er einen elektrischen Schlag, und die scharfe Klinge hinterließ nicht einmal einen feinen Kratzer. Andreas schnaubte. »Hör auf, das wird nichts. Du verletzt dich nur selbst.«

»Du warst es doch, der gedrängt hat, wir sollen sie endlich befreien.«

»Zu dem Zeitpunkt war mir nicht bewusst, dass es Zwergenketten sind.«

»Was sollen wir sonst tun? Sie kann schließlich nicht ewig damit herumlaufen.«

»Hört auf über mich zu reden, als wäre ich nicht hier.« Rosalind atmete tief durch. »Wenigstens sind wir die grauen Männer los. Das ist doch schon mal etwas.«

»Wenn wir nur Mailin zu uns rufen könnten …« Noah ballte die freie Hand zur Faust.

Andreas horchte auf. »Mailin? Die Elfe?«

Rosalind nickte. »Sie hat unser Säckchen mit Zwergenmagie. Noah hat sie befreit, aber als wir aus den Fängen der grauen Männer geflohen sind, haben wir sie verloren – ebenso wie den magischen Kompass, mit dessen Hilfe sie uns gefunden hat.«

»Verstehe. Wie gut, dass ich einen Trick kenne, wie man die Elfen auch ohne magisches Gerät rufen kann.«

Rosalind riss die Augen auf. »Kennst du? Wie funktioniert das?«

Noah ließ die Axt zurück in seinen Gürtel gleiten, verschränkte die Arme vor der Brust und beobachtete Andreas, der sich zu einem Gewächs hinhockte, das Noah nicht kannte.

»Kaum noch Blumen zu finden, aber hier haben wir eine.« Der alte Ritter pflückte eine lila Blüte, zerrieb sie zwischen den Fingern und die feinen lilafarbenen Stückchen rieselten in seine andere Hand. Er zerrieb die Blüte, bis von ihr nur noch die winzigen Krümelchen übrig waren, die in seiner Handfläche lagen. Dann hob er die Handfläche an und pustete die Blütenteile fort. Sie verwandelten sich in glitzernde Partikel, die wie eine funkelnde Wolke langsam durch den Wald davonschwebten.

Noah sah ihn erstaunt an. »Beherrschst du auch Magie?«

Andreas schüttelte den Kopf. »Nein, es ist ein Ritual.«

»Was genau hast du getan?«, wollte Rosalind wissen. »Und weshalb hast du es mir nicht längst gezeigt?«

»Es ist ein Geheimnis, das mir einst eine Elfe verraten hat zum Dank, weil ich sie vor dem Tode bewahrt habe. Ich musste versprechen, es nicht zu verraten, aber ich denke, unsere Situation erlaubt eine Ausnahme.«

»Was war das für eine Blume?«, fragte Noah.

»Es ist egal, welche Blüte man nimmt. Hauptsache, du verwendest eine Pflanze, besser funktioniert es allerdings mit einer Blüte.«

Rosalind nickte verstehend. »Weil die Elfen Naturgeister sind …«

Der alte Ritter nickte lächelnd.

»Wie lange dauert es, bis die Elfen kommen?«, wollte Noah wissen.

»Erst rennst du mir weg«, ertönte Mailins Befehlshaberstimme, »und dann beschwerst du dich, weil ich nicht schnell genug wieder bereitstehe, wenn du meine Hilfe brauchst?« Die Fäuste in die Seiten gestemmt, trat sie hinter der Pflanze hervor, von der Andreas die Blüte gepflückt hatte.

»Mailin, wie gut, dass du da bist«, überging Noah ihre Tadelei.

»Natürlich bin ich da. Was ist passiert?«

»Hast du noch von der Zwergenmagie?«

»Selbstverständlich. Als würde ich etwas so Kostbares einfach wegwerfen. Was du von mir denkst. Ts, ts, ts …« Deutungsvoll klopfte sie mit ihrer kleinen Hand auf das Säckchen, das an ihrem Gürtel hing und beinahe bis auf ihre Füße reichte.

Rosalind beugte sich bereits hinunter und hockte sich vor sie. »Liebe Mailin, kannst du mich bitte von den Ketten befreien?«

Mailin lächelte. »Für dich tue ich alles, Goldröschen.«

»Pst, nenn sie nicht so.« Sogleich sah sich Andreas wachsam um. »Niemand darf wissen, wer sie ist.«

Mailin strafte den alten Mann mit Missachtung, drehte ihm demonstrativ den Rücken zu und beugte sich über Rosalinds Ketten. »Dann werde ich deine Ketten erst nach ihren lösen, du Miesepeter!« In einer fließenden Bewegung holte sie eine Handvoll Zwergenmagie aus dem Beutel, streute das glänzende Pulver über die Ketten und einen Moment später öffneten sich die Schellen und Rosalind war frei. Erleichtert seufzte die zukünftige Königin auf, während Mailin Andreas' Ketten beäugte. »Dafür brauche ich keine Zwergenmagie.« Sie schnipste mit den Fingern und die eisernen Ketten lösten sich in Luft auf. Dankbar rieb sich Andreas über die Gelenke und sogleich sah er jünger aus.

Vorsichtig strich sich auch Rosalind über die Hand- und Fußgelenke, und stöhnte kurz auf, als sie an die offenen Stellen gelangte.

Mailin lächelte ihr aufmunternd zu. »Keine Sorge, das bekommen wir wieder hin.« Die Elfe rannte so schnell von einer Pflanze zur nächsten, dass sie aussah wie eine umherrollende gelbe Murmel.

Andreas unterdessen tippte Noah auf den Unterarm und winkte ihn ein paar Schritte zur Seite.

»Wir brauchen einen Plan. Niemand darf erfahren, wer sie ist, sonst droht ihr sofort der Tod.«

Noah nickte. »Sie will den Thron zurückerobern.«

»Und sie kann verdammt gut hören!«, rief Rosalind zu ihnen herüber. »Wenn ihr mit dem Planen anfangen wollt, dann kommt schön wieder zurück.«

Andreas rollte mit den Augen, während Noah sich ein Schmunzeln nicht verkneifen konnte. Er bewunderte ihre entschlossene kämpferische Art. Und ein wenig hatte er das Gefühl, dass sie ihm etwas davon abgab, ihn ansteckte, ja, ihn regelrecht mitriss. Es fühlte sich gut an, eine wichtige Aufgabe zu haben, für etwas einzutreten, das einem wichtig war. Obwohl die Lage mehr als ernst war, hatte er sich lange nicht mehr so wohl mit sich selbst gefühlt.

Nachdem Mailin in Windeseile eine Paste bereitet und sie auf Rosalinds verwundete Handgelenke und Fesseln gestrichen hatte, richtete sich die Thronerbin auf und sah Andreas fest in die Augen. »Ich will die restlichen Ritter suchen. Und wir müssen herausfinden, was es mit diesem Zauber auf sich hat, der auf meinem Land liegt. Seit ich diesen angeblichen Kaiser Rupert gesehen habe, beschleicht mich das Gefühl, dass etwas ganz und gar nicht stimmt.«

»Fangen wir von vorne an.« Noah sah zu Andreas. »Der damalige Angriff, hat der sich irgendwie abgezeichnet? Gab es Reibereien zwischen dem König und den Zwergen, weshalb sie das Fest gestürmt und die Königsfamilie getötet haben?«

»Nein, es gab keinen Ärger. Davon hätte ich gewusst. Aber bereits Tage bevor das Fest stattgefunden hat, wurde der Himmel grau und die Sonne kam nicht mehr heraus.« Er blickte hoch zu den grauen Wolken, die zwischen den Baumkronen zu sehen waren. »Und das hat sich offenbar nicht geändert.«

»Ich weiß, meine Mutter plagten große Sorgen.« Rosalind blickte in die Ferne, als sehe sie die Vergangenheit vor sich. »Sie wollte unbedingt, dass du mir weitere Stunden im Schwertkampf gibst, und hat mir eingebläut wachsam zu sein.«

Noah runzelte die Stirn. »Hat sie sonst noch etwas gesagt?«

Rosalind schüttelte den Kopf, worauf Noah sich an Andreas wandte. »Wieso war meine Mutter Ziel des Angriffs?«

»Deine Mutter?« Andreas sah ihn verständnislos an.

Rosalind lächelte. »Die zauberhafte Barbara, er ist ihr Sohn. Wahrscheinlich war sie bereits mit ihm schwanger, als das Attentat geschah.«

Andreas sah Noah ungläubig an, sein Blick verschwamm. »Du bist ihr Sohn? Kannst du auch so kunstvoll auf der Geige spielen?«

So gefühlsduselig hätte Noah den alten Mann niemals eingeordnet. Er räusperte sich und nickte lediglich.

Tränen traten Andreas in die Augen, während er einen Schritt auf ihn zutrat. »Bitte, spiel etwas für mich. Ich habe so lange keine Musik mehr gehört. Sie würde mich heilen, meine Seele trösten. Mir fehlen die fröhlichen Melodien ebenso wie die melancholischen. Bitte, kannst du ihr Lied spielen?«

Noah lehnte sich überrascht zurück, um etwas mehr Abstand zwischen sich und Andreas zu bringen. »Ich …

Nein, ich habe kein Instrument bei mir und ich …« Er wollte sagen, dass er nicht mehr musizierte, aber er konnte es nicht aussprechen. Nicht nur weil es dem Ritter vermutlich das Herz gebrochen hätte, sondern auch weil seine Finger kribbelten, während er an das kurze Spiel dachte, mit dem er Rosalind erweckt hatte. Und auf einmal fragte er sich, ob er nicht doch wieder spielen würde, wenn er nur ein Instrument in seiner Reichweite hätte. War er soweit, die Melodien in sein Leben zu lassen? Hatte die Musik ihn wieder in ihren Fängen? Oder war es die Zeit mit Rosalind, die seine Wunden heilte und seine Seele öffnete?

»Schade.« Andreas nickte, doch sein Blick wurde nicht wieder streng und abschätzig, sondern herzlich, wie es vorher nicht zu sehen gewesen war. »Wo ist sie? Ist sie bei dem damaligen Angriff umgekommen?«

»Nein. Sie ist mit mir geflohen, in eine andere Welt, und dort ist sie an einem unentdeckten Herzleiden gestorben. Vor Jahren schon.«

Andreas schlug Noah auf die Schulter und nickte, als wäre damit alles gesagt.

»Wie bist du eigentlich in unsere Welt zurückgelangt?«, wollte Rosalind wissen.

Noah erzählte von dem Spiegeltisch, dass er Rosalind darin gesehen hatte und wie ihn die gefälschte Botschaft in die Villa und in den Garten geführt hatte. »Wisst ihr mehr über Zauberin Marilla? Die Zwerge meinten, sie besäße keine Gastwirtschaft. Aber ich habe sie in einer getroffen und sie hat mich dort übernachten lassen.«

Rosalind schmunzelte. »Das muss einer ihrer Zauber gewesen sein. Marilla Mondschein lebt sehr zurückgezogen. Kaum einer weiß etwas über sie, für Jahre bekommt niemand sie zu Gesicht. Niemals hat sie etwas zum Schaden anderer getan und wegen ihrer Zauberkräfte wird sie hoch geachtet.«

»Sie hat dich hergeführt, weil du Barbaras Sohn bist ...«, murmelte Andreas nachdenklich.

»Weißt du, weshalb meine Mutter angegriffen wurde?«, wiederholte Noah seine Frage.

Andreas schüttelte den Kopf. »Ich weiß es nicht, aber ich habe in den letzten Jahren viel nachgedacht. In ihrer Musik lag eine Hoffnung, ein Versprechen, dass alles gut wird. Ihr Spiel hat unsere Herzen erreicht und das hat uns gestärkt.«

Rosalind nickte verstehend. »Du glaubst, jemand wollte unsere Hoffnung in die Zukunft zerstören.«

»Exakt. Wenn wir davon ausgehen, dass Rupert der Drahtzieher des Aufstandes war, so wollte er die Musik aus unser aller Leben streichen, um uns pessimistischer und folglich weniger wehrfähig zu machen.«

»Und um die Menschen komplett zu unterdrücken ...«, setzte Noah hinzu. »Haben nicht diese Graubärte, als sie uns auf der Straße gefangen genommen haben, gesagt, Menschen sei es nicht gestattet, die Straßen des Königreiches zu benutzen?«

Andreas verschränkte die Arme vor der Brust. »Wie bitte? Die Zwerge unterdrücken die Menschen? Das kann ich mir nicht vorstellen. Das passt nicht zum Charakter eines Zwerges.«

»Das habe ich ihm auch schon erklärt«, bemerkte Rosalind.

Noah öffnete die Hände. »Das mag sein, dennoch ist es so gewesen. Wir müssen herausfinden, was es mit diesem Zauber auf sich hat, der über das Land und die Bewohner gelegt wurde. Wer ihn ausgesprochen und was er bewirkt hat.«

»Glaubst du, dass das Schwert meines Vaters etwas damit zu tun hatte?«, fragte Rosalind den alten Ritter.

Andreas fuhr sich durch den weißen Bart. »Kurz bevor sich der Himmel getrübt hat, wurde es gestohlen. Dein Vater hat es überall gesucht, selbst seinen Bruder, Großherzog Ferdinand, hat er ausgesandt, es zu finden, doch es ist nicht wieder aufgetaucht. Ich habe es erst wieder an dem Tag gesehen, als die Zwerge das Schloss gestürmt haben. Es war die Waffe, mit der Barbara getötet werden sollte und die Ihr für sie abgefangen habt, Eure Majestät.«

»Wenn ich sie nicht Goldröschen nennen darf, solltest du dir dein Eure Majestät auch mal abgewöhnen«, ertönte Mailin. Überrascht sahen alle auf die kleine Elfe, die Verbände aus großen Blättern um Rosalinds Fesseln und Handgelenke gelegt hatte. Über ihrer Diskussion hatten sie Mailin völlig vergessen.

Rosalind befühlte vorsichtig die Umschläge, die die kühle Paste sanft auf ihre Wunden drückte. »Danke, das tut unglaublich gut.«

»Lass sie bis morgen früh drauf, dann wickle sie ab und deine Haut wird rein sein wie eh und je.« Mailin streckte sich und sah sich um. »Ein Wald … früher war der voller Elfen und Zwerge. Ob die pampigen grauen Männer auch hier sind?«

»Apropos, was ist der Unterschied?«, fragte Andreas. »Es sind Zwerge, aber irgendwie auch nicht.«

Wie ein Lehrer hob Mailin den Zeigefinger, um sie zu berichtigen. »Es waren früher welche, doch ein Zauber liegt auf ihnen, der sie zu dem macht, was sie nun sind, und der sie an denjenigen bindet, der ihn ausgesprochen hat.«

Noah runzelte die Stirn.

»Du meinst doch nicht etwa diesen schläfrigen Kaiser Rupert, oder?«

Andreas schnipste. »Wenn ihr mich fragt, ist selbst er Teil des Zaubers. Auch wenn er auf dem Thron sitzt, ist er nicht der wahre Herrscher dieses Landes.«

Ungläubig sah Rosalind ihn an. »Was? Meinst du wirklich?«

»Das wäre eine Erklärung«, überlegte Noah. »Erinnere dich, Rosalind, wie träge er auf dem Thron saß und wie lange es gedauert hat, bis er auf die Botschaft der Wachen reagiert hat. Es war, als wäre jemand in ihn gefahren. Nur wer hat solche Zauberkräfte? Marilla wird es nicht gewesen sein, sonst hätte sie mich nicht hergebracht. Und bislang hatte ich den Eindruck, die Zwerge selbst verfügen über die stärkste Magie.«

Sogleich stemmte Mailin ihre Fäuste in die Hüften. »Wer hat dir denn den Blödsinn erzählt? Die Zwerge? Pah! Wenn dann sind wir Elfen im Besitz der stärksten Kräfte.«

Rosalind strich ihr besänftigend mit dem Finger über den feuerroten Haarschopf. »Um ehrlich zu sein, sind die Kräfte der Zwerge und Elfen ähnlich stark, denn du kannst den Zauber des einen nicht mit der Magie des anderen lösen, wie wir bei den Ketten gesehen haben.«

Noah hob fragend die Hände. »Also war es doch ein Zwerg, der den Zauber gesprochen hat?«

Andreas zuckte mit den Schultern. »Wenn wir das nur wüssten.«

»Gibt es außer Zwergen und Elfen noch andere, die über magische Fähigkeiten verfügen?«

Andreas lachte auf. »Das ganze Land ist voller Magie. Jeder kann sie nutzen – man muss nur wissen, wie.«

»Kannst du das irgendwie eingrenzen?«, fragte Noah.

Rosalind winkte ab. »Zuerst sollten wir die restlichen Ritter und die vielen Menschen finden, die noch irgendwo sein müssen. Sie können doch nicht alle verschwunden sein.«

»Stimmt, wir wollten zur Schwarzen Feste«, erinnerte sich Noah.

»Zur Schwarzen Feste?« Mailin wurde kreidebleich. »Ja seid ihr denn des Wahnsinns?«

»Auch wenn es gefährlich ist, stimme ich euch zu. Im Schloss hat Rupert nicht die Möglichkeit, alle Ritter gefangen zu halten – mit mir hatte er wahrscheinlich andere Pläne.«

»Zum Glück, denn so konnten wir dich retten.« Rosalind lächelte ihn an und der alte Mann lächelte zurück. Beinahe wäre Noah eifersüchtig geworden, obwohl Andreas so viel älter war als die Königin. Eine Vertrautheit lag zwischen den beiden, an die er nach den wenigen Stunden, die sie gemeinsam verbracht hatten, nicht heranreichte. Und seltsamerweise war es ihm wichtig, dass sie ihn ebenso zärtlich und vertrauensvoll ansah.

Als Mailin kicherte, wachte Noah aus seinen Überlegungen auf und bemerkte, dass er Rosalind angestarrt hatte. Bevor die Elfe ihn verraten konnte, kehrte er zum eigentlichen Thema zurück. »Was macht diese Schwarze Feste derart gefährlich?«

Auf Mailins nackten Armen erschien Gänsehaut und sie schüttelte sich. »Dort gibt es Geister!«

»Geister?«

Rosalind nickte.

»Ich war noch nie dort, aber man sagt, dass es dort spukt – oder zumindest in dem Land, in dem die Schwarze Feste liegt. Die wenigsten, die dort hingegangen sind, wurden je wieder gesehen. Man sagt, die Festung raubt dir dein Ich.«

»Das liegt daran«, begann Andreas zu erklären, »dass es ein kaltes, übles Gefängnis ist, aus dem kaum jemand wieder frei kommt. Jeder hat Angst, dort zu landen. Unzählige Gefangene sind in den Mauern gestorben und es heißt, ihre Geister führen die Reisenden in Fallen.«

»Jedem, der dort hingeht, droht Lebensgefahr!«, brauste Mailin auf. »Überlegt euch gut, ob ihr den Gang freiwillig unternehmen wollt.«

Geister? Gefangene? Fallen? Noah unterdrückte ein Schaudern. Seine Mutter hatte den Ort in keiner ihrer Erzählungen erwähnt, aber wenn Rosalind und der alte Ritter sich nicht fürchteten, würde er es auch nicht tun.

»Wir haben keine Wahl!«, entgegnete Rosalind sogleich. »Wir müssen die anderen Ritter finden. Ohne sie haben wir keine Chance. Und mein Onkel?« Fragend sah sie Andreas an. »Wurde er auch …?«

»Wenn ich das nur wüsste. Als der Angriff auf das Schloss stattfand, war er mit einer Sondermission unterwegs. Vermutlich ist auch er Opfer der grauen Männer geworden. Oder wir finden ihn in dem Gefängnis der Schwarzen Feste.«

»Es wäre ein Trost, wenn wenigstens er noch leben würde.« Rosalind atmete tief durch. »So oder so, ich schulde es meinem Land, für Ordnung zu sorgen und es von diesem dunklen Zauber zu befreien. Die Sonne muss endlich wieder scheinen, lachende Kinder sollen über die Wiesen tollen und Feste gefeiert werden, auf denen Musikanten mithilfe ihrer Instrumente die Herzen höher schlagen lassen.«

»Dann lass uns aufbrechen.« Andreas musterte den Bewuchs der Baumrinden, um sich zu orientieren.

»Dort ist Norden. Da müssen wir lang!«

»Kommst du mit?«, fragte Rosalind Mailin.

»Zur Schwarzen Feste? Nie und nimmer! Aber wenn ihr meine Hilfe braucht, wisst ihr ja, wie ihr mich rufen könnt.« Sie schnipste mit dem Finger und war von jetzt auf gleich verschwunden.

## 24

Noah, Rosalind und Andreas machten sich auf den Weg gen Norden in der Hoffnung, dort die verschwundenen Ritter und Antworten auf ihre Fragen zu finden. Sie marschierten durch den Wald, wurden jedoch zunehmend langsamer. Ihr Marsch wurde von dem lauten Knurren ihrer Mägen begleitet, aber es war nichts Essbares zu finden. So hungrig, dass Noah die frischen Triebe der Buchen aß, wie es Andreas tat, war er noch nicht.

Rosalind beklagte sich ebenfalls nicht, lief aufrecht, wenn auch langsamer, weshalb er sich hütete, auch nur ein Wort darüber zu verlieren.

Nach einer Weile führte sie ein Plätschern zu einem Bach, dem sie bis zur Quelle folgten. Der kräftige Wasserstrahl spritzte aus einer Ritze zwischen Schiefersteinen hervor und schoss in den Bach. Das Wasser sah herrlich erfrischend aus. Nachdem Rosalind und Andreas ihren Durst gestillt hatten, streckte Noah den Kopf direkt vor den Strahl und das kühle Nass spritzte ihm mitten ins Gesicht. Wie gut das tat!

Nachdem ihm das klare Wasser den Kopf gekühlt hatte, konnte er klarer denken.

Er wischte sich die Tropfen vom Gesicht und sah sich um.

»Wieso donnert es eigentlich nicht? Kein einziges Mal sind die Graubärte bislang aufgetaucht.«

Während Andreas fragend die Stirn kraus zog und seine Falten dadurch noch tiefer wurden, nickte Rosalind nachdenklich. »Du hast recht. Der Wald … hält er sie fern?«

»Das wäre eine Erklärung. In den alten Wald sind sie mir damals auch nicht gefolgt.«

»Wie geht das mit dem Donnern normalerweise vor sich?«, wollte Andreas wissen. Während sie weitermarschierten, erzählte Noah, was ihm Mailin erzählt hatte und was er auf seinem Weg zu Rosalind bereits für Begegnungen mit den seltsamen Winzlingen gehabt hatte. Unvermittelt blieb die Königin stehen.

»Moment. Hast du gesagt, der alte Mann, dem du das Dach repariert hast, konnte sich nicht an mich erinnern? Und der kleine Junge von den Apfelbäumen hatte auch noch nie von mir gehört?«

»So war es. Deshalb habe ich bezweifelt, dass es dich wirklich gibt – bis mich die Krähe und der Kompass zu dem Baum geführt haben und ich dich in dem gläsernen Sarg liegen sah.«

»Eine Krähe hat dir geholfen?« Andreas fuhr sich über den Nacken.

»Ja, wieso? Kannst du mir mehr über sie erzählen? Wieso sie mir geholfen hat, zum Beispiel? Was hat es mit den Vögeln in diesem Land auf sich?«

Andreas zögerte, dann schüttelte er den Kopf.

»Was verschweigst du mir?«, bohrte Noah weiter.

Rosalind legte ihm eine Hand auf den Unterarm. »In unserem Königreich heißt es, dass in den Krähen die Geister der Toten stecken.«

Noah blieb stehen und strich sich über die Stirn. »Die Geister der Toten? Was wollt ihr mir damit sagen?«

»Wir wissen es nicht mit Sicherheit, es ist nur eine Legende«, ergänzte Rosalind.

»Und welcher Tote könnte mir geholfen haben? Meine Mutter ist schließlich in einer anderen Welt gestorben.«

»Entweder hat sie es geschafft, mit dir zurückzukehren, oder es war dein …« Abwartend sah sie ihn an.

Erstaunt blickte Noah auf. »Du glaubst, es war mein Vater?«

Unsicher zuckte sie mit den Schultern. »Vielleicht.«

»Weißt du, wer dein Vater ist?«, wollte Andreas wissen.

Noah schüttelte den Kopf.

»Nicht einmal der entfernte Onkel, der damals auf mich aufgepasst hat, konnte ihn ausfindig machen. Er war häufig unterwegs, aber jedes Mal kam er ohne Antworten wieder heim.«

»Wahrscheinlich deshalb, weil dein Vater aus dieser Welt stammt«, mutmaßte Andreas und Noah nickte lediglich, während sie ihren Weg fortsetzten. Sein Herz zog sich zusammen. Sein Vater. Ob er noch am Leben war? Wenn es stimmte, dass seine Seele in der Krähe steckte, die Noah geholfen hatte, dann wohl eher nicht. Etwas durchzuckte ihn, das ihm fremd war oder das er vielmehr vergessen hatte: Die Wehmut darüber, keine Familie zu haben. Onkel Harald hatte sich schon vor langer Zeit aus Noahs Leben verabschiedet – oder Noah sich von ihm – und zurückgeblieben war nichts als Arbeit und Einsamkeit.

Tief atmete er durch. Wie anders es ihm in diesem Land erging. Als wären der Druck und der Kummer, die all die Jahre auf ihm gelastet hatten, in der nichtmagischen Welt verblieben. Und als hätte er hier eine neue Chance zu leben, sich zu verwirklichen und vielleicht sogar glücklich zu sein. Obwohl sein Herz bei dem Gedanken, sein Vater könnte bereits tot sein, schmerzte, fühlte es sich freier an, als hätte es sich entschlossen, sich zu öffnen, sich zu entfalten und sich wieder dem Leben zuzukehren.

»Wieso haben mich die Menschen vergessen?«, durchbrach Rosalinds Frage seine Gedanken. »Dass sie mich für tot gehalten haben, kann ich nachvollziehen. Aber weshalb sich selbst ein alter Mann, der die Regentschaft meiner Eltern und meine Geburt damals miterlebt hat, nicht mehr an mich erinnern kann, finde ich seltsam. Sehr, sehr seltsam.«

»Es muss mit dem Zauber zu tun haben, der auf diesem Land liegt«, mutmaßte Andreas. »Ein unerklärliches Vergessen liegt auf Eurem Königreich, Eure Majestät, aber wir werden schon herausfinden, wie wir es besiegen.«

Rosalind sagte nichts mehr dazu, sondern hing ihren Gedanken nach.

Mit der Zeit wurde es dunkler. Die Nacht brach herein und jeder ihrer Schritte wurde schwerer. Noah blieb stehen und sah sich um. »Wir brauchen ein Lager für die Nacht.«

»Ich halte seit Stunden danach Ausschau. All die Gaststuben, die sich früher in diesem Wald befunden haben, sind nicht mehr aufzufinden.«

Rosalind nickte. »Das ist mir auch schon aufgefallen. Aber es sind Jahrzehnte vergangen, seit wir beide das letzte Mal unterwegs waren. Die Dinge verändern sich.«

Andreas schüttelte den Kopf.

»Ich glaube vielmehr, es ist Teil der Unterdrückung der Menschen. Wo sind sie nur alle hin? Sie können sich doch nicht in Luft aufgelöst haben.«

»Ich habe eine Idee.« Rosalind suchte den Waldboden ab, bückte sich nach einer Blüte, zerrieb sie zwischen den Fingern, fing die Brösel auf und blies sie in die Nacht. Das Glitzern und Funkeln erhellte den Wald und einen Moment später hörten sie Mailins Stimme.

»Was habt ihr denn jetzt schon wieder? Ohne mich kommt ihr nicht weit, was?«

»Mailin? Wo bist du?« Rosalind bückte sich, bis die Elfe auf ihre Hand geklettert war, und hob sie hoch, damit niemand in der Dunkelheit auf das winzige Wesen trat. »Kannst du uns sagen, wo die Gasthäuser der Menschen sind? Gibt es noch welche?«

»Sie wurden verboten, von Kaiser Rupert, kurz nach seiner Machtübernahme. Den Menschen wurde so ziemlich alles verboten – und den Elfen übrigens auch.«

»Wieso denn das?«, wollte Rosalind wissen. »Was ist gegen Gasthäuser einzuwenden?«

»Das musst du schon ihn fragen.«

»Ist nicht vielleicht das ein oder andere Gasthaus noch da? Wir brauchen einen Unterschlupf, in dem wir heute Nacht vor den grauen Männern sicher sind.«

»Und etwas zu essen, wäre auch nicht schlecht«, ergänzte Noah.

»Ha, ihr kennt nicht einmal die Verstecke eures eigenen Volkes, was? Wie gut, dass ich immer bestens Bescheid weiß.« Selig seufzte die Elfe auf und trotz der Dunkelheit konnte Noah das breite Grinsen sehen, das sich auf ihr rundliches Gesicht legte. »Tatsächlich gibt es ein geheimes

Lokal, ganz in der Nähe. Soweit ich weiß, macht die Wirtin auch ab und zu eine Ausnahme und beherbergt heimlich Leute.«

»Dann nichts wie auf.«

Die Kraft kehrte in ihre Glieder zurück und mit Mailin auf der Hand marschierte Rosalind entschlossen los.

Noah zog eine Braue hoch und sah Andreas fragend an. »Ein geheimes Lokal?«

»Wir werden sehen.« Alleine durch die Aussicht bestärkt, etwas zu essen zu bekommen, eilten Noah und Andreas hinter den beiden her.

Es dauerte nicht lange und der Wald wurde so dicht, dass sie nur noch langsam vorankamen. Während sie sich durch die mit zahlreichen Baumnadeln übersäten Äste und Zweige der Tannen kämpften, fluchte Noah. Die Zweige kratzten über sein Gesicht und er lief seit so langer Zeit gebückt, dass er sich fragte, ob er seinen Rücken überhaupt noch aufrichten konnte.

»Bist du dir sicher, Mailin, dass wir hier durch müssen? Wo soll in diesem Gestrüpp ein Gasthof sein?«

»Du hättest die Frage zeitlich nicht passender stellen können«, tönte Mailin und kicherte verheißungsvoll.

Wenige Schritte später blieb Rosalind abrupt stehen. Noah erreichte sie noch vor Andreas, bog einen tiefhängenden Zweig zur Seite, spähte über ihre Schulter – und stockte.

Mitten zwischen den Tannen befand sich ein Holzhaus, das sich derart in den Wald einfügte, dass es erst zu erkennen war, wenn man direkt davorstand. Es war mehrstöckig – wie hoch ließ sich in der Dämmerung nicht beantworten. Die Wände waren aus Zweigen geflochten und unterschieden sich kaum von dem Gestrüpp, das rundherum wuchs. Daran hingen Baumnadeln und Zapfen, sodass sich das Gebäude optimal getarnt in die Landschaft eingliederte.

Mailin gähnte und streckte sich. »Den Rest schafft ihr alleine.« Ein leises Schnipsen erklang und im nächsten Augenblick war sie verschwunden.

Andreas musterte das Haus, lauschte, dann atmete er hörbar tief ein und wieder aus, bevor er einen Schritt vortrat. »Also schön, versuchen wir unser Glück.«

In diesem Teil des Waldes war es noch dunkler, weshalb es dauerte, bis sie die Tür fanden. Entschieden klopfte Rosalind an. Es war nichts zu hören, kein Laut drang von drinnen zu ihnen heraus. Betrieb in diesem baumartigen Haus wirklich jemand ein Gasthaus, oder war es mittlerweile verlassen? Selbst wenn niemand mehr darin wohnte, hätten sie wenigstens ein Dach über dem Kopf, auch wenn Noah das lieber gegen den kleinsten Kanten Brot eingetauscht hätte.

Es dauerte eine Weile, Rosalind klopfte erneut, bis sich eine winzige Luke in der Holztür öffnete und ein schwacher Lichtschein nach draußen drang. Ein Paar grüne Augen schaute hervor und musterten sie, bevor eine rauchige weibliche Stimme fragte: »Was wollt ihr?«

»Wir bitten um Einlass für die Nacht und hätten gern ein Abendmahl.«

»Wer seid ihr?«

Bevor Goldröschen ihren Namen verraten konnte, entgegnete Andreas: »Wir sind drei Leute auf der Durchreise. Mein Name ist Andreas, das ist Noah und die reizende Dame ist Rosa.«

Noah spürte, wie sich Rosalind bei dem Spitznamen versteifte, und ein Lächeln huschte über sein zerkratztes Gesicht.

»Ist euch jemand gefolgt?«

»Nein, nur wir drei sind hier.«

»Also schön.« Die kleine Luke schloss sich. Kurz darauf ging die schmale Tür auf und vor ihnen stand eine Frau mit rotblonden Haaren, das Gesicht voller Sommersprossen, unter denen sich einzelne Falten verbargen. In der Hand hielt sie einen Metallhalter, in dem eine Kerze brannte.

»Schnell, kommt!«

Die Kerze flackerte durch den Luftzug, während sie die Gastwirtin in die Stube winkte, was sie sich nicht zweimal sagen ließen. Sobald sie die Schwelle überschritten hatten, schloss die Wirtin die Tür so geräuscharm, dass es kaum zu hören war. Die Flamme der Kerze wurde wieder ruhiger und beleuchtete ihre Umgebung. Sie befanden sich in einem kleinen Vorraum, ähnlich einer Eingangsdiele.

»Mein Name ist Leona, seid herzlich willkommen.« Die Wirtin musterte sie von Kopf bis Fuß, warf ihre glänzenden Strähnen hinter die Schultern und winkte sie durch eine zweite Tür. Und diese Tür war wie eine Pforte zu einer anderen Welt.

Sie betraten einen Schankraum, in dem vielleicht fünfzehn Tische aufgestellt waren. An diesen Tischen saßen Gruppen von Gästen, die sich über einem Humpen Bier oder einem unglaublich lecker riechenden Teller Bratkartoffeln mit Speck unterhielten. Obwohl sämtliche Fensterläden verschlossen und verriegelt waren, unterhielten sich die Besucher nur leise miteinander. Doch sobald sie die Neuankömmlinge sahen, verstummten sie und musterten sie misstrauisch. Einige nahmen die Hände von den Tischen und griffen vorsichtshalber nach ihren Waffen, die niemand von ihnen zum Essen abgelegt hatte. Ihre Gesichter waren ausgemergelt, kaum einer sah aus wie das blühende Leben. Dennoch brannte in ihren Augen ein Feuer, das ihren starken Willen zeigte. Diese Menschen wollten sich nicht unterkriegen lassen.

»Guten Abend«, grüßten Noah, Rosalind und Andreas, worauf ihnen die Leute zunickten und sich wieder ihren Gesprächspartnern und Getränken zuwandten. Doch immer wieder wanderten misstrauische Blicke zu ihnen herüber.

»Kommt, dort hinten ist noch etwas frei.« Leona führte sie zwischen den eng stehenden Tischen hindurch an einen runden Tisch, der neben einer Treppe stand, die nach oben führte.»Setzt euch. Eine Karte habe ich nicht – nichts, was uns irgendwie verraten könnte.«

»Kein Problem.« Andreas winkte ab. »Wir hätten gerne jeder ein Dünnbier und eine große Portion von dem Tagesessen.«

Nachdem Leona sich zwischen den Tischen durchgewunden hatte und hinter dem langen hölzernen Tresen verschwunden war, lehnten sie sich in ihren Stühlen zurück und beobachteten die anderen Gäste, die sie ebenfalls nicht aus den Augen ließen.

Noah streckte die Beine aus. Was für eine Wohltat. Sie sprachen keinen Ton, so erschöpft waren sie, bis Leona mit drei Humpen Bier zurückkehrte. Als sie die Tonkrüge vor ihnen auf den Tisch stellte, schreckte Andreas hoch. Er war sehr blass, wie erschöpft musste er sein? Der Ritter war nicht nur steinalt, sondern hatte auch seit Jahren in diesem Loch festgesteckt und war kaum mehr wie zwei Schritte am Stück gelaufen. Als er Noahs prüfenden Blick bemerkte, strafften sich seine Züge. Er richtete sich auf und trank einen tiefen Schluck.

»Du fragst dich, ob ich gleich zusammenbreche, was?«

Noahs Mundwinkel verzog sich zu einem angedeuteten Lächeln, während er nach seinem Humpen griff. »Du warst seit Jahren nicht mehr unterwegs. Ich habe mich lediglich gefragt, wie du den Marsch durchgehalten hast.«

»Als Ritter habe ich mich ein Leben lang auf eine solche Prüfung vorbereitet. Ich habe gefastet und trainiert, körperlich wie mental.«

»Und mich hat er ebenso trainiert.« Rosalind rollte mit den Augen.

»Ihr wolltet es doch so!«

Bei der königlichen Anrede sahen drei Männer vom Nachbartisch auf und linsten über ihre Schultern zu ihnen herüber. Auf einen mahnenden Blick von Rosalind wechselte Andreas trotzdem nicht zum vertraulichen Du, sondern vermied stattdessen die direkte Anrede. Sie war seine Königin, er konnte nicht in die freundschaftliche Anrede mit ihr verfallen. Er verehrte sie, ihre Mutter damals schon, und er würde den Teufel tun und ihr das letzte bisschen Würde nehmen, das ihr noch blieb.

Er wandte sich an Noah. »Einmal, als junges Ding, hat sie mitbekommen, wie ich gefastet habe. Daraufhin hat sie es mir nachgetan. Ich habe alles versucht, sie zum Essen zu bewegen, doch es war nichts zu machen. Selbst die Köchin hat es nicht geschafft.«

Rosalind lachte und ihre Wangen verfärbten sich rot. »Die alte Irma … Ach, was hab ich sie geliebt. Sie hat mir Schokoladenpudding mit kandierten Veilchen vorgesetzt, eine rosafarbene Vanillesahnetorte und meine geliebten Schupfnudeln, aber ich habe die Lippen zusammengepresst und mich geweigert, auch nur einen Bissen zu nehmen, bevor nicht auch Andreas wieder zu essen anfängt.«

Noahs Herz schlug schneller, während Rosalind ausgelassen auflachte. »Wie viele Stunden hast du durchgehalten?«

Rosalinds Blick wurde stolz. »Sechsundfünfzig Stunden.«

»Wie bitte? Über zwei Tage?«

Andreas lachte, dabei hüpfte sein Kehlkopf auf und ab. Er sah deutlich jünger aus, auch wenn die tiefen Falten all die Sorgen offenbarten, die er sich in den letzten Jahrzehnten gemacht hatte. »Sie war ein Dickkopf, das kann ich dir sagen. Zum Glück war ihr Vater auf Reisen, sonst hätte er mir den Kopf abgerissen.«

»Und deine Mutter?«, fragte Noah.

Rosalind schmunzelte. »Sie hat sich nicht eingemischt. Zuversichtlich hat sie meine Ausbildung in Andreas' Hände gelegt und ihm ihr vollstes Vertrauen geschenkt.«

Noah lachte auf. »Unglaublich. Das hätte ich nicht erwartet.«

Andreas fuhr sich mit der Hand über das Kinn. »Gott hab sie selig, sie war eine bemerkenswerte Frau.« In seinem Blick lag eine glühende Bewunderung, die Noah ebenso wenig verborgen blieb wie Rosalind.

»Sie hat keinem anderen Ritter mehr vertraut als dir«, betonte sie.

Andreas nickte langsam und unvermittelt wirkte er wieder unglaublich alt. »Es ist, als hätte sie geahnt, dass etwas derart Schreckliches passieren würde. Schon kurz nach deiner Geburt hat sie mich aufgesucht und gebeten, ein Auge auf dich zu haben. Damals noch dachte ich, es wäre lediglich mütterliche Sorge. Doch bereits als du vier Jahre alt warst, hat sie mich gedrängt, dich spielerisch fit zu machen, wie sie es nannte.«

Noah sah ihn fragend an. »Wie bitte? So früh schon?«

Rosalind kicherte. »Ich dachte damals, du kennst keine anderen Spiele.« Verschwörerisch stützte sie sich auf die Unterarme und beugte sich näher vor. »Hat sie je ein Wort zu dir über ihre Befürchtungen gesprochen?«

»Sie hat mich mehrmals zu sich gerufen und wollte stets über deine Fortschritte auf dem Laufenden gehalten werden. Außerdem hat sie mich immer wieder erinnert, deine Ausbildung ernst zu nehmen, obgleich du noch ein junges Mädchen warst.«

»Und das hast du. Immerhin war ich im Bogenschießen besser als sämtliche Jungs, die im Schloss gelebt haben, und schneller war ich auch.«

»Das warst du.« Er lachte und man konnte ahnen, dass er einmal ein gutaussehender Mann gewesen war. »Außerdem habe ich auch deine Mutter trainiert, im Schwertkampf. Und all das hat dennoch nichts genützt an jenem Tage vor über dreißig Jahren.« Obwohl die Trauer in seiner Stimme deutlich zu vernehmen war, sackten seine breiten, wenn auch ausgemergelten Schultern nicht nach unten. Er blickte Rosalind fest in die Augen. »Ich sehe es als meine Pflicht, dem letzten Nachkommen der Familie zu seinem angestammten Recht zu verhelfen.«

»Und ich helfe dir auch!«, schoss es aus Noah heraus, bevor er wie üblich seine Lippen verschließen konnte. Obwohl es nicht das erste Mal war, wunderte er sich dennoch, dass er sich nicht mehr zurückzog, wenn ein anderer nach vorne drängte. Nein, er wollte an Rosalinds Seite bleiben und er wollte, dass sie das wusste, selbst wenn er dadurch seinen angestammten Platz in der letzten Reihe aufgeben musste.

Rosalind bedachte sie beide mit einem huldvollen Lächeln, das dem einer Königin mehr als würdig war. Schon alleine, um sie einmal auf dem Thron in all ihrem Glanz zu sehen, wollte Noah ihr zu ihrer legitimen Regentschaft verhelfen.

»Ich danke euch, ihr seid meine letzten treuen Gefährten.«

»Nein, das sind sie nicht!«, war eine tiefe Stimme zu vernehmen. Suchend blickten sie sich um, bis sie bemerkten, dass die drei Männer vom Nachbartisch zu ihnen herübersahen. Kurz sahen sich die drei Männer im mittleren Alter im Schankraum um, bevor sie aufstanden und an ihren Tisch traten. Unvermittelt knieten sie vor Rosalind nieder, beugten ihre Köpfe und legten die Hände auf ihr Herz. »Auch wir geloben, Euch zu Eurem angestammten Recht zu verhelfen, Eure Majestät.«

»Pst!«, raunte Noah, doch den übrigen Gästen war die Geste der drei Männer nicht verborgen geblieben. Lautes Getuschel drängte durch den Saal, wurde lauter und lauter, Rufe wie »Die Königin?« und »Ist sie es wirklich?« klangen daraus hervor, bis sich ein Greis vor Rosalind auf die Knie warf. Tränen standen in seinen Augen, während er sich tief vor ihr verneigte.

»Ich stehe Euch zu Diensten, Eure Majestät.«

Auch die anderen Gäste drängten näher, Männer wie Frauen gingen vor Rosalind auf die Knie und sprachen ihr ihre Ehrerbietung aus. Als die Wirtin wenig später aus der Küche in den Schankraum trat, blieb sie perplex stehen. Es dauerte, bis sie eins und eins zusammengezählt hatte, die knienden Leute, die schöne Frau mit dem golden glänzenden Haar, den alten Ritter an ihrer Seite. Als sie es sich erlaubte zu begreifen, wer in ihr Gasthaus eingekehrt war, ließ sie die

Teller fallen, die mit lautem Klirren auf den Holzboden fielen. Sie schlängelte sich durch die Reihen der Knienden, bis sie bei Rosalind angelangte. Liebevoll lächelte sie sie an.

»Goldröschen! Endlich seid Ihr zurückgekehrt.«

25

Überwältigt von der Ehrerbietung der Lokalbesucher und der Wirtin, errötete Rosalind und ihre blauen Augen glänzten feucht. Doch sogleich straffte sich ihr Rücken, sie erhob sich und stand anmutig wie eine Herrscherin vor ihrem Volk.

»Ich danke euch für eure Treue! Meine edlen Ritter und ich, wir wollen den Zauber, der auf diesem Land liegt, brechen und die Rechte für alle Lebewesen wiederherstellen. Ich werde mir den Thron, der seit Generationen meiner Familie zusteht, zurückholen und ein jeder, der uns helfen will, soll vorsprechen. Außerdem möchte ich jeden von euch zu den vergangen Jahren befragen. Habt Dank und nun geht zurück auf eure Plätze, ich nehme mir für jeden von euch Zeit.«

Mit einem dankbaren Lächeln auf den Lippen kehrten die Gäste auf ihre Plätze zurück, nur Leona blieb vor ihnen stehen. Als Dame des Hauses stand ihr als erstes das Recht zu, vorzusprechen.

»Eure Majestät, es ist mir eine Ehre, Euch in meinem Wirtshaus begrüßen zu dürfen. Solltet Ihr eine Bleibe für die

Nacht benötigen, so richte ich Euch und Euren Begleitern meine besten Zimmer her.«

»Ich danke dir, Leona, das ist sehr freundlich und wir nehmen dein Angebot gerne an. Gibt es noch weitere solcher versteckten Gasthäuser?«

»Die gibt es. Ich führe eine geheime Karte, die ich Euch überlasse.«

»Das brauchst du nicht, aber ich will sie mir ansehen.«

Leona nickte.

»Wie kommt es, dass die Graubärte nicht in dem Wald anzutreffen sind?«, wollte Noah wissen.

»Dazu muss ich weit ausholen. Lasst mich zunächst Euer Essen bringen, dann werde ich Euch gerne alles berichten.«

Schon wollte Rosalind abwinken – gab es jetzt nicht Wichtigeres als zu essen? Kurz darauf trat die Wirtin mit frischen Tellern aus der Küche, während ein Junge die Sauerei und die Scherben entfernte. Als die dampfenden Teller vor ihnen standen und der Duft der gebratenen Kartoffelscheiben und des Specks zu ihnen waberte, wurden Rosalinds Augen ein klein wenig größer und glücklich machte sie sich über das Essen her. Zu Leona gesellten sich unterdessen die drei Männer vom Nachbartisch. Sie stellten sich als Stefan, Ernst und Mark vor und zu viert standen sie Noah, Rosalind und Andreas Rede und Antwort.

»Wie Ihr wisst«, begann Leona zu erzählen, »verfügen bis auf wenige Ausnahmen nur die Zwerge und die Elfen über Magie. Als damals der Himmel grau wurde und die Sonne nicht mehr zu sehen war, gingen deshalb meine Eltern gemeinsam mit einigen anderen Leuten zu den Elfen.«

»Zu den Elfen?«, fragte Noah zwischen zwei Bissen Bratkartoffeln. »Wie sollten die euch helfen?«

Mark zog seine dichten dunklen Brauen zusammen und sah Noah prüfend an.

»Weshalb stellst du solch eine törichte Frage?«

»Er kommt von weit, weit her«, schaltete sich Rosalind sogleich ein. »Aber ihr könnt ihm vertrauen. Er war es, der mich aus dem Zauberschlaf erweckt hat.«

Mark musterte ihn erneut, bevor er zu einer Erklärung ansetzte: »Die Elfen sind starke magische Wesen und Schutzgeister. Sie behüten die Natur und mit ihr alle Lebewesen.«

»Hol nicht so weit aus!«, schimpfte Ernst, der nervös an seinem Schnurrbart zwirbelte. »Bei den Elfen können auch die Menschen ein wenig Magie erbitten.«

»Aber nicht jedem, der danach fragt, wird sie gewährt«, setzte Stefan hinzu und rückte seinen Stuhl näher. »Wir hatten großes Glück.«

Leona legte die Hand auf die Brust. »Meine Eltern waren damals auch dabei. Sie haben ein weißes glitzerndes Pulver bekommen, das sie um diesen Wald herum verteilt haben. Das hält sowohl die grauen Männer fern als auch den Zauber, der auf dem restlichen Land liegt.«

Noah schluckte seinen Bissen hinunter. »Deshalb erinnert ihr euch an Rosalind, während die übrigen Menschen sie vergessen haben.«

Leona und die drei nickten.

»Ist je einer der grauen Männer hier im Wald gewesen oder bei diesem Wirtshaus?«, erkundigte sich Andreas, der bereits seine Portion restlos aufgegessen hatte und sich satt in seinem Stuhl zurücklehnte.

»Selten, aber es kommt vor. Deshalb müssen wir sehr vorsichtig sein.« Leona wies auf die zugeklappten Fensterläden. »Nicht ein einziges Mal haben wir den Donner gehört, der im übrigen Land ihr blitzschnelles Auftauchen ankündigt und die Bewohner in Angst und Schrecken versetzt. Die Magie der Elfen schützt uns, auch wenn sie unsere Feinde nicht vollends fernhalten kann.«

»Deshalb sind sie uns nicht begegnet, seit wir in diesem Wald sind«, überlegte Rosalind laut.

Noah griff nach der Stoffserviette und wischte sich über den Mund.

»Wie weit können wir durch diesen Wald laufen auf unserem Weg zur Schwarzen Feste?«

»Ein ganzes Stück«, bestätigte Andreas. »Habt ihr eine Karte?«, fragte er die Wirtin. Leona nickte, während sich Stefan erneut näher beugte.

»Weshalb wollt Ihr zur Schwarzen Feste?«

»Wir vermuten, dass dort die Ritter des Königs –«, Andreas räusperte sich, »ich meine, die Ritter unserer Königin gefangen gehalten werden.«

Ernst zwirbelte noch immer die Enden seines Schnurrbartes. »All die Jahre habe ich mich gefragt, wo sie stecken – selbst hier im Wirtshaus haben wir viel gerätselt. Wie vom Erdboden verschluckt sind sie. Ich vermute allerdings, dass sie in den Kerkern des Schlosses festgehalten werden.«

Rosalind verneinte. »Wir haben alles abgesucht und nur Ritter Andreas gefunden.«

Nachdenklich nickte Ernst. »Dann wäre die Schwarze Feste eine geeignete Alternative. Und es ist ein Ort, an den keiner freiwillig geht, weshalb niemand sie bislang gefunden hat.«

Schon kehrte Leona mit einer großen Landkarte zurück. Noah und Andreas räumten rasch ihre Teller übereinander und die Krüge zur Seite, sodass die Wirtin die Karte auf dem Tisch entrollen konnte.

Sogleich beugten sie sich darüber.

»Hier befinden wir uns«, zeigte Leona in die westliche Ecke des Waldes, der an das Schloss angrenzte und sich weit nördlich ins Königreich erstreckte. Noah überflog die Karte. Das Schloss befand sich zentral in dem aufgezeichneten Land. Was sich wohl hinter den Grenzen befand? Weitere magische Königreiche? Oder seine Welt?

Die Schwarze Feste war weit im Norden eingezeichnet. Der Wald, in dem sie sich befanden, reichte der Skala zufolge nahezu bis an die felsige Landschaft heran, in der die Festung stand. Er zeigte auf den Bereich dazwischen. »Was ist das für ein Areal, das wir da durchqueren müssen?«

Rosalind sah Andreas fragend an. »Bist du je dort gewesen?«

»Vor Jahren – vieles wird sich verändert haben. Die Hauptstraße wird streng bewacht, davon müssen wir zumindest ausgehen. Uns bleibt keine andere Wahl, als diesen Weg zu wählen.« Er deutete auf einen schmalen Pfad, der seitlich der Hauptstraße verlief. »Das Gebiet nennt sich die Berge der Prüfung. Unvorstellbare Hindernisse gilt es zu überwinden, bis man zu dem höchsten Felsen gelangt, auf dem die Feste steht. Aber sobald wir in der felsigen Region angelangt sind, kenne ich einen Pfad, der uns direkt zur Feste bringt.«

Noah zog die Brauen hoch. »Unvorstellbare Hindernisse?« Er blickte Rosalind an und grinste schief. »Immerhin haben wir das Feld der Vergessenen und die Wiese des Labsals auch überstanden.«

Sie lächelte ihn an und in dem Moment wirkte sie nicht wie die Königin, sondern wie eine einfache Frau, die sich an die gemeinsame Zeit erinnerte. »Ja, und wir werden auch das schaffen.« Sie nahm seine Hand und während er noch verwundert auf ihre verschlungenen Finger sah, drückte sie sie und verblieb einen Augenblick, bevor sie ihre Hand wieder zurückzog. Eine Kühle blieb zurück, die ihm zuvor nicht bewusst gewesen war. Er wollte ihre Hand wieder nehmen, ihre Wärme in seiner spüren, aber nun war sie zurück in ihre Rolle als Königin des Landes geschlüpft und hatte ihre Hände ineinander verschränkt und auf den Tisch gelegt.

Rasch räumte Leona die leeren Teller ab und rief den kleinen Jungen herbei, der das Geschirr in die Küche brachte. Sie zog sich einen Stuhl heran und zu siebt beugten sie sich über die Landkarte.

Stefan schob die Ärmel seines zerschlissenen Hemdes hoch. »Wir werden euch auf dem Weg zur Feste begleiten.« Ernst und Mark nickten. Obwohl in ihren Gesichtern die Sorge geschrieben stand, senkten sie nicht ihren Blick, als ihnen Andreas nacheinander prüfend in die Augen sah.

»Der Weg wird beschwerlich und es lauern weit mehr Gefahren, als wir es uns vorstellen können. Ich kann nicht für eure Rückkehr garantieren.«

Sein Blick wanderte zu Noah und Rosalind. »Unser aller Rückkehr kann ich nicht geloben. Eure Majestät, wollt Ihr nicht lieber –«

»Nein!« Rosalind hob das Kinn und sah ihn entschlossen an. »Ich werde nicht hier bleiben und mich verstecken. Wie mein Vater werde ich an der Spitze meiner Leute stehen, um sie zu schützen und zu leiten. Ich schulde es den Bewohnern des Königreiches und wenn wir scheitern, gibt es für mich keine Aufgabe mehr. Ich muss meinem Land den Frieden und die Freiheit zurückbringen. Es geht einzig und allein um die Frage, wer mich begleitet. Also untersteh dich, Andreas, auch nur zu erwägen, dass ich euch nicht begleite!«

Der alte Ritter schmunzelte.»Dickköpfig wie eh und je. Das liegt in der Familie.« Er sah Noah an und sein Grinsen wurde breiter.»Ihre Mutter war genauso. Eine tolle Frau, Königin Eleonore, eine tolle Frau.« Er nickte mehrmals und sein Blick ging in weite Ferne, in eine alte Zeit.

Leona machte ihnen drei Zimmer für die Nacht zurecht, während Rosalind, Noah und Andreas an ihrem Tisch verweilten und ein Gast nach dem anderen vorsprach. Die Alten erzählten von der Zeit, als die grauen Männer und mit ihnen Kaiser Rupert die Herrschaft an sich gerissen hatten. Sie beklagten Ehepartner und Eltern, einige ihre Kinder, die sie bei den Kämpfen verloren hatten. Andreas hakte nach, was geschehen war, nachdem der Kaiser die Macht im Schloss übernommen hatte, und sie erzählten, dass sich viele gewehrt hatten und den Tod der Königsfamilie nicht hatten hinnehmen wollen. Es gab zahlreiche Aufstände, doch immer weniger Menschen nahmen daran teil, da mit jedem Tag die Anzahl derer wuchs, die sich nicht mehr an die Zeit vor der Regentschaft des Kaisers erinnern konnten. Es dauerte nur wenige Monate und die Menschen hatten vergessen, wer sie einst waren und wie lustig und fröhlich das Leben früher gewesen war.

Die jüngeren Leute beklagten den begrenzten Lebensraum, den sie hatten, um eine Familie zu gründen, das rigorose Vorgehen der grauen Männer gegen jeden, der sich ein wenig Wohlstand aufbauen wollte, und das Unvermögen, etwas dagegen ausrichten zu können. Von ihren Eltern hatten sie von Goldröschen erzählt bekommen, von der niemand wusste, ob sie damals gestorben war oder überlebt hatte.

»Ihr habt die Hoffnung zurückgebracht«, wiederholten Alte wie Junge ein ums andere Mal und strahlten Rosalind an, als wäre allein ihre Anwesenheit schon der Garant, dass alles wieder gut werden würde.

Es war bemerkenswert, mit wie viel Geduld Rosalind zuhörte. Sie lächelte, reichte die Hand, sprach Mut zu, tröstete und betonte immer wieder, dass sie die Hoffnung nicht verlieren durften. Noah musste sich zusammenreißen, aufrecht sitzen zu bleiben, nicht den Ellenbogen auf den Tisch abzustellen und seinen Kopf mit der Hand abzustützen, so müde und erschlagen fühlte er sich. Außerdem plagte ihn die Ungeduld. War es nicht immer wieder das Gleiche, was die Leute erzählten und baten? Rosalind hingegen war die Müdigkeit nicht anzusehen. Mit einem huldvollen Blick bedachte sie jeden von ihnen, unterbrach niemanden, ließ alle ausreden und hörte sich jedes Wort an, das ihre Untertanen zu sagen hatten. Sie war eine Königin durch und durch. Sie ging förmlich auf in der Rolle, die das Schicksal ihr zugedacht hatte, und mit jeder Stunde wuchs Noahs Bewunderung für sie.

Gleichzeitig wurde ihm an diesem Abend eines bewusst: Sie war die Königin dieses Landes und sie würde es bleiben. Wenn er wirklich an ihrer Seite leben wollte, so musste er sich an diese Art Leben im Rampenlicht gewöhnen. Tief in seinem Inneren wusste er, dass Rosalind ebenso für ihn empfand wie er für sie. Aber sie würde ihre Aufgabe für ihn nicht beiseitelegen – dessen war er sich gewiss. Und während er jede ihrer Gesten und Worte als Königin studierte, wurde ihm mehr und mehr klar, dass er das niemals von ihr verlangen würde. Sie war als Prinzessin geboren, war ihr Leben lang auf ihre Stellung und Verantwortung vorbereitet

worden und sie erfüllte die Erwartungen ihrer Untertanen –
das war offensichtlich. Die Gäste standen lange an, bis ein
jeder an der Reihe war, und keiner verließ die Wirtsstube,
bevor er nicht mit ihr gesprochen hatte. Eine Bewunderung
lag in den Blicken der Männer sowie der Frauen, die aufrichtig und verbunden war.

Nun ging es einzig und allein um seine Bereitschaft, seine
bisherigen Gewohnheiten für sie aufzugeben. Konnte er das?
Ein Leben im Zentrum der Aufmerksamkeit? Kaum Ruhe für
sich, anderen verpflichtet und nur schwindend geringe
Privatsphäre?

Obwohl ihm die Glieder schmerzten und er todmüde war,
fand er selbst auf seinem Einzelzimmer in dem weichen,
nach Lavendel duftenden Kissen und Laken keine Ruhe.
Lange dachte er nach über die Konsequenzen, die es mit sich
bringen würde, wenn er an Rosalinds Seite verbliebe. Immer
wieder fragte er sich, ob er diese Art Leben führen konnte.
Doch ein ums andere Mal kehrte er zu einer ganz anderen
Frage zurück: Wollte er überhaupt in sein altes, einsames
Leben zurück? In seinen alten Trott, seine Lethargie und die
Zeit, in der er existiert, aber nicht gelebt hatte? Und noch
bevor er die Augen in dieser Nacht schloss, begriff er eines:
Er hatte sein altes Ich abgestreift. Nie wieder wollte er diese
Teilnahmslosigkeit fühlen. Wie viel besser ging es ihm nun,
da er für etwas einstand, was ihm wichtig war! Wie wohl tat
es ihm, Rosalind zu unterstützen und all diesen Menschen
und auch den Elfen zu helfen! Und wie glücklich fühlte er
sich, obgleich er nicht wusste, ob sie diesen Kampf gewinnen
konnten.

# 26

Als Noah am nächsten Morgen aus dem Zimmer im ersten Stock trat, begrüßten ihn Geschirrgeklapper und leises Geflüster. Gähnend ging er die Treppe nach unten und entdeckte Rosalind und Andreas, die bereits beim Frühstück saßen und sich leise miteinander unterhielten. Rosalind schien aufgebracht und fuchtelte wild mit den Armen herum, während Andreas ruhig auf sie einredete. Als sie ihn bemerkten, stoppten sie abrupt in ihrer Unterredung und tranken beide einen Schluck aus ihrer Tasse.

»Guten Morgen«, schmetterte ihm Leona entgegen, die vital und fröhlich durch den Schankraum wirbelte und ihm sogleich einen gut gefüllten Frühstücksteller und einen Pott Kaffee bereitstellte.

Grummelnd setzte sich Noah an den Tisch. Er war es nicht gewohnt, morgens zu reden. Aber ein Blick auf Rosalind genügte und er fühlte ein Flattern in seiner Brust, das ihm ein »Guten Morgen« entlockte. Sie hatte ihr langes goldenes Haar zu einem Zopf geflochten, den sie im Nacken eingedreht und hochgesteckt hatte. Ihr prächtiges Kleid trug sie noch immer, obwohl es am Saum ausgefranst und von ihrer halsbrecherischen Flucht schmutzig geworden war. Offenbar hatte sie aber den Großteil der Flecken herausgewaschen, denn es strahlte weißer als am gestrigen Abend und war der Gewandung einer Königin würdig. Als Noah einen Blick auf ihre feinen bestickten Königsschuhe warf, zog er die Stirn kraus. Er beugte sich ein Stück näher zu ihr und raunte:»Ich wette, Leona kann dir ein paar Kleidungsstücke und Wanderschuhe borgen, die geeigneter sind für die Reise, die wir vor uns haben.«

»Und wie soll ich dann vor die Ritter meines Vaters treten? In der Gewandung eines Fußsoldaten? Nein, die Kleidung ist ein Teil dessen, was ich symbolisiere. Und wenn ich die Menschen animieren will, mir zu folgen und mich zu unterstützen, egal ob Ritter oder einfacher Mann, so muss ich etwas darstellen, wofür es sich zu kämpfen lohnt.«

Seine Mundwinkel zuckten, während er jede der Regungen auf ihrem Gesicht verfolgte, doch sie sah nicht auf, blickte ihm nicht ein einziges Mal in die Augen.»Auch wenn du dir mit den dünnen Sohlen Blasen laufen wirst und jede Dorne in deinem Fuß stecken bleibt?«

»Selbst dann. Aber die Pantoffeln sind widerstandsfähiger, als sie aussehen.«

»Du läufst also weiter in diesem Kleid durch den Wald?«

»Das werde ich. Für mein Volk!«

Er wusste nicht, ob er sie dafür bewundern oder belächeln sollte. Machte ihr Auftreten wirklich einen so enormen Unterschied aus? Er öffnete den Mund, doch als er ihren strengen Gesichtsausdruck bemerkte, schloss er ihn, ohne dass ein Wort über seine Lippen gekommen war. Mit einem

Grinsen beugte er sich über seine Schinkenstreifen und das Rührei, nahm sich eine Scheibe Bauernbrot aus dem Körbchen in der Mitte und schmierte sich Butter darauf. »Habt ihr gut geschlafen?«

»Mir war das Bett zu weich«, murrte Andreas, worauf Leona die Fäuste in die Hüften stemmte.

»Untersteh dich, etwas gegen meine Bleibe zu sagen. Meine Betten sind perfekt!«

Andreas nickte und streckte sich.

»Das sind sie, aber wenn man für Jahrzehnte auf dem harten Steinboden geschlafen hat, ist die Federung mehr als ungewohnt.« Er grinste und Leona erkannte, dass er sie nur aufzog. Erneut funkelte sie ihn empört an und verschwand in der Küche. Andreas lachte leise, während er sich mit leuchtenden Augen über den Obstsalat hermachte. Viel frisches Essen hatte er in den letzten Jahren offensichtlich nicht bekommen.

»Und du?«, fragte Noah und beugte sich näher zu Rosalind. Er wartete darauf, dass sie endlich den Kopf hob und ihn aus ihren kornblumenblauen Augen ansah, doch sie tat es nicht.

»Danke«, entgegnete sie lediglich und biss von ihrem Marmeladenbrot ab.

Noah trank einen großen Schluck Kaffee, lehnte sich in seinem Stuhl zurück und atmete tief durch. Wieso war sie so wortkarg? Wohl kaum wegen seinem Kommentar zu ihrer Kleidung. Offenbar hatten Andreas und sie über ihn geredet, bevor er heruntergekommen war – andernfalls hätten sie ihre Unterhaltung fortgesetzt, obwohl er sich zu ihnen gesetzt hatte. Wahrscheinlich hatte ihr der alte Ritter den Kopf gewaschen, dass sie königlichen Geblüts war und drauf und dran war, sich mit dem Bauernjungen einzulassen. Nein, mit dem Musikantenjungen, aber ob das besser war, bezweifelte Noah.

All die Fragen, die er sich gestern gestellt hatte, verpufften in diesem Moment. Es ging nicht darum, was er wollte und ob er bereit war. Das war gar nicht ausschlaggebend. Rosalind war die rechtmäßige Königin dieses Landes und wenn er wollte, dass sie und das gesamte Königreich ihn an ihrer Seite akzeptierten, so musste er ihnen allen beweisen, dass er dieser Aufgabe gewachsen war!

Und während Noah seinen Kaffee trank und die Eier und den Schinken kalt werden ließ, wusste er, dass er genau das tun würde. Er wollte es ihr und den Bewohnern zeigen, und auch sich selbst. Er wollte nicht länger einsam sein, nur arbeiten und ziellos von einem Tag in den anderen leben. Nein, was er wollte, war ein Leben an ihrer Seite. Als ihm das klar wurde, breitete sich eine Ruhe in seinem Inneren aus und eine Kraft schoss durch seine Glieder, die ihm endlich das Gefühl vermittelten, das er all die Jahre vermisst hatte: Entschlossenheit.

Im Laufe der nächsten Stunde trudelten immer mehr Gäste vom gestrigen Abend ein, die sie auf ihrem Weg zur Schwarzen Feste begleiten wollten, darunter auch Mark, Ernst und Stefan. Keiner von ihnen schien die Gefahren zu scheuen, sie alle drängten zum Aufbruch. Es waren beinahe zwanzig Männer und Frauen, mit Äxten, Schwertern oder Pfeil und Bogen bewaffnet und mit kleinen Beuteln auf den Rücken ausgerüstet für den Gang zur Feste. Ihre Körper waren dünn und ihre Gesichter hohlwangig, dennoch wirkten sie zäh und robust. Die vielen Jahre der Entbehrungen hatten sie gezeichnet und härter gemacht. Gleichzeitig lag eine sanfte Bewunderung in ihren Blicken, wenn sie Gold-röschen betrachteten.

Leona packte Noah, Rosalind und Andreas Wegzehrung ein und stopfte eine Kerze samt Streichhölzer dazu. Andreas mahnte zur Eile. Niemand wusste, dass sie so viele waren und was sie vorhatten. Kaiser Rupert hatte keine Ahnung, dass Goldröschen noch am Leben war, weshalb sie so schnell wie möglich handeln sollten. »Auch wenn ich es toll finde, dass ihr uns begleiten wollt, befürchte ich, dass wir nicht schnell genug vorankommen.«

Doch das ließen die Männer wie Frauen nicht auf sich sitzen. Keine zehn Minuten später waren alle reisefertig und stapften hinter Rosalind, Noah und dem letzten Ritter her.

»Wir können auf niemanden warten«, betonte Andreas immer und immer wieder, doch keiner trödelte oder hielt sie auf irgendeine Weise auf. Sie liefen mit nicht viel Habe, die meisten trugen abgetragene Schuhe, mehrfach geflickte Kleidung und nicht mehr als einen kleinen Beutel auf dem Rücken. All ihre Besitztümer waren entweder vom Kaiser konfisziert oder dem dunklen Zauber, der auf dem Land lag, zerstört worden. Doch niemand beschwerte sich, sie alle blickten auf zu Rosalind, die in ihrem prächtigen weißen Seidenkleid und den feinen Pantoffeln die größte Mühe hatte, sich durch das Unterholz zu kämpfen und dabei anmutig schritt wie die Königin, die sie war. Noah regis-trierte die Blicke, die ihre Begleiter Rosalind zuwarfen, und verstand, was sie ihm beim Frühstück hatte sagen wollen.

Sie marschierten bis weit in den Tag hinein. Noah lief neben Rosalind, die konzentriert Andreas und Mark folgte. Mark, der trotz seiner betrübten Mimik energisch voran-schritt, war so etwas wie der Hüter des Waldes, in dem die

Menschen all die Jahre Zuflucht gesucht hatten. Wie ein Wächter war er täglich durch das Gebiet gestreift und hatte Ausschau gehalten nach Anzeichen, dass Rupert und seine Männer ihnen auf die Schliche kamen, erzählte er. Er hatte die Grenze überwacht und jede Kleinigkeit bemerkt, die sich verändert hatte – egal ob sie durch einen Menschen, einen Zwerg, eine Elfe oder die Natur selbst zustande gekommen war. Folglich kannte er den Wald am besten, weshalb er sie durch das Dickicht und zum nördlichen Ende führte.

Es dauerte Stunden, in denen keiner von ihnen viel sprach. Immer wieder kletterten sie über umgefallene Baumstämme, sprangen über Bäche und verengten die Augen zu Schlitzen, um keinen der zahlreichen Zweige in die Augen zu bekommen. Dabei versuchten sie möglichst geräuscharm vorwärtszukommen. Zwar ließen sich die grauen Männer in diesem Gebiet nur selten blicken, trotzdem wollten sie durch lautes Reden niemanden auf sich aufmerksam machen.

Als sie eine Lichtung überquerten, fiel Noahs Blick in die Krone einer Eiche. Auf einem hohen Ast saß eine Krähe und blickte zu ihnen herab. Nachdenklich strich er sich über die Stirn. War das der schwarze Vogel, der ihm mehrfach zu Hilfe gekommen war? Wohnte in ihm tatsächlich die Seele eines Verstorbenen? Die seines Vaters?

Erst als sie die Lichtung hinter sich ließen, wandte er den Blick von der Krähe ab und konzentrierte sich wieder auf seine Schritte.

Der Mittag war bereits verstrichen, als sie endlich die Baumgrenze erreichten. Und während sie zwischen Ahornbäumen und Pappeln innehielten und die Landschaft vor ihnen überblickten, griff Rosalind unvermittelt nach Noahs Hand. Eine Wärme durchfuhr ihn, ähnlich einem Feuer, und als er sie ansah, zuckten seine Mundwinkel. Ihre Blicke verhakten sich ineinander, sie lächelte, drückte seine Hand ein weiteres Mal und ohne sie loszulassen, ließ sie ihren Blick dorthin wandern, was sie zu durchqueren hatten: Die Berge der Prüfung.

Gräser wehten im lauen Wind auf einer Ebene hin und her, die leicht anstieg und durch die ein Weg aus großen Steinplatten führte. Am Rande dieses Weges wuchsen Sträucher, deren rosafarbenen Blüten auf die Sonne zu warten schienen. Dichter Nebel hing tief über der Wiese und verbarg, was die Reisenden erwartete, und über dem Nebel in weiter Ferne erhob sich ein mächtiges Gebirge, dessen Bergspitzen mit Schnee bedeckt waren.

Andreas drehte sich zu der Gruppe um.

»Stärkt euch noch mal, trinkt und esst etwas, bevor wir den Wald verlassen. Wir müssen nah zusammen bleiben und jederzeit auf einen Angriff gefasst sein. Haltet eure Waffen bereit.«

Sogleich nahmen die Männer und Frauen ihre Beutel von den Schultern, bissen in einen Kanten Brot oder ein Stück Käse und tranken aus ihren Schläuchen und Flaschen.

»Welche Prüfungen erwarten uns?«, wollte eine Jägerin wissen, die einen Bogen über der Schulter und einen Köcher mit Pfeilen auf dem Rücken trug und sich als Tamara vorgestellt hatte. Ihr Blick war streng. Mit eiserner Entschlossenheit betrachtete sie die Wiese und die himmelhohen Berge, als hätte sie diesen Tag und die Gelegenheit herbeigesehnt, dem dunklen Treiben des Kaisers ein Ende zu setzen.

»Das kann ich euch nicht sagen, denn die Prüfungen verändern sich. Aber wir kommen aus einem guten Grund.

Seid mutig und ehrenhaft, so werden wir bis zur Schwarzen Feste vordringen.«

Trotz seiner stattlichen Größe konnte Noah nicht einmal die Spitzen des dunklen Gebäudes entdecken. »Befindet sich die Festung inmitten der Berge?«

»So ist es.« Der alte Ritter blickte auf das Gebirge, als wartete er nur darauf, dass der Nebel die Schwarze Feste enthüllte. Doch das tat er nicht – auch sonst zeigte sich nichts. Die Landschaft vor ihnen war ruhig. Kein Vogel war zu hören, keine Menschenseele zu erblicken. Lebte irgendjemand in dieser kargen Gegend?

Wenig später setzten sie nacheinander ihre Füße über die Waldgrenze und betraten den breiten Pfad. Ihre Schritte klackten auf den nackten Felsplatten und unwillkürlich hielten alle die Luft an. Doch noch war kein Donner zu hören und kein einziger Angriff erfolgt.

Rosalind lief erhobenen Hauptes an der Spitze der Gruppe, direkt neben ihr Andreas, und Noah hielt sich schräg hinter ihr. Er hatte sein Schwert gezückt. Die Axt hatte er Andreas gegeben, damit auch der eine Waffe hatte. Die Augen zu Schlitzen verengt beobachtete er die Gräser, die frisch und grün aussahen, spähte hinter die Büsche, ob sich dahinter jemand verbarg, doch es blieb ruhig.

Mit jedem Schritt, den sie taten, liefen sie aufrechter und mit jedem Meter, den sie zurücklegten, selbstbewusster. Sie waren eine große Gruppe, über zwanzig Leute, und bestärkten sich gegenseitig.

Der Duft der rosafarbenen Blüten drang ihnen in die Nase. Es roch gut, lieblich, süß und zugleich herb nach wilden Kräutern. Noah atmete tiefer, so wohl tat ihm der Geruch. An irgendetwas erinnerte er ihn. Hatte seine Mutter so gerochen? Damals, als er noch ein kleiner Junge war, hatte sie sich jeden Abend zu ihm ins Bett gesetzt und einen Arm um ihn gelegt, während sie eine ihrer Geschichten erzählt hatte. Geschichten von zarten Elfen, die im Tal der Hoffnung lebten und sich um die Blumen und Pflanzen des gesamten Königreiches kümmerten, und von Zwergen, die in Höhlen und Tunneln unter der Erde hausten und nach Edelsteinen hackten. Sie hatte ihm von dieser Welt erzählt, von ihrer Heimat. Seit ihrem Tod hatte er sich nie wieder behütet gefühlt, aber dieser Duft katapultierte ihn in die damalige Zeit, als sie noch bei ihm und für ihn da gewesen war.

Er schloss die Augen, hielt inne und versank in den Gedanken. Seine Mutter war ein besonderer Mensch gewesen. Und wie schön sie auf der Geige gespielt hatte – da kam er mit seinem Spiel nicht mit. Ihre Melodien waren direkt in die Herzen der Zuhörer eingedrungen, hatten sie tief in ihrem Inneren berührt, bestärkt und getröstet, zum Weinen und zum Lachen gebracht, sie eingehüllt wie eine Erzählung, nur so viel tiefer noch, als Worte es vermochten.

Glücklich sog Noah den Duft der Blüten ein und ein Lächeln erschien auf seinen Lippen. Er fühlte sich zufrieden wie lange nicht mehr. Ein Gedanke klopfte an, der ihn herausreißen wollte aus seinen Erinnerungen. »Geh weg«, dachte er und versuchte die Worte zu vertreiben, doch sie schlängelten sich durch die Barriere hindurch, schlüpften in sein Bewusstsein und verscheuchten all die Sanftheit und Geborgenheit seiner Erinnerung. »Du bist hier, um Goldröschen zu retten, um das Königreich von einem dunklen Zauber zu erlösen. Verliere dich nicht in der Vergangenheit, einzig und allein die Gegenwart zählt.«

War das seine Stimme? Oder die eines anderen?

Langsam öffnete Noah die Augen. Das Licht tat ihm weh, blendete ihn und am liebsten hätte er sofort wieder die Lider geschlossen, doch ein Paar kornblumenblauer Augen sah ihn an und holte ihn zurück in das Hier und Jetzt. Als hätte jemand geschnipst und ihn aus einer Hypnose erweckt, riss er die Augen auf und sah sich um. Wo war er?

Er entdeckte den Weg, der durch die Wiese auf die Berge führte, den Nebel, der sich vor ihnen erstreckte, und die rosafarbenen Blüten, die diesen lieblichen betörenden Duft aussonderten. Hinter ihm standen die übrigen Männer und Frauen ebenso paralysiert, wie er es eben noch getan hatte – selbst Andreas schien in seinem eigenen Kopf gefangen. Einzig Rosalind sah ihm direkt in die Augen.

»Was ist geschehen?«

»Ihr seid plötzlich einer nach dem anderen stehen geblieben und habt die Augen geschlossen. Geht's wieder?«

»Ja, was war das?«

Sie deutete auf die Blüten. »Es müssen verzauberte Blumen sein. Woran hast du gedacht?«

»An meine Mutter.« Er schmunzelte halbherzig. »Und du? Haben sie dich auch verführt?«

Rosalind verneinte. »Wahrscheinlich weil ich all die Jahrzehnte, in denen ich im Zauberschlaf gefangen war, nur in meinen Erinnerungen gelebt habe. Ich bin froh, wieder in der Gegenwart zu sein und aktiv etwas tun zu können.«

»Verständlich.«

»Noah, ich würde den Moment gerne nutzen, um mit dir zu reden.«

Tief atmete er ein. »Worum geht es?«

»Ich …« Sie sah ihn unverwandt an. »Wieso hilfst du mir?«

Sein Herz schlug schneller. »Du weißt, wieso.« Jetzt oder nie. Er sah ihr direkt in die Augen und ergriff ihre Hände, bevor ihn erneute Zweifel lähmten. »Du bedeutest mir sehr viel und mit jedem Tag, den wir miteinander verbringen, wachsen meine Gefühle für dich.«

Ein Lächeln umspielte ihre rosigen Lippen. »Ich danke dir. Und ... mir geht es ebenso. Egal, was Andreas sagt, lass dich nicht beirren. Alles ist möglich – auch ein Wir.«

Seine Mundwinkel zuckten nach oben und er strich ihr über die Wange, die vom Laufen gerötet war. Er beugte sich zu ihr hinab und küsste sie mit einer Heftigkeit, die sie beide aus der Bahn warf. Seine Finger strichen durch ihr Haar, ihre Hände über seinen Rücken und Gänsehaut schoss über seinen Körper. Es dauerte, bis sie sich wieder voneinander lösten, und räuspernd trat Noah einen Schritt zurück. »Was war denn das?«

Rosalind lachte auf und glättet ihre zerwühlte Frisur. »Schön war das!« Glücklich sah sie ihn an.

Noah nickte und konnte das Grinsen nicht unterdrücken. Und er wollte es auch gar nicht. Jeder durfte sehen, dass er glücklich war – auch wenn er nicht wusste, wie die Geschichte ausgehen würde und ob er zu Goldröschens Happy End dazugehörte oder nicht. »Wir sollten die anderen erlösen. Wie hast du mich zurückgeholt?«

»Sprich mit ihnen und erinnere sie an den Grund, der sie hergebracht hat.« Rosalind ging direkt zu Andreas, und Noah wandte sich an Mark. Nachdenklich betrachtete er das entspannte, lächelnde Gesicht des ewig trübsinnig dreinblickenden Einsiedlers. Als er seinen Blick über die Mienen der anderen gleiten ließ, entdeckte er die gleiche Glückseligkeit.

»Sie sehen so zufrieden aus.«

Rosalind zuckte mit den Schultern.

»Aber sie sind es nicht wirklich. Wir tun ihnen keinen Gefallen, wenn wir sie sich in der Vergangenheit verlieren lassen. Auch in wachem Zustand kann man sich erinnern und daraus Glück und Kraft schöpfen, aber die Verbindung zur Gegenwart darf dabei nicht außer Acht gelassen werden.«

Sie hatte recht. Also machten sie sich daran, die anderen aus ihrem Wachschlaf zu erlösen. Einer nach dem anderen kam zu sich. Bei manchen dauerte es länger, bei anderen kürzer, doch bei jedem funktionierte es.

Andreas und Mark schüttelten sich und warteten, bis alle wieder klar und fokussiert aussahen. Während sich die anderen austauschten, woran sie gedacht hatten, teilten die zwei Männer ihre Erinnerungen mit niemandem, sondern brummten vor sich hin und mahnten zur Eile. Unbeirrt gingen sie gemeinsam weiter, als hätte es keine Unterbrechung gegeben.

Allmählich drangen sie in den Nebel vor, der sich am Rande nur locker und durchsichtig über dem Wiesenboden erhob und die leuchtenden Farben der Wiese und Sträucher dämpfte.

Noahs Augen wanderten gen Himmel. Er sah grau aus wie eh und je, kein Donnern erklang. »Wieso kommen sie nicht? Der Wald schützt uns doch nicht mehr.«

Rosalind legte den Kopf in den Nacken. »Das wüsste ich auch gerne.«

Mark verlangsamte seine Schritte und strich sein schwarzes Haar aus der Stirn. »Vielleicht verhindert der Nebel, dass sie uns sehen.«

»Oder sie wollen nicht herkommen, weil sie wissen, was uns erwartet«, flüsterte Tamara. Blitzschnell zückte sie einen Pfeil, legte ihn an den Bogen und zielte in den dichten Nebel vor ihnen.

Noah packte sein Schwert fester und drehte sich ihrer Zielrichtung zu. »Was ist? Hast du etwas entdeckt?«

Tamara schloss ein Auge und visierte einen Punkt an, den niemand außer ihr sah. »Vielleicht.« Langsam ging sie weiter, doch vor ihnen bewegte sich nichts, weshalb sie nach ein paar Schritten den Pfeil senkte. »Es ist verschwunden.«

»Was hast du gesehen?«, wollte Rosalind wissen.

»Es war mehr eine Ahnung, eine Bewegung, die ich wahrgenommen habe. Aber jetzt ist es fort.«

Noah und Rosalind wechselten einen Blick und atmeten tief durch, bevor sie nebeneinander weitergingen. Der Nebel wurde dichter und dichter, sodass sie die dunklen Steinplatten zu ihren Füßen zunehmend schwerer erkennen konnten. Der Vordermann wurde zur Silhouette und alles um sie herum versank wie in weißer Watte. Noah nahm Rosalind an der Hand, denn obwohl sie neben ihm lief, drohte sie vor seinen Augen zu verschwinden. Erneut zückte Tamara einen Pfeil und zielte in den watteartigen Nebel neben sich.

»Was siehst du?«, wollte Noah wissen, der weder ein Geräusch noch irgendeine Bewegung ausgemacht hatte.

»Jemand verfolgt uns.«

Noah spähte in das undurchdringliche Weißgrau. »Bist du dir sicher?«

Langsam nickte Tamara. »Er verbirgt sich im Nebel. Wir sollten auf der Hut sein.«

Alle sahen sich alarmiert an und rückten noch ein paar Schritte näher zusammen. Noah spürte Rosalinds Finger fester um seine Hand und er verstärkte den Druck. Unbeirrt, doch schneller als zuvor setzten sie ihren Weg fort. Die Nebelschleier wurden dichter und dichter, sodass sie ihre eigenen Fußspitzen kaum noch erkennen konnten, worauf sie wieder langsamer wurden.

»Nehmt euren Vordermann an den Schultern!«, rief Mark, doch es war zu spät.

»Wo seid ihr?«, drang eine weibliche Stimme durch den Nebel. Kam sie von hinten? Es musste so sein, da vor Rosalind keine andere Frau gelaufen war. Dennoch erklang ihre Stimme wie aus allen Richtungen zugleich.

»Hier!«, riefen Noah und Rosalind im Chor.

»Wo? Ich sehe euch nicht! Wartet auf mich.«

»Wir bleiben stehen, bis wir alle zusammen sind«, sprach Rosalind mit lauter, ruhiger Stimme. »Folgt meinem Rufen, schließt zur Not die Augen und macht einen Schritt vor den anderen.«

Währenddessen blickte sich Noah um, doch es war nichts und niemand in den Nebelschwaden zu erkennen. Dabei waren sie alle so nah beieinander gelaufen, dass die anderen mit wenigen Schritten bei ihnen ankommen mussten. Wo blieben sie? Selbst von Andreas und Mark fehlte jede Spur.

»Das gibt es doch nicht«, raunte Noah Rosalind zu. »Wo bleiben sie?«

»Es wird eine weitere Prüfung sein.« Und mit lauter Stimme rief sie: »Lasst euch nicht von eurem Ziel abbringen. Wir alle sind aus einem guten und ehrbaren Grund hier. Folgt meiner Stimme und wenn euch das nicht gelingt, dann schaut nach dem Weg zu euren Füßen. Wir haben keine Kreuzung passiert. Er wird euch direkt zu uns führen.« Doch egal, wie lange Rosalind rief und erklärte, keiner gelangte zu ihnen. Der Nebel verflüchtigte sich auch nicht. Unerbittlich stand er zwischen ihnen und ihren Kameraden und verhinderte, dass sie zueinanderfanden.

Die Zeit verstrich und die Rufe der anderen waren verklungen. Keiner reagierte mehr auf Rosalinds Fragen und niemand kam bei ihnen an.

»Lass uns weitergehen«, drängte Noah. »Ich weiß nicht, was es mit dem Nebel auf sich hat, vielleicht muss jeder selbst hindurchfinden.«

»Wieso wurden wir zwei dann nicht getrennt?«, fragte Rosalind und umschloss Noahs Hand noch fester.

Noah hob ihre ineinander verschlungenen Hände. »Vielleicht, weil wir uns entschieden haben, den Weg gemeinsam zu gehen.«

Trotz der Sorge, die auf dem Gesicht der Königin zu sehen war, lächelte sie ihn an. »Das stimmt. Es fühlt sich falsch an, ohne die anderen weiterzugehen, aber womöglich hast du recht. Wer weiß, ob Tamara nicht richtig lag und uns wirklich jemand verfolgt.«

Noah drückte seinerseits seine Finger stärker um ihre und gemeinsam setzten sie ihren Weg fort, ungewiss dessen, was er ihnen bescheren würde.

# 27

Der Weg wurde zunehmend steiler und der Marsch durch den Nebel war anstrengender als erwartet. Ihre Beine und Arme wurden schwerer, als versuchten die Wolken sie an Ort und Stelle zu halten. Noah spürte Rosalinds Finger schlaffer werden und er konzentrierte sich, hielt ihre Hand umschlossen, damit sie einander nicht verloren.

»Bist du dir sicher, dass der Weg zu der Festung führt?«

Rosalind blieb stehen. Obwohl sie direkt nebeneinander liefen, konnte er sie nur schemenhaft erkennen. »Wir müssen Vertrauen haben. Immerhin geht es bergauf – wir laufen also direkt in das Gebirge hinein.« Müde strich sie sich mit der freien Hand ein paar lose Strähnen aus dem Gesicht. Obwohl sie die anderen verloren hatten und nicht einmal Noah sie im Detail erkennen konnte, blieb ihr Gang aufrecht und dem einer Königin würdig. »Wir sollten uns beeilen. Ich habe jegliches Zeitgefühl verloren. Auch wenn der Himmel ebenso weißgrau aussieht wie alles um uns herum, könnte uns die Nacht bald überraschen.«

Und in der Nacht bestand die Gefahr, dass sie durch eine unbedachte Bewegung ihre ineinander verhakten Finger lösten ...

Noah nickte, auch wenn Rosalind das vermutlich nicht sehen konnte. In einer geschmeidigen Bewegung ließ er den Beutel von seinem Rücken gleiten und holte die Flasche heraus. Viel war nicht mehr darin, aber er brauchte einen Schluck Wasser. Jetzt. Dennoch hielt er Rosalind zuerst das Gefäß entgegen. »Hast du Durst?«

»Danke.« Er spürte ihre Finger an seinen, sie tastete nach der Flasche und erst als er sicher war, dass sie sie richtig hielt, ließ er los. Als er an der Reihe war, nippte er lediglich an der Mündung. Wer wusste schon, wann sie die Gelegenheit haben würden, sie aufzufüllen. Das kühle Nass rann seine ausgetrocknete Kehle hinab und sein Körper schrie nach mehr. Aber sie mussten sich das kostbare Trinkwasser einteilen.

Noah steckte die Flasche zurück und so schnell es ihnen möglich war, setzten sie ihren Weg fort. Der Nebel drang allmählich in ihre Kleider, die feucht an ihnen klebten. Sobald sie stehen blieben, froren sie, woraufhin sie ihre Schritte wieder beschleunigten. Doch keine Aussicht auf ein Ende zu haben, nicht zu wissen, wie lange sie noch durch diese orientierungsarme Gegend laufen mussten, beschwerte ihre Gemüter.

Rosalind seufzte auf. »Wenn ich wüsste, wie lange wir noch durchhalten müssen, fiele es mir leichter, stark zu bleiben.«

Ihre Stimme war so leise, dass Noah sie kaum verstehen konnte. Er blieb stehen und beugte sich näher zu ihr. »Was hast du gesagt?«

»Ich habe gesagt, dass es mir leichter fiele, diesen Nebel zu durchqueren, wenn ich wüsste, wie lange unsere beschwerliche Reise noch andauert.«

Noah nickte und in dem Moment klingelte es bei ihm. »Das wird die nächste Prüfung sein. Ist es nicht meistens so im Leben? Wir haben eine schwere Phase, wenig Geld, sind krank oder unglücklich. Niemand weiß in einer solchen Situation, wie lange er noch durchhalten muss, bis es besser wird – und ob es überhaupt besser wird.«

»Du hast recht.« Schon wurde ihr Griff um seine Hand stärker. »Wir dürfen die Hoffnung nicht verlieren und müssen vertrauen. Immerhin sind wir zusammen, die anderen müssen alleine durch diese scheinbare Endlosigkeit wandern.«

Er hörte das Lächeln, das bei den Worten auf ihren Lippen lag, und unwillkürlich fühlte er sich freier und optimistischer. Sein Atem ging tiefer und der nächste Schritt wurde leichter. Ein Knacken ertönte und ließ ihn innehalten. »Warst du das?«

Augenblicklich spürte er sie versteifen. »Nein, ich dachte du …«

Noah packte ihre Hand fester und beschleunigte seine Schritte. Er eilte den Weg entlang und musste Rosalind dabei nicht ziehen. Auch sie wurde schneller und schneller und Hand in Hand hasteten sie über den Steinweg. Jemand befand sich in dem Nebel, jemand folgte ihnen und sie wollten lieber nicht herausfinden, wer es war. Wenn derjenige ehrbare Absichten hätte, würde er sich zeigen und sie nicht feige wie ein Dieb verfolgen.

Ein Klacken war zu hören, das nicht von ihren Schuhen stammte. »Andreas? Tamara?«, rief Rosalind, doch niemand antwortete. Rannte ihr Verfolger hinter ihnen her? Noah verstärkte seinen Griff um Rosalinds Hand und hetzte den Weg entlang, mit der Rechten hielt er den Griff des Schwertes umschlossen. Er musste Rosalind vor ihrem Verfolger beschützen.

Ein Schnaufen war zu hören. Ein Keuchen. Jemand japste. Wer auch immer hinter ihnen herrannte, war das nicht gewohnt. Er kam aus der Puste. Gut so, dann konnten sie ihn abhängen. Sie hetzten über die Steinplatten, die sich mit jedem Schritt deutlicher abzeichneten. Der Nebel lichtete sich, Noah konnte Rosalinds geröteten Wangen erkennen und auch vor ihnen schälten sich Umrisse aus den Wolken, hohe Berge, scharfe Kanten, mehr nicht. Nur noch wenige Meter. Der Nebel verflüchtigte sich, zog sich zurück, als gäbe er sie wieder preis. Hatten sie die Prüfung bestanden? Was war mit demjenigen, der sie verfolgte? Würde er darin verbleiben? Mit einem letzten großen Sprung hechteten sie aus dem Trüben hinaus und landeten auf kahlem Fels.

»Stoooop!«, schrie Rosalind und zog Noah zurück, der sofort stehen blieb. Die Augen weit aufgerissen starrte er in ewige Tiefen. Einen Schritt weiter und er wäre in eine Schlucht gestürzt. Auf der anderen Seite setzte sich der Weg fort, doch es führte keine Brücke über den Abgrund, nicht einmal ein Baumstamm. Und zum Springen war es definitiv zu weit.

Noah strich sich über die Stirn. »Verdammt, das war knapp. Komm, wir laufen am Rand entlang. Irgendwo muss es einen Übergang geben. Beeilen wir uns!«

Der Nebel reichte beinahe bis an die Schlucht. Auf keinen Fall wollten sie erneut durch ihn laufen oder warten, dass ihr Verfolger ebenfalls aus ihm heraus fand. Sie eilten an der

Klippe entlang, den Blick abwechselnd auf den Abgrund und den Nebel gerichtet. Ihnen blieb nur ein schmaler Pfad dazwischen, keine zwei Meter breit.

»Schneller! Wenn unser Verfolger auftaucht, sollten wir mehr Spielraum haben, um uns zu verteidigen!«

Rosalind biss die Zähne zusammen und eilte direkt hinter Noah die Klippen entlang, der sich immer wieder durch einen Blick über die Schulter vergewisserte, dass sie noch da war.

Der Abgrund schien kein Ende zu nehmen, als handelte es sich dabei um einen Verteidigungsring, der zwischen dem Nebel und den hohen Bergen ruhte, hinter denen sich die Schwarze Feste verbarg. Die Luft war kalt – oder lag es an ihren feuchten Kleidern?

Obwohl Rosalinds Wangen gerötet waren, wirkte sie blass und erschöpft. Wie lang hielt sie noch durch? Und als hätte der Himmel ihr innerliches Flehen erhört – oder war es wieder irgendein Zauber? Magie? –, endlich entdeckte Noah eine Hängebrücke, die in Sichtweite über den Abgrund verlief.

»Schau, wir haben es fast geschafft!« Er deutete auf den Übergang und Rosalind nickte keuchend. Erneut nahm er sie bei der Hand und half ihr die letzten Meter bis zu dem Übergang.

»Wo sind die anderen?« Rosalind schnappte nach Luft. »Glaubst du, sie stecken noch im Nebel?«

»Hoffentlich nicht. Vielleicht finden wir auf dem Übergang oder dahinter Spuren von ihnen.«

Rosalind wurde langsamer und stützte die Hände auf die Knie. Sie schnaufte mehrmals, bis sie wieder aufrecht stehen und reden konnte.

»Wir sollten ihnen ein Zeichen hinterlassen, damit sie wissen, wo wir entlanggegangen sind und dass es uns gutgeht!«

»Das machen wir, aber lass uns zuerst die Brücke überqueren, okay? Ich will von diesem undurchsichtigen Nebel weg!«

Sie nickte und rappelte sich wieder auf. Auch wenn Noah sie am liebsten angeschoben hätte, um sie von der Gefahr im Nebel wegzubringen, zügelte er seine Unruhe, damit sie zu Atem kommen konnte. Er lief hinter ihr her, die Augen auf das dichte Weißgrau geheftet und bereit, Rosalind gegen jeden Angreifer zu verteidigen. Verbissen ignorierte er die Schwere seiner Glieder, sein klammes Hemd und die Müdigkeit, die sich allmählich in ihm breitmachte. Seine Sinne hatte er aufs Schärfste angespannt, seine Augen gingen hin und her, als ein heftiger Donner das Gebirge erschütterte und sich der Himmel binnen Sekunden verdüsterte.

Rosalind blieb stehen, zog ihr Kurzschwert aus dem Gürtel und nebeneinander stellten sie sich auf. Sie suchten die karge Landschaft ab nach den kleinen Männern mit den grauen Mützen, doch sie tauchten nirgends auf. Rosalind packte ihre Waffe kampfbereit. »Wo sind sie?«

»Vielleicht im Nebel. Komm, lass uns zur Brücke gehen!«

Rosalind nickte und sofort stürzten sie weiter. Keine zehn Meter war der Übergang entfernt. Noch vier Schritte, noch drei, doch als sie vor der Hängebrücke ankamen und aufatmen wollten, blieben sie wie erstarrt stehen. Aus der Ferne hatten sie es nicht gesehen. Die komplette Brücke war übersät mit grauen Männlein. Sie fuchtelten mit ihren Äxten durch die Luft und lachten hässlich auf. Ihre Blicke waren wirr und gleichzeitig aggressiv. Wenn sie nur nicht immer in so großen Horden auftauchen würden, wären sie weniger furchteinflößend. Dennoch packten Rosalind und Noah entschieden ihre Schwerter und holten aus.

»Lasst uns durch!«, rief Rosalind in befehlendem Ton.

»Darf uns gar nichts befehlen! Ist nur ein Weib! Ein Menschenweib!« Ohne zu zögern, lärmten die Winzlinge auf sie zu und griffen an. Noah hatte noch nie ernsthaft mit einem Schwert gekämpft. Zahlreiche Filme hatte er gesehen und als Kind mit Stöcken gespielt – ob das als Schulung reichte? Wohl kaum. Ungeübt umfasste er den Griff und machte sich mit dem Gewicht und dem Gefühl vertraut, als auch schon der erste Graubart mit einer Axt angriff. Mit jedem Stoß bekam er ein besseres Gefühl für die Waffe und wie Rosalind wehrte er einen nach dem anderen ab, hielt sie zurück, doch es schienen immer mehr zu werden. Und sie kamen nicht nur von dem Übergang auf sie zu, sondern auch von den Seiten. Einzig durch den Nebel hatten Rosalind und Noah eine Seite, von der aus sie sich gegen niemanden verteidigen mussten. Und obwohl sie die kleinen Männer gut auf Distanz hielten, drängte mindestens die doppelte Menge nach und erhöhte den Druck auf sie. Wo kamen die alle her? Aus unterirdischen Gängen, wie es ihnen die Zwerge erklärt hatten?

Verbissen kämpften die beiden. Wenn es so weiterging, dauerte es ewig, die grauen Männer abzuwehren. Kurz sah Noah zu Rosalind, der nichts mehr von ihrer Erschöpfung anzumerken war. Entschlossen verteidigte sie sich, aber wie lange konnten sie gegen die Angreifer durchhalten?

Schreie drangen zu ihnen, die von der Klippe herrührten, die sie entlanggegangen waren. Waren das Andreas oder Mark? Oder ein anderer ihrer Mitstreiter? Wer auch immer es war, derjenige kämpfte ebenfalls. Die grauen Männer kamen nicht schnell genug nach und wurden deutlich weniger. Davon angespornt fochten auch Rosalind und Noah mit neuer Ausdauer. Die Anzahl ihrer Gegner schwand, nur auf der Brücke waren noch so viele, dass an ein Durchkommen nicht zu denken war. Ihr Unterstützer kam näher, er überraschte die Horde aus dem Nebel heraus und zog einen grauen Mann nach dem anderen zu sich in das undurchschaubare Weißgrau. Eine gute Idee!

»Wir müssen sie in den Nebel drängen!«

Rosalind nickte nur und machte eine halbe Drehung, um einer herumwirbelnden Axt auszuweichen. Angespannt verfolgte Noah die Szene, als ein Hieb auf den Oberschenkel ihn innerlich aufschreien ließ. Es war dieselbe Stelle wie das letzte Mal. Verdammt. Entschlossen verbiss er den Schmerz und kämpfte weiter, drängte die Angreifer von der Brücke fort in das grauweiße Trübe, bis der letzte graue Mann im Nebel verschwunden war.

Keuchend trat Noah an Rosalind heran. Über ihre Stirn zog sich ein Kratzer und ihre Lippe war angeschwollen, doch ansonsten war sie wohlauf. Noah strich ihr über die Schulter, ignorierte den pochenden Schmerz in seinem Bein und erwartungsvoll blickten sie in den Nebel.

»Andreas?«, rief Rosalind, doch es war nicht der alte Ritter, der aus dem Nebel hervortrat. Es war ein Fremder, der sie unentwegt anstarrte, bestimmt über sechzig Jahre alt und sein Blick war ebenso verloren wie die der grauen Männer. Er hatte ein kräftiges Kinn, war ungefähr so groß wie Noah und seine braunen Augen waren mit einem blassen grauen Film überzogen, ebenso wie seine abgetragene Kleidung. In der Hand hielt er ein Schwert.

Keine Frage, er war es, der ihnen geholfen hatte. War er ihnen auch durch den Nebel gefolgt?

Er trat einen weiteren Schritt auf sie zu. »Wisst ihr, wer ich bin?«

Noah zog Rosalind näher zu sich und hielt sein Schwert kampfbereit. Beim Anblick der braunen Augen durchzuckte ihn eine vage Erinnerung. »Nein, aber ich … ich kenne Sie.«

Der Blick des Fremden klarte sich auf, das Grau wurde blasser, selbst das auf seiner Kleidung, und erwartungsvoll sah er sie abwechselnd an. »Du kennst mich? Du erinnerst dich an mich?«

Die Brauen fragend hochgezogen sah Rosalind Noah an. »Woher?«

Noah strich sich über die Stirn. »Ich muss überlegen. Aber die Augen und der Blick … Sie kommen mir bekannt vor.«

»Wer seid Ihr?«, wandte sich Rosalind an den Fremden.

»Ich weiß es nicht, es ist alles so merkwürdig verschwommen. Alles war grau, ich war auf einem Feld, für lange Zeit. Doch dann bist du mir dort begegnet.« Er sah Noah an. »Und irgendwie habe ich wieder einen klaren Gedanken gehabt. Den ersten klaren Gedanken seit Jahren. Ich habe etwas gefühlt und etwas … erkannt. Dich erkannt. Aber wie kann das sein? Wie heißt du?«

»Mein Name ist Noah und ich glaube, ich habe eine Ahnung, weshalb du mir bekannt vorkommst. Rosalind, erinnere dich. Du warst ebenso durcheinander nach dem Feld der Vergessenen. Und obwohl auch ich mich an nichts von dort erinnern kann, war da dieses Paar graubrauner Augen, das mich seither nicht mehr losgelassen hat.« Er sah den Fremden an. »Deine Augen. Du kommst vom Feld der Vergessenen. Du hast hinausgefunden.«

Die Augen des Fremden klärten sich noch weiter, er riss sie auf und der verlorene Ausdruck verschwand von seinem Gesicht. »Du hast recht. Ich war auf diesem Feld. Und ich habe vergessen, wer ich bin – ebenso wie alle anderen mich vergessen haben. Aber du hast dich an mich erinnert. Deshalb habe ich den Weg aus dem ewigen Grau gefunden. Nur wieso hast du mich nicht vergessen wie all die anderen?«

Ahnungslos schüttelte Noah den Kopf, doch Rosalind klatschte in die Hände. »Ich habe eine Idee. Sag, Fremder, erinnerst du dich an deinen Namen?«

Er schloss die Augen, schüttelte langsam den Kopf. »Ich … bin mir nicht sicher.«

»Und erinnerst du dich an andere Namen? An andere Personen? Hast du vielleicht schon mal von der zauberhaften Barbara gehört?«

Noah begriff, worauf sie hinauswollte, und versteifte. Glaubte sie, er war sein Vater? Ungläubig musterte er ihn. Vom Alter her konnte es passen, das kräftige Kinn kam ihm ebenfalls bekannt vor, aber sonst? Der Fremde strich sich über die Stirn. Machte Noah das nicht auch, wenn er überlegte?

Der Fremde ergründete, was in seinem Kopf verblieben war, nickte zunächst zaghaft, bis die Erinnerung klarer wurde. »Aber ja, war sie nicht eine Violinistin?«

Rosalinds Lächeln wurde breiter. »Ja, das war sie. Woher kennst du sie?«

Der Fremde runzelte die Stirn. »Ich weiß es nicht. Es ist alles unklar.«

Rosalind stupste Noah an. »Summ ihr Lied.«

»Wie bitte?«

»Summ ihr Lied. So wie es mich aus dem Schlaf erweckt hat, wird es auch ihm helfen.«

»Aber ich muss es auf der Geige spielen und …«

»Versuch es einfach. Was hast du zu verlieren?«

»Also schön.« Er räusperte sich und mit kratziger Stimme begann er das Lied zu summen, das ihm seine Mutter vorgespielt und das Rosalind aus ihrem ewigen Schlaf erlöst hatte. Rosalind wiegte mit den Hüften und betrachtete den Fremden. Und je länger die Melodie ertönte, desto entspannter wurde der Unbekannte, bis ein Lächeln auf seinem alten Gesicht erschien, das mit jedem Ton glücklicher wurde.

Als Noah endete, standen dem Alten Tränen in den Augen. »Meine Barbara …« Er wischte die Tränen mit dem Handrücken beiseite und blickte Noah fragend an. »Woher kennst du das Lied? Außer ihr konnte es keiner spielen …«

»Sie hat es mir beigebracht, als ich ein kleiner Junge war.«

Der Fremde runzelte die Stirn. »Aber wieso sollte sie …?« Und endlich begriff auch er. »Du bist ihr Sohn?«

Noah nickte.

»Aber dann bist du auch mein … Ich meine, weißt du, wer dein Vater ist?«

Langsam schüttelte Noah den Kopf, Rosalind hielt die Luft an, bis der Fremde die Arme ausbreitete. »Dann bist du mein Sohn. Ich weiß es ganz sicher. Sie hat es mir gesagt, kurz bevor ich auf diesem Feld verloren ging. Mein Name ist Theodor Schulte.« Und obwohl Noah noch immer zögerte, trat Theodor auf ihn zu und schloss ihn in die Arme.

Unbeholfen schlug Noah ihm auf die Schulter und ließ die Umarmung zu. Nach all den Jahren seinen Vater kennenzulernen, war überwältigend und befremdlich zugleich. Die Fragen überschlugen sich in seinem Kopf. Er löste sich wieder von dem alten Mann und sah ihn ungläubig an. Der Fremde war tatsächlich sein Vater? Er lebte noch und hatte all die Jahre auf dem Feld der Vergessenen verbracht?»An was erinnerst du dich?«

»An deine Mutter. Oh, wie war sie schön. Und ihr Spiel auf der Geige war magisch. Wo ist sie?«

»Leider ist sie bereits vor Jahren gestorben.«

Theodors Mundwinkel sackten nach unten.»Das tut mir leid, Junge. Vor allem, dass ich nicht für dich da sein konnte. Aber wenn es dich tröstet, werde ich dir alles über sie erzählen.«

Rosalind beugte sich vor die Hängebrücke und malte eine kleine Krone in die bröselige Erde. Falls einer ihrer Mitstreiter hier entlang kam, würde er wissen, dass sie die Brücke überquert hatten.»Das könnt ihr später machen, jetzt sollten wir uns sputen, bevor die grauen Männer zurückkommen. Schaut, der Himmel ist noch immer dunkel.«

»Wird es etwa wirklich schon Nacht?« Noah blickte über die Hängebrücke.»Vielleicht finden wir in den Bergen eine Höhle. Unter freiem Himmel wird es zu kalt werden – erst recht in unseren klammen Klamotten. Und in den Nebel kehren wir sicherlich nicht zurück!«

»Gute Idee, mein Junge.«

Noah sah Theodor irritiert an, doch der meinte es nicht herablassend, sondern lächelte ihn herzensfroh an. Länger über die Floskel nachzudenken, dafür blieb Noah keine Zeit, denn Rosalind drängte zur Eile und setzte bereits den ersten Pantoffel auf die wackelige Brücke.

»Kommt, wir dürfen keine Zeit verlieren.«

28

Nacheinander machten sie sich daran, die Hängebrücke zu überqueren, die gemächlich hin- und herschwang. Noah wurde flau im Magen, doch nachdem Rosalind souverän über das Konstrukt spaziert war, konnte er sich keine Blöße geben. Er eilte über den Übergang und atmete auf, als er unter den Füßen festen Boden hatte. Als letztes lief Theodor, der währenddessen nicht weniger blass aussah als Noah.

Ein breiter Pfad führte zwischen zwei Bergen tiefer in das Gebirge und eilig folgten sie ihm. Die düsteren Wolken hingen drohend über ihnen und verdunkelten ihren Weg zusehends.

»Wartet, Leona hat uns eine Kerze eingepackt.« Geschmeidig ließ Noah den Beutel vom Rücken gleiten und angelte nach der Kerze und den Streichhölzern. Bei der Gelegenheit verteilte er an jeden eine Butterstulle, die Theodor mit leuchtenden Augen an sich nahm.

»Was hast du all die Jahre gegessen und getrunken?«, erkundigte sich Rosalind, während Noah die Kerze entzündete und sie langsam weiterliefen. Theodors Kleidung sah abgenutzt aus, war stellenweise berieben und lose Fäden hingen von den Hemdsärmeln. Aber weder sein dünner Mantel noch die Hose waren zu groß. Offenbar hatte er in der Zeit auf dem Feld der Vergessenen nicht an Gewicht verloren.

Theodor zuckte mit den Schultern. »Ich kann mich an nichts erinnern. Ich weiß nur noch, dass ich Noah in meinem Kopf hatte, und so richtig klar wird es erst, seit wir miteinander gesprochen haben und er das Lied gesummt hat. Der Rest schwirrt durch meinen Kopf und ich kann kein Bild, kein Wort, einfach gar nichts davon greifen.«

Rosalind nickte, während sie an dem Butterbrot knabberte. Im Gegensatz zu den Männern machte sie nur kleine Bissen. »Mir geht es ähnlich. Ich habe nur noch in Erinnerung, dass es mich auf dem Feld schwerer getroffen hat als Noah. Ich glaube, ohne ihn wäre ich verloren gewesen.« Sie warf Noah einen nachdenklichen Blick zu. »Ich sehe es noch vor mir, wie wir vor dem Feld standen und uns entschieden haben loszulaufen. Danach ist alles grau.«

Noah schluckte den Bissen hinunter und wandte sich an seinen Vater. »An was erinnerst du dich, bevor du auf dem Feld gestrandet bist?«

Der zog die Stirn kraus und strich sich darüber. Ein zärtliches Lächeln erschien auf seinem faltigen Gesicht. »Barbara und ich haben in einer kleinen Wohnung in der Stadt nahe des Schlosses gewohnt. Sie hat mir erzählt, dass wir ein Kind erwarten. Wir waren so glücklich und wollten zu ihren Eltern, damit ich um ihre Hand bitten kann. Aber zuvor fand noch das große Fest bei Hofe statt, auf dem sie spielen wollte. Ich erinnere mich, dass die Leute in der Stadt ungehalten waren, weshalb der König das Fest stattfinden lässt, obwohl das Land offensichtlich von einem dunklen Zauber bedroht wird.«

Rosalind nickte. »Verständlich. Ich habe meinen Vater versucht davon abzubringen, aber es ging ihm darum, die Ängste und Sorgen zu zerstreuen, sowohl die der Bürger als auch die meinen. Meine Mutter war ebenfalls nicht seiner Meinung, doch Papa bestand darauf. Ich weiß noch, ich habe sie in ihren Gemächern streiten hören. Meine Mutter hatte vor irgendetwas Angst und mein Vater hat versucht sie zu beruhigen.« Rosalind stockte und blickte traurig auf den kargen Steinboden. Nachdem sie sich gesammelt hatte, wandte sie sich wieder an Theodor. »An was erinnerst du dich sonst noch?«

»Zwei Tage vor Beginn der Feierlichkeiten saß ich nach der Arbeit mit ein paar Freunden in der Wirtsstube. Als es dämmerte, wollte ich mich auf den Heimweg zu Barbara machen, als ein Bote des Königs in die Wirtschaft stürmte, völlig außer Atem. Ich erinnere mich an die Besorgnis, die in seinem roten Gesicht gestanden hat. Zwischen schnaufenden Atemzügen hat er erzählt, dass endlich bekannt sei, woher die dunklen Wolken stammen. Wir sollten alle sofort unsere Pferde satteln und ihm folgen. Auf Befehl des Königs.«

Rosalind runzelte die Stirn. »Ich wusste gar nicht, dass mein Vater der Bedrohung auf der Spur war.«

Noah blickte von ihr zu Theodor, der sich erneut über die Stirn fuhr. »Nun, das ist es, woran ich mich erinnere. Wir wollten heim und unseren Familien Bescheid geben, außerdem unsere Schwerter holen. Doch der Bote meinte, wir dürften keine Zeit verlieren. Der König erwarte uns und wir würden von ihm bewaffnet werden. Also haben wir nicht länger gezögert. Unseren König durften wir schließlich nicht im Stich lassen. In Windeseile haben wir unsere Pferde gesattelt und sind hinter dem Boten durch die Nacht geritten. Unsere Gruppe bestand aus bestimmt dreißig Leuten. Wir waren eine Weile unterwegs und dann ... dann wird alles verschwommen.«

»Logisch.« Noah nickte vor sich hin. »Ihr müsst auf das Feld der Vergessenen geführt worden sein. Deshalb könnt ihr euch nicht erinnern.«

Rosalind schnaubte auf. »Wohl kaum geführt! Ein Bote hätte niemals im Auftrag meines Vaters die Männer, ohne Bescheid zu sagen, in eine solche Gefahr gebracht! Niemals!«

Prüfend blickte Noah zu Theodor. »Hast du vielleicht noch etwas vergessen?«

»Viel zu viel – offensichtlich. An mehr erinnere ich mich nicht.«

Noah schluckte den letzten Bissen Brot hinunter. »Wieso sollte der König euch so etwas antun?«

Entschieden schüttelte Rosalind den Kopf. »Ich wiederhole, mein Vater hat sein Volk geliebt. Du musst dich irren. Wahrscheinlich hast du über all die Jahre ein paar Gedächtnislücken – auch was die Zeit vor dem Feld der Vergessenen betrifft – und bringst die Dinge durcheinander. Bestimmt wird deine Erinnerung wieder klarer und dann bringen wir Licht in das Dunkel!«

»Das kann ich nicht ausschließen.«

»Pst!« Noah legte die Finger an die Lippen und sogleich blieben sie stehen. »Hört ihr das?«

Theodor drehte den Kopf, sodass sein linkes Ohr weiter nach vorne reichte. »Nein, was?«

»Schritte.«

Rosalind sah sich um, doch durch die Kerze verschwand alles hinter dem gelblichen Schein in absoluter Schwärze. »Blas das Licht aus, sonst sehen wir gar nichts, aber uns entdeckt jeder sofort.«

Noah reagierte blitzschnell, pustete die kleine Flamme aus und alles um sie herum wurde dunkel. Ein paar Sekunden dauerte es, bis sich ihre Augen an die Düsternis gewöhnt hatten. Die Schritte wurden lauter. Es waren viele Stiefel, die im Gleichschritt marschierten. Hellhörig folgten sie dem Pfad, der sie noch ein Stück weit aufwärts führte und danach auf eine Ebene mündete. Und als sie über die Anhöhe hinwegsehen konnten, blieben sie ehrfürchtig stehen.

Vor ihnen schlängelte sich ein Weg durch eine Ebene, um sich dann einen Berg hinauf auf einen hohen Felsen zu winden, auf dem ein großes Bauwerk thronte. Die Schwarze Feste.

Schwarze Zinnen ragten bis in die dunklen Wolken hinauf und es war kaum zu erkennen, wo die Steine aufhörten und die Wolken begannen. Die Festung wäre vor dem dunklen Himmel verschwunden, wenn nicht zahlreiche Fackeln und Feuerschalen an der Brüstung der Mauer und in den mächtigen Wehrtürmen loderten. Sie warfen ihren flackernden Schein auf das Eisentor, das sich im Zentrum der Mauer befand, und auf die dunklen Steine der Festung, die gewaltig war, weitaus größer noch als das Schloss. Von dem hohen Felsen, auf dem sie stand, beherrschte sie das Gebirge wie ein Tyrann seine Untertanen.

Die Stiefelschritte, die sie hörten, stammten von Horden kleiner grauer Männer, die in Reih und Glied vor dem Tor auf- und abmarschierten. Sie waren mit Äxten und Lanzen bewaffnet und ihre Bewegungen waren zeitgleich, als folgten sie einem Rhythmus, den ausschließlich sie hören konnten. In der Dunkelheit waren sie nur schemenhaft zu erkennen, doch die unzähligen Feuer beleuchteten einzelne Gesichter und ihre grauen Mützen.

»Das ist ein Gefängnis?«, wollte Noah wissen.

Rosalind nickte. »Bestimmt werden in den Kerkern die Ritter meines Vaters gefangen gehalten. Könnt ihr irgendwo Andreas oder einen der anderen sehen?«

»Welche anderen?«, wollte Theodor wissen.

»Wir sind als Gruppe hergekommen, doch im Nebel haben wir uns verloren.« Noah überblickte die geschlungenen Pfade, die den Felsen hinauf zu der Festung führten, aber in der Finsternis war niemand zu erkennen. »Ich sehe nur die grauen Männer, und ihr?«

Die beiden nickten zur Bestätigung und entschlossen ballte Rosalind ihre schmalen Hände zu Fäusten. »Wir müssen dort hinauf. Ich wünschte, Andreas wäre bei uns. Er wüsste, wie wir unbemerkt hineingelangen.«

Noah strich sich über die Stirn.

»Dann müssen wir es eben ohne ihn schaffen. Lasst uns weitergehen. Es ist so dunkel, dass sie uns nicht entdecken werden.«

»Oder aber sie wissen längst, dass wir da sind, und halten sich bereit«, überlegte Rosalind. »Wir müssen auf der Hut sein.«

Der Weg führte sie über die Ebene, die sich wie ein Tal zwischen den Bergen erstreckte, bevor sie an den Fuß des Felsens gelangten. Unbeirrt näherten sie sich dem Anstieg und da die grauen Männer oben vor dem Tor verblieben und sich ihnen auch sonst keiner in den Weg stellte, machten sie sich an den Aufstieg.

Die gleichmäßigen Schritte der grauen Männer hallten durch das Gebirge und betonten die Bedrohung, die von dem mächtigen Bauwerk ausging. Und je höher sie marschierten, desto wärmer wurde es. Am Anfang fühlte sich das gut an, da ihre Kleidung trocknete und nicht mehr an ihnen klebte, doch schon bald rann ihnen der Schweiß den Rücken hinab und die Kleidung haftete erneut an ihrer Haut.

Rosalind blieb stehen, verschnaufte und wischte sich über die schweißnasse Stirn. »Woher kommt diese Hitze?«

Noah blickte hinauf zu der Feste. »Alleine die Feuerstellen können eine solche Hitze auf die Ferne nicht produzieren.«

»Ich habe viele Geschichten über diesen Ort gehört, aber in keiner wurde eine derart heiße Temperatur erwähnt.« Theodor hielt sich die Hand vor den Mund und hustete mehrmals. Dann stützte er sich auf einen der großen Felsen, die sich am Rande des Weges befanden. Er war blass und abgekämpft. All die Jahre auf dem Feld der Vergessenen hatten an ihm gezehrt und er brauchte dringend Erholung. »Vielleicht ist es Magie.«

Beunruhigt sahen sie zu den schwarzen Steinen und den grauen Männern, die stramm marschierten und so zahlreich waren, als erwarteten sie jederzeit einen Angriff.

»Lasst uns weitergehen.« Rosalind zeigte auf den Gipfel. »Nicht mehr weit und wir gelangen auf das Felsplateau. Von dort haben wir einen besseren Überblick.«

Plötzlich stockte Noah. Es war eine Ahnung, ein Gefühl, und dann erklangen Stiefelschritte. Jemand näherte sich von hinten. Rasch zog er Rosalind und Theodor hinter die großen Felsen, die sich an den Seiten des Weges befanden – keine Sekunde zu früh, denn kurz darauf stürmten zwei Graubärte an ihnen vorbei. Waren sie ihnen gefolgt? Die drei hielten die Luft an, doch die kleinen Kerle hetzten an ihnen vorbei, ohne sie zu bemerken. Kurzerhand folgte ihnen Noah in sicherer Entfernung und Theodor und Rosalind eilten ihm hinterher. Als sie sich dem Plateau näherten, hörten sie die brummigen Stimmen der Wächter. »Was wollt ihr hier? Wieso habt ihr euren Posten verlassen?«

»Zwei von denen haben es durch den Nebel geschafft – ein Mann und ein Weib.«

»Was? Wie konnten sie an euch vorbei?«

»Sie haben unsere Kameraden in den Nebel gedrängt.«

»Das wird unseren König nicht erfreuen.«

König? Welchen König? Noah und Rosalind wechselten einen fragenden Blick. Dann pirschten sie noch etwas weiter vor und verbargen sich hinter einer Felsnase, sodass sie die grauen Männer nicht nur belauschen, sondern auch beobachten konnten.

»Wo sind sie jetzt?«, wollte der Wächter wissen.

»Wir wissen es nicht. Auf dem schnellsten Wege sind wir hergekommen, um euch Bescheid zu sagen.«

»Ich werde die Wachen verstärken. Und ihr«, er deutete auf eine Kohorte der marschierenden grauen Männer, »ihr werdet die zwei begleiten. Haltet nach den Eindringlingen Ausschau und passt auf, dass es kein anderer aus dem Nebel herausschafft.«

»Jawohl!«, schrien die Graubärte und stürmten das Plateau hinunter auf Noah, Rosalind und Theodor zu. Die drei drängten sich hinter der Felsnase zusammen und warteten. Es waren weit über zwanzig Winzlinge, die den Pfad hinabeilten, und kurz darauf verschwanden sie von jetzt auf gleich aus ihrem Blickfeld.

»Wo sind sie hin?«, wollte Noah wissen.

»Vielleicht gibt es hier auch Geheimgänge«, mutmaßte Rosalind.

Vorsichtig krochen die drei ein Stück höher und studierten die Situation, die sich ihnen vor dem eisernen Tor präsentierte. Weit über hundert bewaffnete graue Männer waren versammelt. An ein Durchbrechen war nicht zu denken.

Rosalind deutete zur Seite. »Wir müssen an der Mauer entlang. Mit Sicherheit gibt es weitere Zugänge – und wenn es nur eine kleine Seitenpforte ist.«

»Okay, lasst es uns versuchen.« Noah pirschte vorneweg. Es war verdammt eng und bereits nach wenigen Schritten erhob sich die Mauer direkt auf den Felsen, ohne einen Weg dazwischen freizulassen. Die Felsen wurden immer schwerer passierbar, doch sie kämpften sich weiter. Es war unglaublich heiß, sodass ihnen der Schweiß auf der Stirn stand. Irgendwo musste es doch einen Weg geben.

»Puh! Stopp!« Theodor schnaufte auf und stützte sich mit der Hand an der Mauer ab. Kurz darauf entfloh ihm ein erstickter Schrei und er schüttelte seine Hand. »Heiß!«

»Wie bitte?« Vorsichtig näherte Noah seine Hand dem Mauerwerk. Eine beunruhigend starke Hitze ging von den schwarzen Steinen ab, sie glühten regelrecht. »Wie kann das sein?«

Rosalind schüttelte ungläubig den Kopf. »Die heißen Temperaturen kommen durch die Mauern zustande? Wie ist das möglich?«

»Das wüsste ich auch gerne«, hörten sie eine bekannte Stimme. Einen Wimpernschlag später tauchte Andreas vor ihnen auf. Erleichtert atmeten sie auf.

Der alte Ritter nickte Rosalind zu und sah Theodor misstrauisch an. »Wer ist das?«

»Mein Vater. Er hat aus dem Feld der Vergessenen heraus zu uns gefunden!«

Der alte Ritter schüttelte Theodor die Hand. »Das ist eine Leistung, die nicht vielen glückt.«

Rosalind lächelte Andreas an. »Ich bin froh, dich zu sehen. Hat es außer dir noch jemand durch den Nebel geschafft?«

Der Alte schüttelte den Kopf. »Nicht, dass ich wüsste. Ich habe Eure Zeichnung an der Hängebrücke gesehen, davon abgesehen habe ich nichts entdeckt.«

Ungläubig sah Noah ihn an. »Du bist nach uns aus dem Nebel gekommen? Wieso sind wir uns dann nicht begegnet?«

»Weil ich nicht dem Pfad gefolgt bin, sondern einen anderen Weg durch das Gebirge genommen habe, der mich direkt zu der Feste geführt hat.«

»Kennst du einen Weg, der uns hineinführt?«, wollte Theodor wissen.

Doch der alte Ritter verneinte. »Ich habe keinen Zugang gefunden. Sie haben das Gebäude umgebaut, noch stärker befestigt als früher.«

»Dann müssen wir einen anderen Eingang finden. Einen Geheimgang!«, flüsterte Theodor.

Zweifelnd zog Rosalind eine ihrer blonden Brauen hoch. »Einen Geheimgang, den die grauen Männer in all den Jahren nicht entdeckt haben, den wir aber auf die Schnelle finden?«

»Bestimmt gibt es etwas Ähnliches wie auf dem Schloss auch hier«, überlegte Noah.

»Sehr wahrscheinlich, aber um den zu finden, muss ihn uns jemand zeigen«, wisperte Rosalind.

»Wie gut, dass wir zur Unterstützung gekommen sind«, raunte eine Stimme, die hinter einer Felsnase zu ihnen drang.

Wie von der Lanze gestochen fuhren die vier herum, die Waffen gepackt. Als sie sahen, wer vor ihnen stand, fiel Noah ein Stein vom Herzen.

»Frohmut!«

Der wackere Zwerg strich sich über den dicken Bauch und gluckste fröhlich. »Seht ihr, Männer? Wusste ich doch, dass sie unsere Hilfe gebrauchen können.« Hinter ihm schälten sich Siegmut und Hartmut aus den Schatten.

»Zwerge!« Andreas hielt ihnen drohend eine ihrer eigenen Äxte unter die Nase. »Seht euch vor, uns an die anderen zu verraten, oder ich schlage euch bewusstlos!«

»Bewusstlos? Mann, diese Menschen sind immer so undankbar!«, brummte Hartmut. Doch Rosalind legte Andreas beschwichtigend die Hand auf den Unterarm. »Das sind keine grauen Männer. Sie gehören zu den letzten echten Zwergen und sie haben mich damals gerettet. All die Jahre haben sie auf mich aufgepasst, mich behütet, als wäre ich eine von ihnen, bis Noah kam, um mich zu erlösen. Von ihnen geht keine Gefahr aus. Sieh doch nur ihre Mützen, ihre Bärte und ihre Kleidung. Nichts davon ist grau.«

Andreas beäugte die drei argwöhnisch. Endlich senkte er die Axt. »Ihr habt unsere zukünftige Königin beschützt? Dann schulde ich euch meinen ehrerbietigsten Dank!« Unerwartet schwungvoll und mit einer Hand auf dem Herzen verneigte er sich vor den drei Zwergen. Frohmut gluckste, während Hartmut und Siegmut vor sich hin brummten.

»Wie gut, dass ihr da seid.« Rosalind umarmte sie der Reihe nach, worauf selbst auf Hartmuts grantigem Gesicht ein kleines Lächeln erschien. »Werdet ihr uns helfen?«

»Natürlich helfen wir dir, Goldröschen.«

»Pssst!«, raunte Noah. »Sagt ihren Namen nicht zu laut.«

Die drei Zwerge zogen die Köpfe ein, worauf sie ihnen nur noch knapp bis über die Knie reichten. Doch sie waren zu weit von dem Eisentor entfernt. Niemand schien sie gehört zu haben. Siegmut winkte ihnen, ihm zu folgen. »Kommt mit, wir wissen von einem geheimen Zugang.«

Andreas zögerte. »Seid ihr sicher, dass die grauen Männer ihn nicht kennen?«

»Sie kennen ihn, aber da sie die Feste beherrschen, brauchen sie ihn nicht zu benutzen!« Frohmut gluckste und winkte sie zurück zu der Felsnase.

Gespannt folgten sie den Zwergen, die einen Zauber murmelten und über den kalten Stein strichen. Ein Schaben war zu hören und der Fels öffnete sich ein kleines Stück. Rasch schlüpften sie nacheinander hindurch und erst nachdem der Zugang wieder verschlossen war, hörten sie ein Zischen und im nächsten Moment erhellte das Licht einer Fackel den engen Gang. Noah, Theodor und Andreas mussten gebeugt stehen und selbst Rosalind zog den Kopf ein, so niedrig war die Decke.

Siegmut stapfte voran. »Mir nach!«

Rosalind pirschte sogleich hinter ihm her. »Woher kennt ihr den geheimen Weg?«

»Meine Teure, im ganzen Königreich haben wir Tunnel und Höhlen.«

Hellhörig horchte Noah auf. »Und wieso verratet ihr uns das auf einmal?«

»Weil es ohne euren Einsatz und eure Hilfe bald keine Zwerge mehr gibt.«

»Was wollt ihr damit sagen?«, wollte Theodor wissen.

»Beinahe alle Zwerge sind mittlerweile diese grauen Verräter«, erklärte Siegmut voller Verdruss in der Stimme.

»Sie haben sich verwandelt, meinst du wohl.« Hartmut schnaubte auf. »Kein Zwerg würde freiwillig seine Mündigkeit aufgeben!«

»Aber wer soll sie verwandelt haben?«, hakte Andreas nach.

»Derjenige, der die Ritter meines Vaters gefangen hält und der Theodor und die anderen Männer damals auf das Feld der Vergessenen geführt hat.« Rasch fasste Rosalind für den alten Ritter zusammen, wer Noahs Vater war und dass viele weitere Bewohner auf das Feld der Vergessenen geführt worden waren.

»Aber König Leopold ist tot, das habe ich mit eigenen Augen gesehen. Wer sonst wäre mächtig genug, einen solchen Zauber zu wirken?«

»Jemand, der machtgierig ist und nichts zu verlieren hat«, überlegte Noah.

»Der Königin würden die Boten und Ritter ebenfalls gehorchen«, brummte Hartmut.

»Niemals!« Rosalinds Wangen verfärbten sich roter als ihre Lippen. »Untersteh dich, so von meiner verstorbenen Mutter zu reden. Sie weilt nicht mehr unter uns, um sich zu verteidigen.«

Auch Andreas sah den Zwerg wütend an, doch der fuhr munter fort.

»Um genau zu sein, habe ich nur König Leopold tot am Boden liegen sehen. Die Königin war lediglich verletzt.«

Doch angesichts Rosalinds und Andreas' drohendem Blick verstummte Hartmut und man hörte nichts mehr von ihm als seine festen Stiefelschritte.

Theodor blieb stehen und schnaufte. Die gebückte Haltung machte ihm sichtlich zu schaffen. Er war definitiv nicht mehr der Jüngste und keineswegs trainiert wie Andreas. »Wo führt dieser Gang hin?«

»In das Innere der Festung.«

»Und was erwartet uns dort?«, fragte Noah und reichte seinem Vater zu trinken, den letzten Schluck aus der Flasche.

Hartmut winkte sie ungeduldig weiter. »Das weiß ich nicht. Wir sind noch nie hier gewesen. Und jetzt seid leise, gleich sind wir da. Wir wollen nicht auf den letzten Metern entdeckt werden.«

Sie gelangten an eine kreisförmige Holztür und mit einem Schnipsen ließ Frohmut das Feuer erlöschen. »Haltet die Köpfe unten, damit uns niemand entdeckt. Bei eurer Lulatschgröße würdet ihr sofort auffallen.« Alle hielten die Luft an und nur deshalb hörten sie das leise Knacken, als die Tür sich öffnete.

Gleißend helles Licht drang ihnen entgegen. Sogleich kniffen sie die Lider zusammen und hoben die Arme zum Schutz vor das Gesicht. Nur langsam blinzelten sie, öffneten die Augen und starrten fassungslos auf das Areal.

Was sie vor sich sahen, übertraf all ihre Vorstellungen.

## 29

Ein paar Büsche wuchsen vor dem Geheimgang, hinter denen sie sich verbergen und von wo aus sie das Areal überblicken konnten. Sie befanden sich am Rand einer hohen, hohen Mauer, die scheinbar bis in den Himmel hinauf reichte und so undurchdringlich war, dass ein Zauber ihr Fundament sein musste. Gesäumt wurde sie von unzähligen Palmen, deren lange Blätter Schatten auf den schmalen Weg warfen, der an der Mauer entlangführte.

Aber das seltsame war nicht diese schier endlose Mauer, nein. Der Himmel war wolkenfrei und azurblau, nicht einmal ein Schäfchenwölkchen hatte sich an das Firmament gewagt. Und hoch oben über ihnen strahlte die Sonne. Die Sonne. Und sie beschien das Areal, das sich innerhalb der hohen Mauern befand und das mindestens so groß war wie zehn Fußballfelder.

Blumen in den verschiedensten Farben blühten in angelegten Kreisen und Ornamenten, Kieswege schlängelten sich durch die Beete hindurch und das sanfte Plätschern einzelner Springbrunnen schuf eine meditative Atmosphäre. Bienen und Hummeln summten an den prächtigen Blüten, Schmetterlinge flatterten umher und Vögel badeten in den Becken der Brunnen.

Im hinteren Bereich des Areals befand sich ein Prachtbau, der Noah bekannt vorkam. Die weißen Steine, die Türme und Erker … War das nicht –?

Andreas trat einen Schritt vor. »Das Schloss?!«

Ungläubig blinzelte Rosalind. »Wie kann das sein?«

Bestens für die Mission vorbereitet zückte Siegmut einen Feldstecher und schaute hindurch. »Es sieht aus wie eine detailgetreue Kopie. Jede Engelsfigur, jede Zinne, jedes Fenster gleicht dem Original exakt.«

»Wer lebt hier?« Theodor reckte den Kopf über die Blätter der Sträucher, um das Gelände besser im Blick zu haben, woraufhin ihn Hartmut gleich wieder in die Deckung zog.

»Vorsicht!«, schimpfte der kleine Mann.

Rosalind spähte durch die Büsche. »Es ist niemand zu sehen. Doch halt, dort. Seht ihr das auch? Was schimmert so golden an den Seiten? Sind das lebensgroße Figuren von Rittern?«

Noah folgte ihrem Fingerzeig. »Es sieht aus wie Rüstungen. Da steckt doch niemand drinnen!«

Siegmut suchte mit dem Fernglas die Rüstungen ab, die in der Sonne golden glänzten. Waren sie wirklich aus Gold? Alles hier war so prächtig, die Sonne schien, die Welt, so wie sie früher gewesen sein musste, hatte sich an diesem Flecken erhalten. Wer war so mächtig, das zu errichten, und so gierig, all das nicht zu teilen? Die Sonne nur für sich haben zu wollen?

Erstaunt ließ Siegmut das Fernglas sinken.

»In den Rüstungen stecken Menschen. Ich bin mir hundertprozentig sicher.«

»Wer …?« Da dämmerte es Rosalind. »Das sind die Ritter meines Vaters.«

»Aber wem folgen sie?« Andreas ballte die Hände zu Fäusten. »Wieso sind sie hier, anstatt das eigentliche Königreich zu beschützen?«

Noah krempelte die Ärmel seines karierten Hemdes hoch. »Das werden wir herausfinden.« Er wandte sich an Frohmut. »Könnt ihr uns durch die Gänge näher an das Schloss heranführen?«

»Ich kann es versuchen, allerdings sind auf keiner unserer Karten unterirdische Gänge eingezeichnet.«

»Ich begleite dich«, brummte Hartmut und in Windeseile verschwanden sie samt ihrer roten und blauen Mützen in dem kleinen Gang. Siegmut blieb bei ihnen und reichte seinen Feldstecher an Andreas weiter, der ausgiebig das Areal betrachtete und ihn anschließend an Rosalind weitergab.

»Nichts. Niemand bewegt sich. Wer wohnt hier? Zeig mir endlich dein Gesicht!« Und als unvermittelt eine der großen Palasttüren aufging, die in den Garten hinausführte, fiel Rosalind das Fernglas aus der Hand. Mit einem Knall schlug es auf dem Steinboden auf und das Glas zersprang.

»Hey, Vorsicht!«, schimpfte Siegmut, während Rosalind die Gestalt beobachtete, die in einem prächtigen roten Seidenkleid eine breite Treppe hinunter in den Garten schritt.

Noah runzelte die Stirn. Die Frau lief königlich erhaben, aufrecht und selbstbewusst, dennoch war ihr anzusehen, dass sie traurig war. Ihre Schritte waren langsam und schwer, ihre Ausstrahlung deprimierend. »Wer ist das?«

»Meine … Mutter …« wisperte Rosalind so leise, dass Noah glaubte, sich verhört zu haben.

»Das ist Königin Eleonore.« Andreas nickte, reckte den Kopf, um sie besser sehen zu können, während Theodor Rosalind mitfühlend über den Rücken strich.

»Wieso lebt sie hier?« Rosalind starrte die Frau aus der Ferne an, folgte jeder ihrer feinen, anmutigen Bewegungen mit den Augen und schüttelte langsam den Kopf. »Es muss eine Erklärung geben!«

»Niemals ist sie freiwillig hier!«, betonte der alte Ritter und konnte den Blick nicht von ihr abwenden – ebenso wenig wie Rosalind.

In dem Moment kehrten Frohmut und Hartmut zurück. »Wir haben keine Abzweigung gefunden. Es gibt nur diesen Tunnel, der ins Innere führt, alle anderen führen vom Felsen nach unten in das Tal.«

Da niemand reagierte, sahen die Zwerge sie mit Unverständnis an. »Wo starrt ihr denn alle hin?« Als sie ihren Blicken folgten, klappten ihnen die Kinnladen nach unten. »Die Königin? Was tut sie hier?«

Noah überblickte den Garten. Die Königin steuerte einen großen goldenen Käfig an, in dem mehrere Vögel auf Stangen saßen. Mit hängendem Kopf setzte sie sich auf eine Bank davor, neben der ein Strauch wuchs, an dem rundliche strahlend gelbe Blüten hingen.

»Ihre Lippen bewegen sich. Was sagt sie?«, wollte Frohmut wissen.

Siegmut zuckte mit den stämmigen Schultern. »Es ist zu weit entfernt. Da unser entzückendes Goldröschen mein Fernglas zerstört hat, kann ich nicht von ihren Lippen ablesen.«

»Zeig mal her.« Hartmut packte das Gerät und beäugte die zertrümmerten Gläser. Er bückte sich und sammelte die Scherben auf dem Boden auf. Aus einem kleinen Beutel, der an seinem Gürtel hing und bis eben von seinem dicken Bauch bedeckt worden war, holte er eine Prise von etwas Leuchtendem, das Noah für Zwergenmagie hielt. Zumindest sah es so aus wie das, was Mailin über seine Ketten gestreut hatte. Im nächsten Augenblick war der Feldstecher wie neu und sogleich begann Siegmut zu übersetzen.

»Wenn ich doch wenigstens euch frei lassen könnte.«

»Euch?« Frohmut sah sie fragend an. »Glaubt ihr, sie meint die Vögel?«

»Pst«, zischte Hartmut und Siegmut fuhr fort.

»Sie sagt nichts mehr, sitzt nur still auf der Bank und streicht über die Blüten des Strauches. Was zum Donnerwetter geht hier vor sich?«

Eine einzelne Träne löste sich aus Rosalinds Augenwinkel und wanderte ihre Wange hinab.

Noah nahm ihre Hand. »Was ist?«

»Dort wächst Goldröschen.«

»Wie bitte?«

»Goldröschen. Der Strauch.«

Ungläubig sahen sie Goldröschen an, die aufseufzte.

»Die Menschen im Königreich denken, ich trage wegen meiner goldblonden Haare und rosenroten Lippen meinen Spitznamen. Aber in Wahrheit erinnerte ich meine Mutter an ihre liebste Blume, das Goldröschen, unter der sie saß und täglich gebetet hat, endlich schwanger zu werden. Nach diesem Ranunkelstrauch hat sie mich als Baby benannt und alle haben es ihr nachgetan. Doch den wahren Grund kennen nur meine Eltern und ich.«

Die Palasttüren öffneten sich erneut und ein Mann trat heraus. Mit energischen Schritten, selbstbewusst und erhaben lief er die breiten Stufen in den Garten hinunter.

»Ist das der König?«, wollte Theodor wissen, den die alten Augen im Stich ließen.

»Nein!« Andreas fluchte.

Fassungslos blickte Noah den Mann an und gleichzeitig mit Rosalind setzte er an zu sprechen.

»Nein, das ist mein... «

Beide stockten und Noah runzelte die Stirn. »Du kennst ihn? Aber woher?«

»Natürlich kenne ich ihn. Jetzt ergibt alles einen Sinn.« Abwechselnd sah Rosalind zu ihrer Mutter und dem Mann, bis sie Noah fragend ansah. »Aber woher kennst du ihn?«

Noah blickte noch einmal hin, um einen Fehler auszuschließen, doch es stand außer Frage. »Das ist der Mann, der sich meiner angenommen hat, als meine Mutter gestorben ist. Mein entfernter Onkel Harald.«

»Dein Onkel?« Theodor strich sich über die Stirn. »Aber sowohl deine Mutter als auch ich waren ein Einzelkind.«

Rosalind wich alle Farbe aus dem Gesicht. »Wie bitte? Er war in deiner Welt? Wie ist das möglich?« Erneut musterte sie die Gestalt, doch auch für sie bestand kein Zweifel. »Das ist nicht dein Onkel. Das ist Großherzog Ferdinand, der Bruder meines Vaters.«

»Wie bitte? Der Großherzog?« Jetzt strich sich auch Noah über die Stirn. »Aber wieso hat er behauptet, er sei mein Onkel?«

»Was? Der hat behauptet, er wäre dein Onkel? Wieso sollte er das tun?« Theodor blickte erneut zu dem Großherzog, der sich zu Eleonore auf die Bank setzte. »Sind die beiden ein Paar? War das etwa ein Plan, um den König loszuwerden?«

»Niemals!« Andreas kochte sichtlich vor Wut. »Die Königin hat unseren König geliebt. Sie war ihm treu, wie nur eine Seele einer anderen treu sein kann. Niemals hätte sie etwas so Arglistiges unternommen, den Tod ihres eigenen Mannes und den ihrer Tochter befohlen und das Königreich im wahrsten Sinne des Wortes um die Sonne betrogen.«

Rosalind beobachtete, wie der Großherzog die Hand ihrer Mutter ergriff und die Königin sie ihm zu entziehen versuchte. »Sie muss etwas geahnt haben. Wahrscheinlich hat sie ihrem Schwager schon länger misstraut. So lange ich mich erinnern kann, hat sie mich von ihm ferngehalten, wollte nicht, dass er mich auf sein Pferd nahm oder mit mir einen Ausflug machte. Vielleicht hat sie etwas geahnt.«

»Das hat sie!« Andreas fluchte erneut. »Sie hat mir aber nichts Konkretes gesagt, wollte niemanden grundlos verdächtigen und verleumden. Aber jetzt wird es mir klar. Er muss es gewesen sein. Schon vor der Hochzeit hatte er ein Auge auf sie geworfen. Und König Leopold hat ihm vertraut, ihm die Oberbefehlsgewalt übertragen, um nach dem Grund dieses dunklen Zaubers zu suchen.«

»Aber weshalb ist er meiner Mutter in meine Welt gefolgt und hat behauptet, mein Onkel zu sein?«, wollte Noah wissen. »Er wird doch nicht etwa an ihrem Tod schuld gewesen sein, oder?«

»Der erste Angriff auf dem Fest galt deiner Mutter, Noah«, erinnerte sich Rosalind. Hartmut pflichtete ihr bei.

»Das stimmt. All das hatte etwas mit der zauberhaften Barbara zu tun. Aber wieso? Welche Rolle hat sie gespielt, dass der Großherzog sie tot sehen wollte?«

»Und vorher noch hat er mich und viele andere auf das Feld der Vergessenen geführt.« Theodor sah Noah fragend an. »Hat er dir je weh getan?«

Noah schüttelte den Kopf. »Zumindest ist er nie handgreiflich geworden.«

»Was meinst du mit zumindest?«

»Nun, er hat mich nie geschlagen, aber sein Verhalten hat mir damals als kleiner Junge seelische Wunden zugefügt.«

»Was hat er getan, mein Sohn?«

»Auf ihrer Beerdigung hat er mir ihre Geige gegeben. Ich habe mich unglaublich darüber gefreut, aber dann hat er mich gezwungen darauf zu spielen. Ich wollte das nicht, da ich traurig war und die Musik mir immer nur Gutes beschert hatte, doch er hat mich gezwungen, ihr Lied zu spielen. Anschließend hat er mir die Geige weggenommen und sie zu ihr ins Grab geworfen. Bevor ich sie mir zurückholen konnte, wurde das Grab zugeschaufelt und er hat mich fortgezerrt. Seitdem habe ich nie wieder auf einer Geige gespielt.«

Mit jedem Wort wurde Theodor roter im Gesicht. »Er wollte, dass du aufhörst zu musizieren. Und mit Sicherheit hat er ihren Tod verursacht. Dieser elende Kerl! Was machen wir jetzt mit ihm?«

»Er wollte verhindern, dass du weiterhin musizierst? Aber wieso?« Andreas strich sich über den Nacken, doch für Rosalind war die Sache eindeutig.

»Barbaras Musik war magisch. Sie hat alle begeistert, jedem Hoffnung geschenkt und mich sogar aus meinem Zauberschlaf erweckt.«

»Nicht nur das. Noah hat mich alleine durch das Summen dieses Liedes aus meiner Vergessenheit gerissen«, erinnerte Theodor. »Wer weiß, zu was die Melodie imstande ist!«

Andreas nickte. »Noah und dieses Lied sind möglicherweise der Schlüssel, um den dunklen Zauber zu lösen.«

Wenn dieser Mann wirklich dafür verantwortlich war, dass Noahs Mutter so früh gestorben war, wenn er sie Noah entrissen hatte und gleichzeitig noch das einzige, das ihn froh gestimmt hatte ... Er ballte die Hände zu Fäusten. »Wir müssen all dem Spuk ein Ende bereiten. Wer hat eine Idee?«

»Wir bräuchten vorsorglich eine Geige«, überlegte Andreas.

»Aber alle Instrumente wurden zerstört, da Musik verboten ist«, erinnerte Frohmut und wirkte dabei weniger glücklich als normalerweise. »Auf Singen und Musizieren steht die Todesstrafe.«

Siegmut nickte. »Sie haben sämtliche Geigen, Flöten, Trommeln und weiß der Geier was verbrannt. Riesige Feuer haben sie damals angezündet. Viel haben wir davon nicht mitbekommen, weil wir nicht entdeckt werden wollten, aber ich befürchte, kein einziges Instrument ist übrig geblieben.«

»Wenn wir mehr Zeit hätten, könnte ich eine anfertigen – schließlich habe ich lange Jahre als Geigenbauer gearbeitet.«

»Wie lange bräuchtest du?«, wollte Frohmut wissen.

»Drei Monate mindestens.«

»Aber was, wenn ich dir mit ein wenig Zwergenmagie nachhelfe? Würde es dann schneller gehen?«, fragte Hartmut brummig.

Noah überlegte. »Wir brauchen das richtige Holz und Werkzeug. Wenn du mir alles besorgst und hilfst, könnte es klappen, aber trotzdem wird es einige Tage in Anspruch nehmen.«

»Es geht wesentlich schneller, wenn wir dir die Geige besorgen, auf der du gespielt hast, um Rosalind zu erwecken.«

»Wir machen uns sofort auf den Weg.« Flugs verabschiedeten sich Hartmut und Frohmut von Rosalind, streuten eine Prise Zwergenmagie auf ihre Stiefel und eilten so schnell davon, dass sie ihnen nicht mit den Augen folgen konnten.

»Wieso haben wir keine Magie bekommen, als wir zum Schloss unterwegs waren«, murmelte Noah perplex.

»Weil nur die Zwerge ihre Kräfte derart nutzen können«, erklärte Rosalind, ohne ihre Mutter aus den Augen zu lassen.

»In der Zwischenzeit werde ich mich ein wenig umsehen«, raunte Andreas.

Siegmut steckte den Feldstecher zurück an seinen Gürtel. »Ich werde dich begleiten.« Der alte Ritter ging in die Hocke und hinter einem Mäuerchen eilten die zwei näher an den Garten heran.

»Ich werde mich auf der andere Seite etwas umsehen.« Und schon verschwand auch Theodor, während Noah mit Rosalind an Ort und Stelle verblieb.

Rosalind konnte den Blick nicht abwenden von ihrer Mutter und dem Mann, der all das Übel über das Königreich gebracht hatte.

»Wieso hat sie nie versucht zu fliehen?«

Noah legte einen Arm um ihre Schultern. »Entweder sie hat es und ist gescheitert, oder auch sie ist von dem Fluch des Vergessens befallen.«

»Meinst du, sie hat alles vergessen? Auch meinen Vater und mich?«

»Die Menschen, denen ich am Anfang meiner Reise begegnet bin, konnten sich weder an dich noch an deine Familie erinnern. Sie wussten nur von dem Kaiser.«

»Der Kaiser!« Rosalind sah Noah an. »Er ist nur eine Marionette. Deshalb auch dieser leere Blick.«

»Du hast recht. Und wer weiß, was mit den Graubärten geschehen ist, das sie zu dem gemacht hat, was sie sind.«

»Vielleicht hat die Magie des Felds der Vergessenen etwas damit zu tun. Aber woher hat er nur die Macht gehabt?«

»Gibt es auch Menschen, die Magie anwenden können? Vielleicht ist er einer von ihnen.«

»Nein, er selbst verfügt über keine Magie.«

»Das beruhigt mich zu hören, aber irgendwo muss er sie doch herhaben. Ich glaube nicht, dass jemand einen so starken Zauber wirkt und dann nicht selbst davon profitiert.«

Rosalind nickte. »Das sehe ich auch so. Es muss etwas mit dem Feld der Vergessenen zu tun haben – davon bin ich mittlerweile überzeugt.«

»Vielleicht sollten wir noch einmal vorbeigehen. Möglicherweise warten dort die Antworten auf unsere Fragen – und noch mehr verlorene Seelen, die wir mit der Musik zurückholen können.«

Rosalind öffnete den Mund, um zu antworten, doch das verhaltene Krächzen einer Krähe ließ sie hochfahren.

»Da ist sie ja wieder.« Noah beäugte den schwarzen Vogel, der keine fünf Schritte entfernt auf dem Mäuerchen saß, hinter dem Andreas und Siegmut verschwunden waren. Die Krähe legte den Kopf schräg und zwinkerte mehrmals. Dann breitete sie die Schwingen aus und flog nicht in die Richtung, in die Andreas und Siegmut geschlichen waren, sondern flog tief an der Außenmauer entlang und verschwand hinter den Palmen.

Rosalind und Noah warfen sich einen kurzen Blick zu.

»Sie will uns etwas zeigen.«

Er nickte. »Mehrfach hat sie mir geholfen. Wir können ihr vertrauen.«

Sie eilten die Mauer entlang, hielten sich tief im Schatten der Palmen, damit die Ritter in den goldenen Rüstungen sie nicht entdeckten. Wenig später gelangten sie an ein kleines Gebäude, ähnlich einer Gartenlaube, das vor ihnen sichtbar wurde und vor dem die Krähe auf dem Boden saß. Sie krächzte leise, damit niemand sie hörte, und wies mit ihrem schwarzen Schnabel auf die Tür.

»Was ist da?« Rosalind und Noah schlichen näher. Die Krähe stakste beiseite, und vorsichtig öffnete Noah die Holztür. Sie war nicht verschlossen. Verwundert sah er Rosalind an, die ihn ungeduldig hineinwinkte. Sie traten in den Raum, der ebenso düster war wie die Welt außerhalb der Mauern und in dem nichts stand, kein Möbelstück, kein Rasenmäher, nichts. Das Zimmer besaß nicht einmal einen ordentlichen Boden, denn sie liefen auf nacktem Stein.

Neugierig sah sich Rosalind um. »Was ist das für ein Raum?«

Noah lugte hinaus zu der Krähe, die erwartungsvoll vor der Schwelle saß. »Wieso hast du uns hergeführt?«

Mit zwei kräftigen Flügelschlägen kam sie hereingeflogen und kreiste in der Mitte über dem Steinboden. Leise krähte sie erneut, dann flatterte sie wieder hinaus. Noah beugte sich näher zum Boden hin und jetzt erst erkannte er, dass in der Mitte eine scheinbar lose Schieferplatte lag. Rosalind entdeckte sie zeitgleich und begann sofort, sie beiseitezuschieben. Zum Vorschein kam ein Gitter.

Sie hockten sich auf den Boden und spähten in das dunkle Loch, das sich darunter befand. Doch es war so finster, dass sie nichts erkennen konnten.

»Ist da jemand?«, flüsterte Rosalind, hielt den Atem an und lauschte. Niemand antwortete.

»Hallo?«, rief Noah etwas lauter, doch keiner reagierte. »Wieso hat uns die Krähe hergeführt?«

»Hallo?«, ertönte plötzlich eine raue Stimme aus den Tiefen zu ihnen herauf.

30

Noah und Rosalind beugten sich näher an das Gitter. Trotzdem konnten sie niemanden in den Tiefen des Loches erkennen. Rosalind legte die Lippen beinahe an die Metallstäbe, um nicht zu laut zu sein. »Wer ist da?«

»Mein Name ist Marilla, Marilla Mondschein. Ich bin eine Zauberin des alten Geblüts. Und wer seid ihr?«

»Marilla?«, rief Noah. »Du lebst also doch noch! Erinnerst du dich? Wir haben uns kennengelernt.«

»Das war ein Zauber. Du hast nicht mich, sondern ein Abbild meiner selbst getroffen, das ich auf die Reise geschickt habe, um all dem ein Ende zu bereiten.«

Noah sah Rosalind fragend an, doch die zuckte unwissend mit den Schultern. »Schon möglich. Ich kenne mich mit Magie nicht aus.«

Erneut beugte er sich über das Gitter. »Mein Name ist Noah, ich war bei dir in dem Gasthaus, und das ist Rosi.« Geflissentlich ignorierte er Rosalinds strafenden Blick. »Wer hat dich eingesperrt?«

»Großherzog Ferdinand. Er hat mich hereingelegt.«

»Großherzog Ferdinand? Hast du für ihn den Zauber gesprochen, der über unserem Land liegt?«, fragte Rosalind.

»Ich habe ihm die Mittel dazu gegeben, ausgesprochen hat er ihn selbst. Aber ich gebe zu, ohne mich wäre es ihm nie gelungen.«

»Was ist geschehen?«, hakte Noah nach.

»Der Zwerg Rupert kam zu mir, bevor er der angebliche Kaiser wurde. Er hat gesagt, er und eine Horde Zwerge hätten meine Tochter in ihrer Gewalt. Wenn ich nicht tue, was er sagt, wolle er sie töten. Ich habe sofort meine Magie eingesetzt, um meine Tochter über meine Gedanken zu suchen, aber er hat sie mithilfe seiner Zwergenmagie derart versteckt, dass ich sie nicht finden konnte. Er hat mir versprochen, sie unbeschadet freizulassen, wenn ich ihm genügend Magie übertrage, um einen mächtigen Zauber zu sprechen.«

»Wie kann man denn Magie übertragen?«

»Ich habe sie an einen Gegenstand gebunden, in dem Fall das Schwert von König Leopold. Ich wunderte mich, wie der Zwerg zu der mächtigen Insignie gelangt war, doch Rupert drohte mir und die Zeit lief mir davon.«

»Du hast deine Magie auf das Königsschwert übertragen?«

»Nur einen Bruchteil davon. Ich wollte meine geliebte Emily befreien und anschließend sofort den Zwerg aufhalten. Er wirkte nicht ganz bei Sinnen und ich war mir sicher, ihm auch nach diesem Akt mehr als ebenbürtig zu sein. Da es sich um meine Magie handelt, ist sie an mich gebunden und ich kann sie mir normalerweise zurückholen.«

»Das ist offenbar nicht gelungen.«

Noah runzelte die Stirn. »Wie ging es weiter?«

»Rupert hat auf einen Blutschwur bestanden. Er muss vorher irgendetwas zu sich genommen haben, das über sein Blut in meinen Kreislauf gelangt ist und meine Kräfte gelähmt hat, denn nachdem ich ihm einen Teil der Magie übertragen habe, bin ich ohnmächtig geworden. Das ist zumindest die naheliegendste Erklärung, die ich mir in den letzten Jahren zusammengereimt habe. Als ich wieder zu mir kam, saß ich in diesem Loch fest. Die Gitterstäbe sind mit Zwergenmagie versiegelt, weshalb ich sie nicht aufbrechen kann. Das einzige, was ich tun konnte, war, mithilfe meiner verbliebenen Magie ein Abbild zu schaffen, mit dem ich nach demjenigen suchte, der in der Lage war, uns zu helfen. Ich kann mich zwar nicht daran erinnern, dass wir uns kennengelernt haben, Noah, doch ich weiß, wer du bist.«

»Also war es auch nur ein Abbild deiner Selbst, das zu mir in die Menschenwelt gekommen ist?«

»Was mein Abbild unternommen hat und wo es gewesen ist, um dich herzuführen, weiß ich nicht. Es ist mittlerweile verblasst und ich weiß nicht, was es erfahren oder getan hat. Doch ich habe die letzten Jahre viel nachgedacht und als ich herausgefunden habe, dass der Großherzog hinter all dem steckt, wurden die Dinge klarer.«

»Woher weißt du dann, wer ich bin und dass ich euch helfen kann?«

»Ich habe damals mitbekommen, dass Großherzog Ferdinand die Musik verabscheut hat, da sie den Menschen Kraft und Hoffnung schenkt. Besonders die zauberhafte Barbara hat er abgrundtief gehasst, da sie die positive Kraft der Zuversicht in den Menschen zu wecken vermochte. Ich habe gesehen, dass sie ein Kind in sich trägt, und ich war mir sicher, dass es ihr gelungen war, dich vor ihm zu verstecken.«

Nachdenklich nickte Noah, während Rosalind an den Gitterstäben rüttelte, die sich keinen Millimeter bewegten. »Wir müssen sie rausholen. Sie hat die Macht, den Bann zu brechen.«

In dem Moment ertönte eine laute Stimme. »Wir haben eure Freunde. Wir wissen, dass es noch mehr Eindringlinge gibt. Wenn ihr nicht zusehen wollt, wie sie hier und jetzt geköpft werden, kommt raus! Ich gebe euch fünf Minuten!«

Rosalind und Noah sahen sich erschrocken an und eilten aus dem kleinen Bau. Die Krähe war verschwunden. Sie schlichen über die gepflasterten Steine bis zu den Palmen und lugten zwischen den dicken Stämmen zu dem Zentrum des Gartens. Dort auf der Wiese direkt neben einem der Springbrunnen stand Großherzog Ferdinand. Aus seinem Schwertgurt schaute der Griff eines Schwertes hervor, der mit Rubinen besetzt war. Neben ihm knieten Andreas und Theodor, die Hände auf den Rücken gefesselt. Umringt wurden ihre Freunde von vier Rittern, deren goldene Rüstungen in der Sonne glänzten. Sie hoben ihre Schwerter, bereit, die schreckliche Drohung des Großherzogs wahrzumachen.

Noah spürte Rosalinds Hand auf seiner, während er den Blick nicht abwenden konnte. Er reckte den Kopf. »Wo ist Siegmut?«

»Er wird rechtzeitig entwischt sein«, wisperte Rosalind. »Woher wissen sie, dass wir noch mehr sind?«

Noah strich sich über die Stirn, als ihm etwas einfiel. »Erinnerst du dich? Die Graubärte, die hinter uns den Felsen hochgerannt sind, haben den Wachen von einem Mann und einer Frau erzählt, die durch den Nebel heraus gefunden haben.«

»Du hast recht.« Rosalind streckte den Rücken durch und beobachtete die Szene. »Wo ist meine Mutter?«

»Schau, sie sitzt immer noch auf der Bank neben dem Strauch, als ginge sie all das nichts an. Mindestens Andreas müsste sie doch erkennen.«

»Stimmt, also ist es wahr. Der Vergessenszauber liegt auch auf ihr. Deshalb ist sie hier verblieben. Anders hätte der Verräter sie auch niemals für sich gewinnen können. Das heißt, sie wird mich nicht erkennen.« Sie erhob sich.

Noah sah sie mit hochgezogenen Augenbrauen an. »Was hast du vor?«

»Ich werde mich ihnen stellen.«

»Bist du verrückt? Das lasse ich niemals zu!«

»Wir haben keine andere Wahl. Sie erwarten eine Frau und werden danach Ruhe geben. Von dir wissen sie nichts.«

»Nein, das kannst du vergessen! Das ist lebensmüde! Großherzog Ferdinand wird dich erkennen und sofort hinrichten lassen.«

»Möglicherweise. Vielleicht aber auch nicht. Immerhin war ich ein Kind, als er mich das letzte Mal gesehen hat.«

»Und wenn er die Ähnlichkeit zu deinen Eltern erkennt? Die Leute in dem Gasthaus haben auch sofort begriffen, wer du bist. Nein, Rosalind, das steht nicht zur Debatte.«

»Ich werde deinen Vater und meinen treuen Ritter bestimmt nicht opfern! Noah, hier geht es ohnehin nur um dich. Du bist in der Lage, den Fluch aufzuheben. Bald kommen Hartmut und Frohmut mit der Geige zurück und sobald du darauf spielst, wird der Bann brechen!«

»Dann warten wir solange.«

»Er hat uns nur fünf Minuten gegeben. Ich werde nicht abwarten, bis er seine Drohung wahrmacht. Du schaffst das, Noah. Ich glaube an dich.« Sie stellte sich auf die Zehenspitzen und küsste ihn, wie sie es noch nie getan hatte. Sein Magen fuhr Achterbahn, während er ihre Lippen auf seinen spürte. Ein süßes Versprechen und Hoffnung lagen darin verborgen. Er drückte sie an sich, wollte sie nicht loslassen, den Kuss niemals beenden, doch Rosalind zog sich zurück, löste seine Hände von ihren Hüften und lächelte ihn an. »Du schaffst das, Noah, mein Königreich liegt nun in deinen Händen.« Und ohne auf eine Antwort zu warten, sprang sie an den Palmen vorbei auf den weiten Rasen. »Hier bin ich! Du brauchst niemanden zu töten!«

Noah wollte sie zurückhalten, doch dann hätte er sich verraten. Hin- und hergerissen, ob er ihr trotzdem hinterherrennen sollte, um sie zu schützen, oder in seinem Versteck verbleiben sollte, klammerte er sich an den Stamm der Palme und spürte nicht, wie die spitze Rinde in seine Handflächen schnitt.

Während zwei goldene Ritter wie willenlose Geschöpfe losmarschierten und Rosalind rechts und links packten, lachte der Großherzog laut auf. »Wer hätte gedacht, dass jemand wie du es in meine Festung schafft. Wer hat dir geholfen?«

Erhobenen Hauptes ließ sich Rosalind vor ihn führen. »Es ist nicht schwer klüger zu handeln als die Marionetten, die du zu deinem Schutz abstellst.«

Etwas flackerte in dem Blick des Großherzogs auf. »Ich kenne dich!«

»Das bezweifle ich«, rief Andreas und wollte sich aufrichten, doch die Ritter drückten auf seine Schultern.

»Doch, ich kenne dich. Diese Augen und dieser hoch-mütige Blick!« Bevor der Großherzog Rosalind noch länger mustern konnte, rief einer der goldenen Ritter mit blecherner Stimme:»Halt, wir haben euch!« Mit der Hand schnappte er unter einen Busch. Als er sich wieder aufrichtete, hielt Noah die Luft an. Es waren Frohmut und Hartmut, die er mühelos in seinen Armen hielt, obwohl die zwei wild herum-strampelten. Aber wo war die Geige, die sie hatten mitbringen wollen?

»Verdammt«, raunte Siegmut unvermittelt neben ihm. Wie hatte es der Zwerg unbemerkt bis zu ihm geschafft? Offenbar war er genauso geschickt im Anschleichen wie im Wegschleichen.

»Seit wann sind Hartmut und Frohmut zurück? Und wo ist die Geige?«, flüsterte Noah dem Zwerg zu.

»Die zwei haben Ritter Andreas und mich gesehen und sie zu uns bringen wollen, weil sie dachten, du wärst bei uns. Doch dann wurde Andreas erwischt und wir haben uns sofort unter die Büsche geduckt. Ich habe ihnen gezeigt, wie man einen ordentlichen Rückzug macht, aber mit ihren dicken Bäuchen haben sie nicht unter den Zweigen durch die dichten Büsche gepasst. Ich hab sie zu mir gewunken, doch sie sind ängstlich hocken geblieben – um jetzt auch noch erwischt zu werden, verflucht noch eins!«

»Und die Geige liegt unter den Büschen?«

»Da der Großherzog sie nicht in den Händen hält, muss sie dort irgendwo sein.«

»Dann müssen wir sie holen. Hilf mir, mich an-zuschleichen.«

»Du?« Der Zwerg sah Noah mit hochgezogenen Brauen an. »Wie willst du Lulatsch dich unbemerkt anschleichen?«

»Mit deiner Hilfe wird es mir gelingen, oder etwa nicht?« Siegmut brummte. »Also schön. Aber wenn sie dich erwischen, ziehe ich mich zurück. Ich muss die letzten Zwerge und damit die letzte freie Magie schützen.«

»Keine Sorge, sie werden mich schon nicht erwischen. Aber falls doch: In dem kleinen Gebäude dort drüben in einem tiefen Loch wird Marilla Mondschein gefangen gehalten. Ihr Gefängnis ist mit Zwergenmagie befestigt. Befreit sie und sie wird den Zauber lösen können.«

»Marilla? Die große Zauberin?«

»Ja. Sie hat erklärt, dass ein Teil ihrer Magie in dem Königsschwert ruht, das der Großherzog bei sich trägt.«

Siegmut reckte den Kopf und beäugte das Schwertgehänge des Großherzogs. »Wir müssen sie zuerst befreien!«

»Sperrt sie ins Verlies!«, erklang in dem Moment der Befehl des Tyranns.

»Uns bleibt keine Zeit. Schnell.« Sogleich ging der Zwerg auf alle viere, Noah tat es ihm gleich und sie robbten zwischen den Palmen hindurch. Um den Weg ungesehen zu überqueren, zählte Siegmut mit den Fingern bis drei, dann sprang er auf und hechtete zu dem nächsten Strauch. Noah folgte ihm und verbarg sich mit ihm hinter einem Rhododendron. Der Zwerg winkte ihn weiter.

Auf dem Boden liegend robbten sie durch das Gras, die Köpfe eingezogen. Sie pirschten sich näher und näher heran, bis sie nur noch zehn Meter von dem Großherzog, seinen Rittern und den anderen entfernt waren. Dort verharrten sie hinter einem Buchsbaum, der kegelförmig zurechtgeschnitten war und hinter dem sie vorsichtig hervorlugten.

Als Noah neben sich blickte, war Siegmut verschwunden. Wo war er hin?

Noah warf einen Blick zu der Königin, die teilnahmslos auf der Bank saß und gedankenverloren die Blüten des Ranunkelstrauchs streichelte. Nicht ein einziges Mal hob sie den Blick und so übersah sie, wie Rosalind immer wieder zu ihr hinüberblickte.

»Bevor ihr abgeführt werdet, habe ich noch eine Frage. Wie seid ihr in meine Festung gekommen?«, donnerte der Großherzog.

Niemand antwortete.

»Wenn ihr es mir nicht verratet, werde ich euch nacheinander die Köpfe abschlagen. Mit wem fange ich an? Vielleicht mit dir?« Er packte Rosalind am Oberarm und zog sie näher. »Wer bist du?«

Unbeeindruckt sah sie ihn an. »Jemand, dessen Name du nicht würdig bist auszusprechen!«

Der Großherzog wurde blass vor Zorn. »Was fällt dir ein! Männer, mit der fangt ihr an!«

»Nein!«, brüllte Andreas und versuchte erneut sich loszureißen. »Nehmt mich!«

Großherzog Ferdinand lachte auf. »Na, da habe ich mir doch genau die richtige ausgesucht. Du!« Er zeigte auf Andreas. »Verrate mir, was ich wissen will, sonst verliert das Goldröschen hier seinen Kopf!« Erschrocken über seine Formulierung sahen sich alle an – selbst die Königin blinzelte und hob benommen den Kopf – und der Großherzog stockte in seiner Rede. Die Erkenntnis trat in seine blauen Augen und er packte Rosalind noch fester. »Du bist es. Hab ich nicht recht? Du bist es! Goldröschen, die geliebte Prinzessin des Landes.«

Entschlossen sah sie ihn an. »Ja, ich bin es. Die Zeit deiner tyrannischen Herrschaft ist vorbei!«

Der Großherzog blickte sich wachsam um, als befürchtete er, hinter den Büschen und Sträuchern könnten die Ritter hervorspringen. Doch als alles ruhig blieb, lachte er hässlich auf. »Du willst mich mit der lahmen Mannschaft besiegen?« Abschätzig sah er zu Andreas, Theodor und den Zwergen. Sein Blick verharrte auf den kleinwüchsigen Männern. »Mir war nicht bewusst, dass es noch welche von euch gibt.« Sein Blick wurde hart und er zeigte auf die kleinen Männer. »Die tötet ihr danach – egal, ob sie uns etwas verraten oder nicht.«

»Nein!«, schrie Rosalind, worauf ihre Mutter von der Bank aufsah. Ihr Blick ruhte auf dem Gesicht ihrer Tochter, wurde gefangen von den kornblumenblauen Augen und sie blinzelte mehrmals. Verwirrt sah sie zwischen den Kontrahenten hin und her, als bemerke sie erst jetzt, dass sie und der Großherzog nicht länger alleine waren.

»Wer seid Ihr?« Ihre Stimme war sanft und ebenso hell wie Rosalinds.

»Ich bin deine Tochter. Erinnere dich, Mama, ich bin Rosalind! Dein Goldröschen!«

»Schweig still!«, donnerte Ferdinand und hob die Hand zum Befehl. »Tötet sie!«

Noah wartete keine Sekunde länger. Er robbte durch das Gras, hinter den Büschen entlang, doch das dauerte zu lange. Er kam auf die Knie und gebeugt hetzte er weiter, als er endlich die Geige unter einem Buchsbaum entdeckte. Ihm blieb keine Wahl. Das Instrument war zu weit weg. Er musste rennen, auch wenn der Großherzog ihn sehen würde. Tief atmete er durch und während einer der goldenen Ritter sein Schwert hob, rannte er los. Gleichzeitig stürmte Siegmut aus den Sträuchern hervor, um den Ritter aufzuhalten. Angespornt von seinem Erscheinen zappelten auch Frohmut und Hartmut wild auf dem Arm des Ritters, doch der hielt sie unbarmherzig.

»Angriff!«, brüllte einer der Ritter, doch Noah war längst bei der Geige angelangt. Er packte sie, setzte sie an sein Kinn und hob den Bogen.

»NEEIIIN!«, schrie der Großherzog und zückte sein Schwert, dessen Klinge in rotem Licht erstrahlte. Noah spürte seine Hände schwer werden, sein Kopf dröhnte und er schwankte. War das die Macht des Schwertes? Marillas Magie, die darin ruhte? Noah sackte auf die Knie, die Geige wurde bleischwer, doch mit aller Kraft hielt er sie umfasst. Seine Hände zitterten, er biss die Zähne zusammen, aber der Druck auf ihn wurde stärker und stärker. Die Geige entglitt seinen Fingern und fiel auf die Wiese. Sofort stapften die Ritter los, um sie ihm wegzunehmen.

Ein lauter Schrei gellte durch den Garten und Königin Eleonore stürzte sich auf Ferdinand. Mit ungeahnter Wendigkeit entriss sie ihm die Waffe, worauf die Kraft in Noah zurückkehrte. Sofort schnappte er sich die Geige, setzte den Bogen an und begann das Lied zu spielen, das ihm seine Mutter beigebracht hatte. Schon nach den ersten Tönen hielten die goldenen Ritter in ihren Bewegungen inne, Hartmut und Frohmut plumpsten zu Boden und die Königin blickte hellhörig auf. Ein jeder stand still, lauschte der längst vergessenen Melodie, die Bilder und Gefühle in ihre Köpfe beförderte, die sie lange nicht mehr gefühlt hatten. Während Noah in dem Spiel versank, regte sich der Großherzog als erster und packte Königin Eleonore, um ihr das Schwert zu entreißen. Brutal stieß er sie zu Boden und stürmte mit gezogenem Schwert auf Noah zu. Doch Noah ignorierte es, durfte mit dem Spiel nicht aufhören. Die Ritter waren noch nicht vollends erwacht. Vertrauensvoll schloss er die Augen. Was kam, war gut. Dies war der Grund, weshalb er in dieses Land gekommen war. Die Aufgabe, die früher seiner Mutter und nun ihm zukam. Er musste mit seinem Spiel den Menschen die Fröhlichkeit und die Hoffnung erhalten, das Leben versüßen und an ihre Gefühle appellieren. Und während er die Augen geschlossen hielt, hörte er die Stimme seiner Mutter, die leise mitsummte. Eine Träne löste sich aus seinem Augenwinkel und wanderte hinab, während der Gedanke an die tödliche Waffe, die sich seinem Herzen näherte, verblasste.

»Nein!«, hörte er jemanden schreien, doch er achtete nicht darauf, spielte weiter, denn das war es, was er liebte, was er konnte, womit er nie wieder aufhören wollte.

Er hörte lautes Scheppern, doch er ignorierte es, bis er das Lied fertig gespielt hatte. Langsam öffnete er die Augen und sah die drei Zwerge, die den Großherzog zu Boden geworfen hatten. Mit all ihrer Kraft hielten sie ihn auf der Wiese, das Schwert lag ein Stück entfernt auf dem Rasen, während die anderen aus ihrem Dämmerschlaf erwachten.

»Goldröschen!«, rief Königin Eleonore, blinzelte noch einmal, dann sprang sie auf ihre Füße und lief auf ihre Tochter zu.

Die goldenen Ritter nahmen ihre Helme von den Köpfen, blickten sich verwundert um, doch als sie den Großherzog am Boden liegen sahen, wurden ihre Blicke hart. »Ihr habt uns hereingelegt und unter einen Zauber gesetzt!« Sogleich packten sie ihn, die Zwerge zogen sich zurück und der Großherzog wurde gefesselt.

Rosalind und ihre Mutter lagen sich in den Armen, Andreas holte das Schwert und legte es den beiden zu

Füßen, stand behütend vor ihnen, als könnte der Großherzog ihnen noch immer etwas antun.

Die Zwerge schlenderten zu Noah. »Nicht schlecht, nicht schlecht«, bemerkte Siegmut. »Du hast den dunklen Bann auf den Personen gelöst.«

»Ihr wart meine Rettung. Wenn ihr nicht die Geige geholt hättet, Hartmut und Frohmut, und du dich nicht dazwischengeworfen hättest, Siegmut, hätte ich nicht spielen können.«

»Aber die Sonne ist noch immer gefangen in dieser seltsamen Feste«, brummte Hartmut.

»Ich weiß, wer es schaffen kann, den Zauber zu brechen.«

Siegmut sah auf. »Marilla!«

Noah nickte. »Meint ihr, ihr könnt das magische Gitter lösen?«

»Ob wir ein magisches Gitter aufbrechen können ... Pah!« Brummend stürmte Hartmut zu dem Bau und die anderen beiden folgten ihm auf den Fuß.

Theodor erhob sich mühsam und kam zu Noah.

»Das hast du gut gemacht, mein Sohn.« Väterlich klopfte er ihm auf die Schulter, worauf Noah ihn in den Arm nahm. Er war sein Vater und auch wenn sie so viele Jahre verpasst hatten, so blieb ihnen noch genügend Zeit, um sich kennenzulernen.

Ein lauter Knall ließ sie alle hochfahren. Er kam von dem kleinen Bau und im nächsten Moment schwebte Marilla zu ihnen auf die Wiese. Alle traten einen Schritt zurück vor der mächtigen Zauberin, doch die hob die Hand.

»Fürchtet euch nicht. Ich werde den Bann lösen, der durch mein Verschulden möglich wurde, aber zuerst hole ich mir meine Kräfte zurück.«

Sie baute sich über Großherzog Ferdinand auf, der sich bückte und am ganzen Leib zitterte.

»Ich wollte dich niemals für immer dort unten lassen!«

»Schweig!« Sie hob die Hände und ein weißgelber Lichtschein drang von dem Schwert zu ihr, das so unschuldig auf der Wiese lag, als wäre es reine Zierde. Genüsslich schloss sie die Augen und reckte ihr Gesicht der Sonne entgegen, während die Energie zu ihr zurückkam.

»Ich werde mir für dich eine passende Strafe ausdenken! Sag mir jetzt, wo meine Tochter ist, sonst wirst du es bereuen!« Drohend blickte sie auf Ferdinand hinab, der abwehrend die Hände hob.

»Sie ist in einer Höhle der Zwerge, in der Nähe des alten Waldes. Sie haben sich um sie gekümmert, das musst du mir glauben.«

Abfällig musterte sie ihn, dann atmete sie tief durch und sah Noah und die anderen der Reihe nach an. »Bevor ich aufbreche, um meine Tochter zu suchen, werde ich den Zauber brechen.« Sie hob die Hände, raunte eine Formel, warf ihren Kopf in den Nacken und mit einem ohrenbetäubenden Knall fiel das Schloss in sich zusammen und nichts blieb von ihm übrig als unzählige weiße Steine. Gleichzeitig krachten die Mauern der Feste ein.

Die Sonne kämpfte sich Meter für Meter über die Trümmer hinweg und beschien das Königreich. Die Hitze innerhalb der Mauern entfloh und breitete sich über den Bergen und Feldern aus, um den Pflanzen und Lebewesen Wärme zu schenken.

Lächelnd beobachtete Theodor ihr Wirken und klopfte Noah erneut auf die Schulter. »Deine Mutter wäre stolz auf dich.«

318

Noah lächelte und blickte hoch. Auf einem wiegenden Blatt einer Palme saß die Krähe, beobachtete ihn und legte den Kopf schräg. War sie das? War in diesem schwarzen Vogel die Seele seiner Mutter? Als hätte das Tier nur auf diese Erkenntnis gewartet, krähte es zweimal laut, breitete seine Schwingen aus und flog für immer davon.

31

Die Sonne und damit die Wärme und die Hoffnung kehrten in das Märchenland zurück. Nach und nach wagten sich die Menschen aus den Wäldern und die Elfen aus dem Tal der Hoffnung hervor – und auch die verbliebenen Zwerge steckten ihre Köpfe samt ihrer bunten Mützen aus den Höhlen.

Königin Eleonore hatte als rechtmäßige Herrscherin des Königreiches das rubinbesetzte Schwert an sich genommen, aus dem jeglicher Zauber gewichen war.

»Hattest du alles vergessen, selbst Papa und mich?«, wollte Rosalind von der Königin wissen.

Eleonore seufzte auf. »Es ist alles verschwommen. Ich erinnere mich nicht richtig. Aber deine Stimme und zu guter Letzt die Musik haben mich klar im Kopf werden lassen. Mein Kind, wie viele Jahre sind vergangen?«

»Es waren über dreißig Jahre«, schaltete sich Noah ein.

Rosalind begann zu erzählen, was geschehen war, und mit Noahs Hilfe hatte die Königin schon bald ein umfassendes Bild, was sich in dem magischen Land abgespielt hatte. Als sie erklärten, dass dies nicht das echte Schloss gewesen war, blinzelte Eleonore irritiert.

»Das war nicht nur eine Kopie des Schlosses? Großherzog Ferdinand muss es mithilfe eines Zaubers errichtet haben, um das zu bekommen, was er all die Jahre erhofft hatte: Macht … und mich.«

Rosalind sah ihre Mutter erstaunt an. »Was willst du damit sagen?«

»Ist er zudringlich geworden?«, schaltete sich Andreas ein und ballte die Hände zu Fäusten.

Die Königin schüttelte den Kopf. »Das wusste der König zu verhindern. Er kannte die Schwärmerei seines Bruders. Regelmäßig hat er ihn auf Erkundungstour durch das Land geschickt, damit ich ihm aus dem Kopf gehe, und sobald er zurückkam, hat Leopold Bälle veranstaltet, damit Ferdinand aus all den hübschen Frauen eine Braut erwählt, doch soweit ist es nie gekommen.«

»Deshalb hat der König mich als Eure Leibgarde abgestellt und war derart erzürnt, als Ihr mich gebeten habt, stattdessen Eure Tochter zu behüten«, erinnerte sich Andreas.

»Aber was hat es mit dem Zauber auf sich, der auf dem Königreich und seinen Bewohnern geruht hat?«, schaltete sich Theodor ein. »Wie kommt es, dass sich so viele nicht erinnern, wer sie sind oder dass es Euch gibt?«

»Es muss etwas mit dem Feld der Vergessenen zu tun haben«, betonte Rosalind, was sie schon mehrfach gemutmaßt hatte.

Noah runzelte die Stirn. »Kann man den Zauber des Feldes ausdehnen?«

Die Königin nickte langsam mit dem Kopf.

»Ferdinand muss es irgendwie gelungen sein.«

»Aber wie gelingt es uns, dass alle wieder klar im Kopf werden?«, wollte Rosalind wissen.

Noah betrachtete seinen Vater, schaute in seine braunen Augen und ein Gedanke nahm Form an, der so abwegig nicht erschien. »Wir müssen uns wieder an sie erinnern. Gibt es alte Jahrbücher oder Fotoalben, Bilder oder Briefe von Personen, an die ihr euch nicht erinnert? Wir müssen alles herauskramen, ebenso sämtliche Bewohner des Königreiches. Vielleicht löst sich dadurch der Schatten, der über den Erinnerungen liegt.«

»Das ist eine ausgezeichnete Idee!« Andreas fuhr sich über sein Kinn. »Zusätzlich könnten wir ein Fest veranstalten, auf dem Noah auf der Geige spielt. Jeder, der die Musik hört, wird sich wieder erinnern.«

Unwillkürlich trat Noah einen Schritt zurück. »Ich soll was?«

Theodor nickte ihm glücklich lächelnd zu. »Das, was du am besten kannst: Uns alle mit deiner Musik glücklich und hoffnungsvoll stimmen.«

Noah atmete tief durch, doch es baute sich kein Druck in seinem Inneren auf. Waren all der Groll, die Angst und die Trauer verschwunden?

»Also schön, ich tue es.«

Überschwänglich fiel Rosalind ihm um den Hals. »Es wird wunderbar sein.«

∞

Eine Woche später fand ein großes Fest auf dem Schlosse statt. In dem großen Innenhof waren unzählige Tische aufgestellt und Leinen gespannt, auf denen jeder sämtliche

Bilder und Briefe aufhängte, die er in seinem Zuhause fand, ungeachtet dessen, ob er sich erinnern konnte, wer das auf dem Bild war oder den Brief geschrieben hatte, oder nicht.

Auch die Zwerge, die auf Goldröschen achtgegeben hatten, kamen zu dem Fest. Es hatte einiges an Überredungs-kunst von Noahs und Rosalinds Seite bedurft, dass sie sich aus ihrer Höhle herausgewagt hatten. Doch als sie hörten, dass von den zahlreichen grauen Männern seit jenem Tage, als die Sonne zurückkam, jede Spur fehlte, willigten sie ein. Pünktlich trafen sie auf dem Schlossgelände ein und wurden von Rosalind herzlich begrüßt, die wie die gute Fee des Hauses huldvoll und freundlich für jeden ein offenes Ohr hatte und dafür sorgte, dass sich alle wohlfühlten.

Zur Begrüßung reichte sie den Zwergen ein dickes Buch, in dem die Namen der Zwerge sowie aller anderen Bewohner des Königreiches verzeichnet waren. Langsam blätterten Freimut und Hartmut durch die Seiten, doch sie schüttelten nur immer wieder die Köpfe. »Kenn ich nicht, hab ich noch nie von gehört.« Bis Liebmut aufsprang und auf einen Namen zeigte. »Sanftmut! Das sagt mir etwas.« Sie strich sich über ihre langen geflochtenen Zöpfe, zog ihre dicke Knollennase kraus und endlich klarte sich ihr rundliches Gesicht auf. »Das ist meine Schwester! Aber ja, ich erinnere mich an sie.«

Den anderen Gästen erging es ähnlich und das anfängliche Befremden zwischen ihnen nahm mit jedem Moment ab, in dem sich einer von ihnen an jemand anderen erinnerte. Und als wären die grauen Gestalten dadurch zu ihnen gerufen worden, drängten immer mehr Menschen und Zwerge, ja sogar Elfen auf das Schlossgelände. Manche hatten noch immer einen leicht verwirrten Gesichtsausdruck, einige wussten nicht, weshalb sie gekommen waren, und wieder andere sahen sich erstaunt um, als hätten sie noch nie das Schloss und eine solche Ansammlung von Menschen, Zwergen und Elfen gesehen.

Als kaum mehr eine Gestalt auf den dicht gedrängten Schlosshof passte, gab Rosalind Noah ein Zeichen. Sein Herz klopfte aufgeregt, doch er umfasste die Geige fest und als verleihe sie ihm Kraft, trat er selbstbewusst auf die kleine Bühne, die zwischen prächtig blühenden Goldröschensträuchern aufgebaut worden war. Tief einatmend setzte er das Instrument an den Hals. Als er den Bogen hob, wurde es schlagartig still auf dem Gelände und sobald er den ersten Ton dem Instrument entlockte, standen alle wie erstarrt. Ungläubig sahen sie ihn an, Tränen traten in ihre Augen und wie bei Theodor verhalf das Lied der zauberhaften Barbara, dass die Erinnerung an die vergangene Zeit zurückkehrte.

Glücklich fielen sich die Gäste in die Arme, ob sie sich kannten oder nicht, und immer wieder ertönten Juchzer und Rufe, wenn sich die Leute wiederfanden.

Als Noah endete, brandete Beifall über das Festgelände. Rosalind trat zu ihm auf die Bühne und ohne ihre und seine Stellung zu berücksichtigen, nahm sie ihn an der Hand und küsste ihn vor den Bewohnern des Königreiches. Der Kuss schmeckte süß und verheißungsvoll und war so voller Hoffnung, dass Noah bereitwillig seine Arme um sie schlang und sich fest vornahm, sie nie wieder loszulassen.

# Liebe Leser,

vielen Dank, dass ihr zu meinem Märchenabenteuer »Goldröschen« gegriffen habt. Ich hoffe, ihr hattet viel Freude beim Lesen.

Es war das erste Mal, dass mich alleine ein Bild zu einer Geschichte inspiriert hat, sprich das Cover (in etwas abgewandelter Form) gab es vor der Story. Und das ist sogar das Cover, wegen dem ich die liebe Juliane Buser, meine Grafikfee, für mein erstes Buch engagiert habe. Ihre Arbeiten sind umwerfend und ich bin ihr sehr dankbar, wie originell und zauberhaft sie jedes meiner Bücher einkleidet.

Die Idee von Noah und Rosalind hat recht schnell Gestalt in meinem Kopf angenommen. Ich fand es toll, seit »Verwünschung« mal wieder einen Mann als Hauptfigur zu haben. Es ist anders, von einem männlichen Standpunkt aus zu schreiben, dennoch fiel mir Noahs Sicht leicht. Ich mochte ihn von Anfang an und ich hoffe, euch erging es ebenso.

Unterstützt haben mich neben meiner Coverfee wieder ganz wundervolle Personen. Zum einen meine Testleserinnen Jessy, Antje, Christina und Bianka, deren Meinung ich nicht mehr missen möchte. Danken möchte ich auch meiner Familie, allen voran meiner Mama und meinem tollen Ehemann, die mich unglaublich in meiner Arbeit unterstützen.

Und ich danke euch, liebe Leser, nicht nur wegen eurer Rezensionen und Nachrichten, sondern auch weil ihr zu meinen Büchern greift, euch in meine Welten entführen lasst und mir eure Zeit schenkt, indem ihr in meine Geschichten eintaucht.

Wenn ihr euch über Zusatzgeschichten und Informationen zu meinen Büchern freut, seid ihr herzlich willkommen in meiner Lesergruppe. Auf meiner Website www.jennyvoelker.com könnt ihr euch gerne dazu eintragen.

Ich wünsche euch von Herzen alles Gute, dass ihr niemals zu träumen und zu hoffen aufhört und dass sich eure Wünsche erfüllen!

Alles Liebe

Eure

Entdecke weitere spannende
Fantasy- und Märchenabenteuer:

# Die Weltenfalten-Trilogie

## Die Weltenfalten – Wenn Feuer erwacht

Was würdest du tun, wenn du herausfindest, dass du eine Hexe bist?

Mayla arbeitet in einer Werbeagentur und geht ihrem geregelten Alltag nach. Eines Morgens beginnen ihre Hände zu kribbeln und Gegenstände explodieren vor ihrer Nase. Als sie auf ihrem Nachhauseweg durch die City auf einmal mitten in einem Wald steht, ist ihr Leben in Gefahr und sie muss sich ihren neuen Fähigkeiten stellen. Aber woher kommen sie? Und was hat der geheimnisvolle Fremde mit all dem zu tun, der ständig bei ihr auftaucht?

Ein Urban-Fantasy-Roman voller Magie, Spannung und Liebe, mit einer erwachsenen Protagonistin, deren Welt sich von heute auf morgen komplett auf den Kopf stellt. Sei an Maylas Seite und finde gemeinsam mit ihr heraus, was es mit ihren mysteriösen Kräften auf sich hat.

Die Weltenfalten – Von Wind getragen

Die Weltenfalten – In Eisen verewigt

Die Weltenfalten-Trilogie:

Band 1: Wenn Feuer erwacht (ISBN: 978-3751-969345)
Band 2: Von Wind getragen (ISBN: 978-3750-492905)
Band 3: In Eisen verewigt (ISBN: 978-3752-648942)

# Im Bann der verwunschenen Zeit

Wie würdest du reagieren, wenn du zu einem Ball eingeladen wirst von einem König, von dem du noch nie etwas gehört hast?

Hannah hat als Alleinerziehende kaum Zeit für sich. Sie muss ohne Hilfe sämtliche Arbeiten stemmen, um sich und ihre Kinder finanziell über Wasser zu halten. Eines Morgens flattert eine Einladung zu einem königlichen Ball in ihre Wohnung. Die Königsfamilie ist ihr völlig unbekannt. Und der Ort, an dem der Ball stattfinden soll, ist nicht mehr als eine verfallene Ruine.

Als am Abend eine Kutsche mit sechs weißen Pferden vor ihrem Haus erscheint, muss sie sich entscheiden. Soll sie ihren Alltag durchbrechen und dieser mysteriösen Einladung auf den Grund gehen? Wird sie mit dem Prinzen tanzen? Aber was, wenn er ein unglaubliches Geheimnis hütet?

Begleite Hannah auf ihrer magischen Reise und erlebe ein spannendes Abenteuer!

ISBN: 978-3-7504-441217

# Verwünschung

Was würdest du tun, wenn dir mitten im Wald eine kleine Fee begegnet, die dringend deine Hilfe braucht?

Eine alte Liebe, die nicht sein darf. Ein todbringender Fluch, der auf seiner Familie lastet. Und ein unbekanntes Königreich, das auf keiner Landkarte existiert.

Als der Scheidungsanwalt Kai Lenz bei seinem morgendlichen Dauerlauf im Wald von einer Fee beinahe über den Haufen geflogen wird, traut er seinen Augen kaum. Sie braucht dringend seine Hilfe und schon bald steckt er in einem lebensgefährlichen Abenteuer. Doch was hat seine Familie mit all dem zu tun?

Ein spannender Märchenroman für Erwachsene, denn auch wir Großen wollen noch an Wunder glauben und einer zauberhaften Fee begegnen!

ISBN: 978-3750-410725